MAX McCOY

INDIANA JONES
und der
Stein der Weisen

Im Goldmann Verlag
liegen bereits folgende Titel
zu »Indiana Jones« vor:

Rob McGregor: Indiana Jones und die Macht aus dem Dunkel (43162) • Rob McGregor: Indiana Jones und das Vermächtnis des Einhorns (43052) • Martin Caidin: Indiana Jones und die Hyänen des Himmels (43163) • Rob McGregor: Indiana Jones und der letzte Kreuzzug (9678) • Campbell Black/James Kahn: Jäger des verlorenen Schatzes/Indiana Jones und der Tempel des Todes (9353) • Wolfgang Hohlbein: Indiana Jones und die Gefiederte Schlange (9722) • Wolfgang Hohlbein: Indiana Jones und das Schiff der Götter (9723) • Wolfgang Hohlbein: Indiana Jones und das Gold von El Dorado (9725) • Wolfgang Hohlbein: Indiana Jones und das Schwert des Dschingis Khan (9726) • Wolfgang Hohlbein: Indiana Jones und das verschwundene Volk (41028) • Wolfgang Hohlbein: Indiana Jones und das Geheimnis der Osterinseln (41052) • Wolfgang Hohlbein: Indiana Jones und das Labyrinth des Horus (41145) • Rob McGregor: Indiana Jones und die Herren der toten Stadt (42330) • Rob McGregor: Indiana Jones und das Orakel von Delphi (42328) • Rob McGregor: Indiana Jones und der Tanz der Giganten (42329) • Rob McGregor: Indiana Jones und das Geheimnis der Arche Noah (42824) • Martin Caidin: Indiana Jones und die weiße Hexe (43534)

MAX McCOY

und der Stein der Weisen

Roman

Deutsch von
Bettina Zeller

GOLDMANN

Die Originalausgabe erschien 1995
unter dem Titel
»Indiana Jones and the Philosopher's Stone«
bei Bantam Books, New York

Umwelthinweis:
Alle bedruckten Materialien dieses Taschenbuches
sind chlorfrei und umweltschonend.
Das Papier enthält Recycling-Anteile.

Der Goldmann Verlag
ist ein Unternehmen der Verlagsgruppe Bertelsmann

Deutsche Erstausgabe September 1997

Umschlaggestaltung: Design Team München
Umschlagmotiv: Schlück/Berni
Satz: deutsch-türkischer fotosatz, Berlin
Druck: Elsnerdruck, Berlin
Verlagsnummer: 43535
CN · Herstellung: Peter Papenbrok
Made in Germany
ISBN 3-442-43535-8

1 3 5 7 9 10 8 6 4 2

In Erinnerung an

Denholm Elliott

(1922–1994)

Es gibt mehr Ding' im
Himmel und auf Erden,
Als eure Schulweisheit
sich träumt, Horatio.

Hamlet,
1. Aufzug, 5. Szene

Gelobpreiset sei die noble Gesellschaft
Der wahren Schüler der heiligen Alchemie
Deren noble Praxis Euch Männer lehrt
Die Geheimnisse zu verschleiern in der
Sprache der Mysterien.

Der Vikar von Malden

PROLOG

Stadt der Toten

21. März 1933 · Britisch Honduras

Wie eine Scheibe in der Farbe geschmolzenen Eisens ging die Sonne zwischen den beiden dunkel brütenden, namenlosen Gipfeln der Maya-Berge auf und tauchte das nebelverhangene Tal in ein geisterhaftes Zwielicht. Indiana Jones sah, wie sich die Umrisse einer Stadt langsam im Dunst abzeichneten. Eine Gruppe flacher, kalkweißer Gebäude gruppierte sich um eine außergewöhnliche quadratische Stufenpyramide und die sich daran anschließende Akropolis.

»Die untergegangene Stadt Cozán«, flüsterte Indy ergriffen. Seine Bemerkung richtete sich eher an ihn selbst als an den guatemaltekischen Führer, der neben ihm stand. »Zuletzt von Sir Richard Francis Burton im Jahre 1867 gesehen, ehe sie vom Dschungel verschlungen wurde. Burton gelang die Flucht, sein Freund Tobias hatte leider nicht so viel Glück.«

»Das ist ein böser Ort«, sagte Bernabé.

»Das sind sie doch alle«, erwiderte Indy trocken.

Die Sonnenstrahlen krochen schon über die Akropolis

und fielen auf den Tempel der Schlange, der auf der Pyramide errichtet worden war und aus der Nebeldecke herausragte. Durch die aufrechten und mit den Hieroglyphen wichtiger Daten und Herrschernamen geschmückten Steinsäulen fiel Licht. Auf die obersten Stufen der Pyramide zauberte es ein rastloses Muster, das an eine Schlange erinnerte, die im Begriff war, sich die Große Treppe hinunter zur Heiligen Quelle zu schlängeln. In dem Moment, in dem die Schlange den Pyramidensockel erreichte, wurde nach den Überlieferungen dem Zuschauer das Versteck der Todesgöttin offenbart.

»Komm«, sagte Indy. Er arbeitete sich durch das üppige Dickicht des Regenwaldes, um am Stadtrand aus den tropischen Gewächsen hervorzutreten. »Bis die Schlange unten ankommt, bleiben uns noch etwa zehn, zwölf Minuten. *Beeil dich.*«

Bernabé folgte ihm widerwillig. Insgeheim wünschte er sich, er hätte kein Geld als Gegenleistung dafür angenommen, den Gringo in die verbotene Stadt seiner Vorfahren zu führen. Wäre er doch nur in seinem Heimatdorf geblieben, bei seiner Frau mit dem runden Gesicht und seinen drei Kindern. Die Vorstellung, sie niemals wiederzusehen, ließ ihn erschaudern.

»Señor«, rief er aus. »Sie haben hoffentlich nicht unsere Abmachung vergessen. Ich werde oben bleiben und nicht mitkommen ...«

Falls Indy ihn gehört hatte, ließ er es sich nicht anmerken.

Ganze zwei Wochen lang waren sie den *sacbob,* den alten, weiß gepflasterten Maya-Straßen gefolgt, hatten sich durch dichten Dschungel gekämpft, um in dieses längst vergessene Tal zu gelangen. Zuvor hatte Indy monatelang recherchiert und eine beträchtliche Summe des Museumsfonds ausgegeben, um Archivare und zentralamerikanische Beamte zu schmieren. Und nun war die Zeit auf einmal knapp. Ihnen blieb keine Zeit, sich an einen wie auch immer gearteten Plan zu halten. Sie konnten nur weiter marschieren und das Beste hoffen – oder dreiunddreißig Jahre auf die nächste Frühjahrs-Tagundnachtgleiche warten, die 1966 stattfinden würde.

Während sie über die Straße der Toten, die Hauptdurchgangsschleuse der Stadt, eilten, mußte Indy an die vielen tausend Menschen denken, die in den düsteren Steinhäusern gelebt hatten und gestorben waren. Dort hatten sie Familien gegründet, im Schatten der Pyramide ihre Götter angebetet und mitangesehen, wie ihr Blut vom Steinaltar auf der Pyramide geflossen war. Dreimal in hundert Jahren hatten sie beobachtet, wie die Schlange die Treppe hinunterkroch, ein Spektakel, dem beizuwohnen ihm im Moment ebenfalls vergönnt war. Und dann waren die Bewohner eines Tages verschwunden. Eine ganze Zivilisation hatte sich einfach so in Luft aufgelöst und nur ... Geister zurückgelassen?

Indy blieb stehen.

Zu beiden Seiten der Pyramide, auf den anderen Gebäuden und auf der gegenüberliegenden Seite des Hofes *bewegte* sich etwas. Man hörte Geflüster und leises Gemurmel, und manchmal wurde die Stille des Morgens von einem Schrei zerrissen, der dem Vernehmen nach nur von einem Jaguar stammen konnte. Die Schlange hatte ein Drittel der Wegstrecke nach unten zurückgelegt, und die Stadt erwachte wieder einmal zum Leben.

Bernabé, der aufgeschlossen hatte, bekreuzigte sich.

»Die Seelen meiner Vorfahren«, meinte er.

Indy lachte über die Einfachheit seiner Erklärung.

»Aber doch wohl nur, wenn deine Vorfahren Affen gewesen sind«, merkte er an und ging weiter. »Sie sind es, die diesen Lärm verursachen.«

»Schreiende Affen – noch schlimmer«, fand Bernabé. »Die Götter der Schriften, die Torwächter zur Unterwelt. Die Seelen unserer Priester kehren in Form von schreienden Affen zurück.«

Sie kehrten dem Unterholz den Rücken und traten auf große Steinquader, mit denen der Innenhof ausgelegt war. Die Affen flohen, warfen Blicke nach hinten, fletschten die Zähne und stießen Warnschreie aus. Keine Minute später waren alle Tiere geflohen.

»Nicht sonderlich tapfer«, höhnte Indy.

Ohne Vorwarnung ließ sich einer der Affen von einem Baum fallen und drückte Bernabé seitlich die Zähne in den Hals. Der Führer stieß einen Schreckensschrei aus und wirbelte herum. Er hatte alle Mühe, das silberhaarige Monster abzuschütteln. Der Affe warf den Kopf nach hinten und heulte traurig durch die blutverschmierten Fänge.

Zu verängstigt, um ein Wort sagen zu können, wandte Bernabé sich mit flehendem Blick an Indy.

»Beweg dich nicht«, ordnete Indy an. In einer Bewegung wickelte er seine Peitsche ab und schleuderte sie von sich weg. Die Spitze zischte am Kopf des Affen vorbei, produzierte ein lautes Schnalzen und veranlaßte das Tier, erschrocken, aber unverletzt das Weite zu suchen.

Bernabés Hand fuhr zu der blutenden Stelle am Hals hoch.

»Ist nur ein Kratzer«, versicherte Indy ihm.

Der Führer wandte sich an den im Unterholz des Dschungels verschwindenden Affen: »Großvater, du hättest *ihn* beißen sollen. Er ist derjenige, der dich beleidigt hat.«

Indy drehte den Kopf in Richtung Pyramide.

Die Schlange war die Treppe zur Hälfte hinuntergekrochen.

Er kniete sich auf die Pflastersteine, streckte den Arm aus, um seinen Blick daran auszurichten und vollzog im Geist den Weg der Schlange zum Sockel der Pyramide nach. Auf welchen der fünf Durchgänge hielt sie zu? Die Durchgänge glichen einander aufs Haar, doch nur einer führte zur Heiligen Quelle. Nicht in den falschen treten, darauf kam es an.

»Frustrierend, finde ich«, dachte Indy laut, »daß man nicht die Zeit hat zu warten, bis der Schatten unten angelangt ist, weil es dann zu spät ist – dann hat sich die Göttin schon zu erkennen gegeben.« Er kraulte sein stoppeliges Kinn. »Und es wäre dumm, den Durchgang zu wählen, den jemand anderer vor einem genommen hat, denn jedes Mal ist ein anderer Weg der richtige.«

Und doch hatte es laut seiner Schätzung den Anschein, als bewege sich die Schlange auf das mittlere Portal zu. Aber – das erkannte Indy, als er sie einen Moment lang fixierte – sie schwenkte eindeutig nach Norden aus. Dann mußte es also einer der beiden nach Norden ausgerichteten Durchgänge sein. Immerhin standen seine Chancen nun fünfzig-fünfzig.

Indy entledigte sich des dreißig Kilo schweren Rucksacks, den er die letzten drei Tage getragen hatte. Er schnürte die Lasche auf und nahm ein fünfzig Fuß langes Seil heraus, das er sich um die Taille wickelte, und eine Karbidlampe. Um sicherzugehen, daß die Lampe genug Benzin und Wasser hatte, schüttelte er sie, ehe er den Feuerstein mehrmals hintereinander vergeblich in Gang zu setzen versuchte.

»Gottverdammt«, ärgerte er sich keuchend, »warum habe ich keine batteriebetriebene Taschenlampe mitgenommen?«

Er schöpfte Atem, ermahnte sich, die Lage gelassen zu sehen, und unternahm einen neuen Versuch. Betont langsam und vorsichtig machte er sich am Feuerstein zu schaffen. Endlich leuchtete eine helle Flamme vor dem Reflektor auf.

Indy grinste.

»Ich möchte jetzt meinen Bonus«, verkündete Bernabé.

»Huh-uh«, sagte Indy. »Wenn ich rauskomme, erhältst du deinen Bonus. Und keine Minute früher.« Bernabés Miene verriet Indy, daß er nicht mit ihrer Rückkehr rechnete.

Indy tippte seinem Führer mit dem Zeigefinger auf die Brust.

»Du wartest hier. Du sperrst Augen und Ohren auf – ich habe nämlich das Gefühl, daß wir seit gestern nachmittag verfolgt werden. Und du betest besser, daß ich wieder rauskomme, denn falls nicht, werde ich deinen Vorfahren in der Unterwelt erzählen, wie übel du ihren Affen mitgespielt hast.«

Indy wandte sich der Pyramide zu.

»Warten Sie, mein Herr«, sagte Bernabé, die fünf Portale mürrisch fixierend. »Sie dürfen die Heilige Quelle nicht betreten. Das ist sehr schlimm. Es gibt einen Fluch.«

»Den gibt es immer.«

Indy warf einen Blick auf seine Armbanduhr, blickte dann zur Schlange hinüber. Seiner Schätzung nach hatte sie etwas mehr als die Hälfte des Weges, ungefähr sechzig Prozent, zurückgelegt. Das bedeutete, daß er noch fünf, sechs Minuten zur Verfügung hatte.

Er rückte den Fedora zurecht, knöpfte die Lederjacke zu und entschied sich für den zweiten Durchgang auf der rechten Seite. Augenblicklich umgab ihn undurchdringliche Dunkelheit. Im Tunnel war es klamm und kühl, und es roch stark nach Salpeter. Der Boden fiel steil nach unten ab. Indy bewegte sich so schnell, wie es sein Mut zuließ. Mit einem Arm zerriß er die Spinnweben. Im Licht der Karbidlampe sah er, daß der Tunnel ganz glatte, ebenmäßige Wände hatte und mit Sorgfalt ausgegraben worden war. Dürfte schwierig sein, kam es ihm in den Sinn, eine Messerklinge zwischen zwei Blöcke zu rammen. Die Wände waren nicht verziert, wiesen keine Hieroglyphen auf. Auf dem Boden machte sich hellgrünes Moos breit.

Nach ungefähr dreißig Fuß rutschte Indy aus und landete auf dem Hosenboden. Halsstarrig stand er wieder auf, setzte vorsichtig einen Fuß vor den anderen und rutschte erneut aus, ehe er feststellen mußte, daß das Moos unter seinen Füßen so glatt wie Eis war. Er drehte sich um und beschloß, wieder nach oben zu steigen, aber das nutzte ihm wenig. Nun schlitterte er rückwärts den Tunnel hinunter. Er überlegte, sich mit den Armen an den Wänden abzustützen, aber der Korridor war zu breit. Da entsann er sich seiner Peitsche, die leider nur zehn Fuß lang war. Ihm blieb noch das Seil, das länger war, aber er sah keine Möglichkeit, es nach draußen zu schleudern …

Draußen beobachtete Bernabé mit entgeisterter Miene die Schlange aus Licht und Schatten. Inzwischen war sie weit genug heruntergekommen. So konnte er sich ausrechnen, daß sie auf den Durchgang ganz rechts zusteuerte – also nicht auf den, in dem Indy verschwunden war. Und doch näherte sich etwas dem Portal, das Indy ausgewählt hatte: die größte Anakonda, die Bernabé je gesehen hatte.

Mit Staunen registrierte Indy, wie die Steinquader immer schneller an ihm vorbeisausten. Er rollte sich auf die linke Seite und versuchte, sich an der Wand festzuhalten. Ein Fingernagel brach ab. Laut fluchend machte er seinem Zorn Luft. Er wurde immer schneller. Wo auch immer der Tunnel ihn hinbrachte, gut war es dort bestimmt nicht. Ein Blick nach unten bestätigte seine Vermutung. Im flackernden Licht der Karbidlampe mußte er voller Entsetzen erkennen, daß der Tunnel in einen Abgrund mündete. Und die Wände waren so glatt, daß es einem Wunder gleichkam, wenn –

»Messerklinge!« rief Indy.

Ohne weiter nachzudenken, riß er sein Jagdmesser aus der Scheide und hielt die Spitze an die Wand. Funken sprühten auf. Die Messerspitze rutschte in eine Ritze, hielt kurz inne und raste dann weiter über den Stein. Ihm blieben nur noch zwei Steinquader. Indy veränderte seine Handhaltung und hielt dann das Messer in einem neuen Winkel. Das Messer blieb in einer Fuge stecken – und dann brach die Spitze ab, und er rutschte wieder dem Abgrund entgegen.

»Aller guten Dinge sind drei«, kam ihm über die Lippen.

Unter großer Anstrengung gelang es Indy, das Messer in die letzte Ritze zu rammen. Diesmal hielt es. Sein Fall wurde ruckartig beendet, gerade noch rechtzeitig, denn seine Füße baumelten schon über dem Abgrund.

Sich mit der einen Hand festhaltend, trieb und hämmerte er mit dem Pistolenknauf das Messer tiefer in die Ritze. Dann wickelte er das Seil mehrere Male um den Griff des Messers und seilte sich vorsichtig ab, um einen Blick in die Grube werfen zu können. Das Licht der Lampe reichte nicht aus, um bis auf den Grund hinunter sehen zu können. Er hörte Wasser plätschern. Indy spuckte und zählte die Sekunden. Das Loch war mehr als hundert Fuß tief.

Der Tunnel, den Indy genommen hatte, endete hier, aber im Lichtschein der Lampe entdeckte er ein Loch in der linken Wand, etwa zwanzig Fuß weiter unten. Also versicherte er sich, daß er das Seil richtig hielt und begann, nach unten zu klettern. Auf gleicher Höhe mit der Öffnung stieß er sich mit den Füßen von der Wand ab und schwankte wie ein Pendel hin und her. Beim zweiten Versuch fand er Halt und zog sich in das Loch, das – wie sich nun herausstellte – ein kurzer Gang war, der in einen anderen Tunnel mündete, welcher von Osten nach Westen verlief.

Daraus schloß er, daß die fünf Durchgänge einem Labyrinth gleich miteinander verbunden waren. Die Höhe des jeweiligen Wasserstandes bestimmte, welcher Durchgang passierbar war, was ihm einigermaßen makaber vorkam.

Er schaute auf die Uhr. Die Zeit wurde knapp.

Auch in diesem Tunnel fiel der Boden ab, aber nicht so steil wie im ersten – und außerdem war er nicht von Moos überzogen. Indy ließ ein paar Fuß Seil nach, das an einem Ende immer noch am Messer befestigt war, und trennte es dann mit der Flamme durch. Die verbleibenden zwanzig Fuß rollte er auf und warf sie über die Schulter. Er stand immer noch am Rand der Grube, als er etwas oder jemanden fallen hörte. Ein paar Sekunden später schallte das Platschen zu ihm hoch.

»Bernabé?« rief er aus.

Der Name hallte aus der Grube zurück.

Indy war einigermaßen verwirrt. Wäre Bernabé gestürzt, hätte er doch sicherlich um Hilfe gerufen oder laut geschrien. Er zuckte mit den Achseln. Vielleicht war es nur einer von diesen schrecklichen Affen gewesen.

Er ging weiter.

Der Tunnel wurde enger, fiel weiter ab und wurde noch schmaler.

Kurz darauf mußte Indy den Kopf einziehen und konnte sich schließlich nur noch auf Händen und Knien fortbewegen. Die Klammheit nahm zu, und bald kroch er durch fünfzehn Zentimeter hohes, faulig riechendes Wasser. Nun stand ihm das Wasser sprichwörtlich bis zum Hals.

Wenigstens, versuchte Indy sich aufzumuntern, wußte er nun, wie tief er sich befand: Der Wasserstand in der Grube verriet ihm die Höhe des Wasserspiegels in der Heiligen Quelle.

Das Kriechen fiel ihm nicht gerade leicht, weil er nur eine Hand benutzte. Mit der anderen hielt er angestrengt die Lampe aus dem Wasser. Endlich stieg der Tunnel wieder an, was ein Lächeln auf Indys Gesicht zauberte. Als er seine Hände betrachtete, fiel ihm zu seiner Verwunderung auf, daß sie mit schwarzen Tupfen überzogen waren. Er versuchte, sie abzureiben, aber sie schienen an seiner Haut zu kleben.

Blutegel hatten sich an ihm festgesetzt.

Mit grimmiger Miene zupfte er den Großteil der Schmarotzer von den Händen und dem Gesicht ab. Um den Rest wollte er sich später kümmern. Die Zeit war knapp; ihm blieben gerade noch zwei Minuten. Als der Tunnel hoch und breit genug war, begann er zu rennen. Durch den Aufprall seiner Schritte lösten sich drei schwere Steinblöcke von der Decke und schlugen mit ohrenbetäubendem Knall an der Stelle auf, wo er gerade eben noch gestanden hatte. Bei der Vorstellung, welchem Schicksal er mit knapper Mühe entgangen war, wurde ihm flau im Magen.

Der Tunnel endete. Indy stand am Ufer der Heiligen Quelle – einem Kalksteinloch, das sich vor Urzeiten im Gestein herausgebildet hatte. Das Wasser schimmerte blaßblau. Irgendwo mußte Sonnenlicht eindringen, obwohl die Decke der Grotte dunkel war. Im fahlen Lichtschein erkannte Indy, daß am Rand weiße Berge aus Kugeln und Stangen aufgeschichtet worden waren.

Beim Nähertreten stellte sich heraus, daß die Kugeln und Stangen Teile menschlicher Skelette waren. Erschüttert kniete er daneben nieder.

Eines der vergilbten Skelette gehörte einer Frau, zweifellos einer Prinzessin oder Gefährtin eines Königs. Das verrieten ihm die Juwelen, die sie getragen hatte. Ein Obsidian-Halsschmuck, ein Jadearmreif und Knöchelketten lagen inmitten der verstreuten Knochen. Und mindestens ein Dutzend kleiner Glocken aus einer Kupfer-Gold-Legierung. Die Klöppel waren entfernt worden – damit hatte man sie ›tot‹ gemacht und hergerichtet, um die Prinzessin auf ihrer Reise in die Unterwelt zu begleiten. Indy hob einen der fragilen Knochen auf.

»Ihr hattet schmale Handgelenke, Prinzessin.«

Anhand der Mineralisierung, die eingetreten war, schätzte Indy, daß das Skelett wenigstens achthundert, wenn nicht gar tausend Jahre alt sein mußte. Indy registrierte, daß alles, was sich hier vor seinen Augen ausbreitete, typisch für die Maya-Opfer der spätklassischen Periode war. Mit Ausnahme von zwei Dingen: Der Schädel war heil, während der Brustkorb eingetreten worden war. In einer traditionellen Zeremonie hätten die Priester der Frau den Schädel einschlagen müssen, bevor sie ihren Leichnam dem Gott der Quelle darboten.

Das andere Skelett war weißer.

Es war das eines Mannes und in Kleider gehüllt, die zur Zeit Königin Victorias modern gewesen waren. Natürlich waren vom mürben Stoff nur noch Fetzen übrig. Indy war sich hundertprozentig sicher, daß man ihn beim Ausrauben der Prinzessin überrascht hatte, weil sich einige ihrer Schmuckstücke in den Taschen seines sich auflösenden Gehrocks befanden. Auch bei ihm war der Brustkorb eingedrückt worden. Ein altmodischer Revolver lag neben den Knochen seiner rechten Hand. Indy hob die Waffe auf und inspizierte den Zylinder. Alle sechs Kammern waren leer.

»Tobias«, sagte Indy laut. »Was ist denn hier nur vorgefallen?«

Am Rand der Quelle und im Wasser lagen weitere Skeletteile verstreut, aber sie verrieten ihm nichts. Die meisten Toten lagen allerdings in der Nähe der Stelle, wo Indy gerade stand, obwohl es anscheinend keinen Altar, keine Opferstelle gab.

Das Schimmern des Wassers wurde von Sekunde zu Sekunde intensiver. Indy sah auf seine Uhr. Jetzt war es soweit. Nun mußte die Schlange den Sockel der Pyramide erreicht haben. Ihn überkam das Gefühl, in Gefahr zu schweben. Den alten, verrosteten Revolver ließ er zu Boden fallen und griff statt dessen nach seiner eigenen Waffe, Kaliber .38, die in einem Gürtelholster verstaut war.

Durch die Grottendecke fiel ein breiter Lichtstrahl und rückte vom anderen Ende der Höhle über das Wasserloch näher. Das Wasser war so klar und das Licht so intensiv, daß die Knochen und Schmuckstücke auf dem sandigen Boden der Quelle zu sehen waren.

Der Lichtstrahl näherte sich Indy.

Immer noch den Revolver haltend, duckte er sich und ließ das Licht über sich hinweggleiten. Es traf auf die Wand hinter ihm, illuminierte einen Schädel aus Kristall, der auf einem Altar in einer Felsnische lag. Ohne das einfallende

Licht wäre Indy dieser Gegenstand niemals aufgefallen. Aus den Augen und dem Mund des Schädels strahlte vielfarbiges Licht und brannte so hell, daß es Indy blendete.

Ehe er sich versah, war das Licht wieder verschwunden.

Nur Indys Karbidlampe warf ihr mattes Licht in die Grotte.

Er verstaute seine Waffe und bewegte sich vorsichtig zwischen den aufgeschichteten Knochenhaufen zum Altar. Vor dem Schädel kniete er sich hin. In Form und Größe glich er dem Kopf eines Menschen. Bei seinem Anblick mußte Indy dem längst toten Künstler Respekt zollen für die detailgetreue Arbeit, die er geleistet hatte. Die Wangenknochen waren perfekt herausgearbeitet, und der fein modellierte Unterkiefer verfügte über eine makellose Zahnreihe. An den Stirnknochen las Indy ab, daß es sich um einen weiblichen Schädel handeln mußte.

Indy ließ seinen Blick über den Altar schweifen, suchte nach Fallen und nahm den Kristallschädel in die Hand, als er keine finden konnte.

Nichts passierte.

»Das ist zu einfach«, sagte er.

»Ja, Dr. Jones, da haben Sie recht.«

Ganz langsam blickte Indy über seine Schulter. Eine Mauser-Automatikpistole war auf seinen Rücken gerichtet. Sie wurde von einem großen, kahlköpfigen Mann gehalten, der einen braunen Anzug und eine Krawatte trug, die von den Faschisten bevorzugt wurden. Eine auffällig rote Narbe zog sich über den Schädel des Mannes. Die Uniform wies Schlammspritzer auf. In der anderen Hand hielt der Fremde eine Kerosinlampe. Seitlich an seinem Kopf hatte sich ein Blutegel festgesaugt. Als er lächelte, blitzten in seinem Mund goldene Schneidezähne auf.

Hinter dem Fremden lauerte ein Schläger in grauer Uniform mit schwarzen Streifen. Mit einem Gewehr hielt er den verstörten Bernabé in Schach. Zu Füßen des Schlägers stand eine zweite Laterne.

Der Kahlköpfige stellte seine Laterne auf den Boden, ehe er Indys Webley aus dem Holster zog und ihm die Peitsche abnahm. Die Waffe warf er ins Wasser, die Peitsche beiseite.

Und dann schnappte er sich den Kristallschädel.

»Ach, sieh an, die namenlose Göttin des Todes – sie ist viel älter, als man sich überhaupt vorstellen kann. Und von solch außergewöhnlichem handwerklichen Geschick. Ist Ihnen aufgefallen, wie anatomisch genau dieser Schädel gefertigt ist, Dr. Jones? Im Vergleich zu anderen Gegenständen, die die Mayas hergestellt haben, fällt dieses Kunstwerk aus dem Rahmen. Normalerweise hatten sie keinerlei Gespür für Mimik.« Melancholisch betrachtete er den Schädel, den er in Händen hielt. »Nein, das hier ist die Arbeit einer älteren und uns unbekannten Zivilisation und zwar von einer, deren Fähigkeiten denen der Mayas bei weitem überlegen waren – und, wie ich sagen möchte, unserer eigenen vergleichbar ist.«

»Wer immer Sie sein mögen«, sagte Indy, »Sie stehen ganz offensichtlich auf Märchen.«

»Verzeihen Sie mir«, erwiderte der Glatzkopf. »Woran denke ich nur? In meiner Aufregung habe ich vergessen, daß wir einander ja nicht offiziell vorgestellt worden sind. Leonardo Sarducci, ich stehe Ihnen zu Diensten.« Ohne die Waffe runterzunehmen, stand er stramm und klackte die Hacken zusammen. »Es wäre unklug, mehr zu verraten.«

»Ich kann nicht sagen, daß ich mich freue, Sie kennenzulernen«, meinte Indy, ohne die Mauser aus den Augen zu lassen.

»Oh, aber ich freue mich, *Ihnen* zu begegnen«, sagte Sarducci. »Mit großem Interesse habe ich Ihre faszinierende Karriere verfolgt. Im Moment sind Sie an der Princeton University, nicht wahr?«

Indy nickte.

»Ivy League! Wie wunderbar!« rief Sarducci. »Endlich bringt man Ihnen den Respekt entgegen, den Sie sich wirklich verdient haben. Was für eine Schande, daß Sie nicht lange genug am Leben bleiben werden, um ihn zu genießen. Und machen Sie nur Ihre Witze über Märchen, Dr. Jones, denn der Schädel – er birgt das Geheimnis der Ewigkeit. Es wäre nicht zu verantworten gewesen, ihn Ihnen zu überlassen.«

Sarducci verstaute den Kristallkopf in einem Leinensack und zog mit einer Aura der Endgültigkeit die Schnur zu.

»Schwarze Magie, hm? Ich dachte, dieses Thema sei mit Paracelsus zusammen verschwunden«, höhnte Indy. »Sagen Sie, wenn Sie so klug sind und ich so dumm bin, warum konnten Sie dann nur mit *meiner* Hilfe hierher gelangen? Das wüßte ich zu gern.«

»Das war – wie sagt man noch – zweckmäßig.« Sarducci warf den Kopf nach hinten und lachte schallend. Das Gelächter hallte von den Grottenwänden wider. Dann griff er nach oben und riß den Blutegel von seinem Kopf weg. Eine häßliche rote Wunde blieb zurück. Er ließ den Parasiten auf den Boden fallen und trat mit dem Absatz seines Stiefels darauf. »Ich möchte Ihnen verraten«, verkündete er großherzig, »daß Ihr Tod genauso zweckmäßig ist. Marco, erschieß die beiden, aber warte, bis ich weg bin – Gewehrfeuer in einem so engen Raum dürfte schlecht für die Ohren sein, nicht wahr?«

Die Laterne haltend, den Sack mit dem Schädel über die

Schulter geworfen, hielt Sarducci am Tunneleingang inne und wandte sich um.

»An was glauben Sie, Dr. Jones?« fragte er noch. »Vertrauen Sie auf ein Leben nach dem Tod? Denken Sie, daß der Tod nur ein vorübergehender Zustand ist – oder glauben Sie – wie ich – daß der Tod endgültig ist, daß man dem Tod nur entkommen kann, indem man ewig lebt?«

»Raten Sie«, forderte Indy ihn auf.

Sarducci kicherte.

»Nein, als Amerikaner *müssen* Sie einfach an ein Leben danach glauben, das hat man Ihnen doch in der Sonntagsschule beigebracht, oder? Stellen Sie sich vor – Sie haben nun die Möglichkeit, Ihren Glauben der einzigen und wahren Prüfung zu unterziehen! Ich werde an Sie denken, im Lauf der Jahrhunderte, die ich noch vor mir habe, und ich werde das Beste genießen, was das Leben und die Macht zu bieten haben, während Sie nur Staub sein werden.«

Mit ausladender Geste salutierte er vor Indy.

»*Arrivederci,* Dr. Jones!«

Und dann verschwand er.

»Dort rüber«, befahl Marco und zeigte mit dem Gewehrlauf in die entsprechende Richtung. Mit erhobenen Händen setzte Bernabé sich in Bewegung und stellte sich niedergeschlagen neben Indy.

»Können wir nicht noch mal darüber reden?« erkundigte sich Indy.

»Halt die Klappe!« befahl Marco.

»Es besteht keinerlei Grund, wütend zu sein«, fand Indy, nahm die Hände hoch und ging auf Marco zu.

»Stehenbleiben!« rief Marco aus und feuerte mehrere Schüsse in die Erde vor Indys Füßen. Sand bröselte von der

Grottendecke. »Ihr beide, kniet euch hin. Hände hinter den Kopf. Und zwar schnell.«

Bernabé fiel auf die Knie. Indy wich mit entsetzter Miene zurück.

»Heiliger Bimbam ...«

Am Rand des Laternenlichtkegels, direkt hinter dem Schläger, machte Indy etwas Großes und Grünes aus, das aus dem Wasser gekrochen kam.

»... ich könnte mir denken, Sie würden gern erfahren ...«

Marco nahm das Gewehr hoch und richtete das Visier auf einen Punkt zwischen Indys Augen aus. Feigling, fuhr es ihm durch den Kopf. Sein Finger drückte langsam den gespannten Hahn hinunter.

»... daß genau hinter Ihnen die verdammt größte *Schlange* ist, die mir je unter die Augen gekommen ist.«

Der Gewehrlauf zitterte, als Marco nach hinten blickte. Eine achtunddreißig Fuß lange Anakonda starrte ihn mit aufgerissenem Maul an. Die geteilte Zunge zischte heraus, Zahnreihen glitzerten im Laternenlicht. In den milchiggrünen Augen spiegelte sich die Gelassenheit des Reptils. Der Kopf des Tieres wies ein Einschußloch und Messerwunden auf.

Marco schrie. Er versuchte, mit dem Gewehr auf die Schlange zu zielen, aber die Anakonda reagierte schneller als er. In weniger als einer Sekunde hatte sie die zwischen ihnen liegende Entfernung überwunden, und als sie zuschlug, fiel Marco das Gewehr aus der Hand. Ein Schuß löste sich, aber glücklicherweise landete die Kugel im schlammigen Erdreich. Ohne zu zögern, bohrte die Schlange ihre Zähne in den linken Schenkel des Schlägers. Jetzt, da sie ihn fest im Griff hatte, begann sie, Marco hin und her zu drehen und ihren eigenen Körper um ihn zu wickeln.

»Ich kann Schlangen auf den Tod nicht ausstehen«, verriet Indy. Schweißperlen standen ihm auf der Stirn. Seine Lippen zitterten, und seine Hände zuckten unkontrolliert.

Marco hatte nicht mehr genug Luft, um zu schreien. Wann immer er ausatmete, drückte die Schlange fester zu. Seine Lungen waren zu schwach, um der stählernen Umklammerung des Reptils standzuhalten. Sein Gesicht lief rot an und verzog sich zu einer stummen, flehenden Grimasse. Aus Marcos Mundwinkel rann ein dünner Blutfaden.

Indy wandte sich ab.

»Chef«, flehte Bernabé. »Können wir nicht was unternehmen?«

»Er ist schon tot«, sagte Indy.

Die Anakonda riß ihr Maul weit auf und verschluckte den Kopf und die Schultern des leblosen Marco. Sein Körper wurde mit Speichel überzogen und rutschte in den Magen des Reptils. Nur noch die beschuhten Füße hingen dem Tier aus dem Maul, als es zurück in die Quelle kroch.

»Sie hat uns das Leben gerettet«, meinte Bernabé. »Und nun ist sie weg.«

»Fürs erste«, sagte Indy. Mit dem Ärmel wischte er sich das Gesicht ab und bemühte sich, langsam und gleichmäßig durchzuatmen. »Aber sie wird zurückkehren, um uns zu holen. Und falls wir sie nicht töten, Amigo, wird sie uns kriegen, ehe wir die Mitte des Tunnels erreicht haben.«

»Aber wie?« fragte Bernabé. »Wir haben schließlich keine Waffe …«

Indy löschte die Flamme der Karbidlampe und schüttelte sie, um sich zu vergewissern, daß sie genug Benzin hatte. Dann schraubte er den kleinen Benzinbehälter mit einer halben Drehung ab.

»Ich kenne Leute, die auf diese Weise fischen«, sagte Indy. Ihm fiel es nicht leicht, seine Stimme unter Kontrolle zu halten. »Das Zeugs explodiert, wenn es mit Wasser in Berührung kommt. Ich hoffe, es funktioniert hier auch –«

Bernabé deutete auf die Quelle.

Der grüngelbe Kopf der Anakonda zeichnete sich unter der Wasseroberfläche ab.

»Nimm die Laterne«, sagte Indy. »Laß sie auf keinen Fall ausgehen. Sobald ich dieses Ding werfe, rennst du in den Tunnel.«

Bernabé schnappte sich die Laterne.

Als die Schlange noch etwa drei Meter bis nach oben zu überwinden hatte, schleuderte Indy die Karbidlampe ins Wasser. Das Ding sank schnell. Ein Schwall grauer Blasen stieg aus dem Benzinbehälter auf. Indy rannte zum Tunnel hinüber und schnappte sich auf dem Weg dorthin noch schnell seine Peitsche, die Sarducci beiseite geworfen hatte.

Die Explosion war ohrenbetäubend und tauchte das Innere der Grotte in ein pinkfarbenes Licht. Fleischbrocken und Fetzen grüner, schwarzgetupfter Haut stiegen in einer Wassersäule auf, gefolgt von einem goldenen, geschlitzten Auge von der Größe einer Grapefruit. Durch die Tiefe der Quelle zog sich ein dunkler Streifen.

Am Tunneleingang war Indy in die Hocke gegangen und sprach ein stummes Dankgebet. Hinter ihm bekreuzigte sich Bernabé. Mit geschlossenen Augen drückte Indy das Gesicht an die kühle Grottenwand und sammelte Kraft für den anstehenden Marsch nach oben.

»Bernabé«, sagte er und zückte seine Brieftasche. »Du kannst jetzt deinen Bonus kriegen.«

Der Nebel, der vorhin die untergegangene Stadt Cozán eingehüllt hatte, hatte sich aufgelöst, als Indy und sein Führer aus dem Pyramidensockel geklettert kamen. Das Sonnenlicht reflektierte von den weiß gekalkten Wänden der Stadt und schmerzte ihre an die Dunkelheit gewöhnten Augen. Indy legte die Hand über die Augen und wartete, bis sich seine Pupillen an die veränderten Lichtverhältnisse gewöhnt hatten. Als er wieder richtig sehen konnte, begann er, die Spinnweben und den Staub von seinen Klamotten zu klopfen.

»Hören Sie«, sagte Bernabé.

Indy hielt in der Bewegung inne.

Gedämpftes Donnern drang aus südlicher Richtung zu ihnen herüber.

»Was ist das?« wollte der Führer erfahren.

Das Geräusch schwoll an.

»Motorenlärm«, sagte Indy. »Stammt von einem Flugzeug.«

Das heisere Brummen zweier Motoren mit achthundert PS erfüllte den Himmel. Schließlich entdeckte Indy strahlendes Weiß über den Bäumen, die im Süden standen, direkt über dem Fluß.

»Sieh doch!« rief er aus.

Über der Stadt tauchte ein Flugzeug auf, dessen Schatten den Tempel einhüllte. Das funkelnde Weiß ließ sich mit nichts vergleichen, was Indy bislang gesehen hatte. Die Form erinnerte ihn an eine riesige, einem Boomerang ähnelnde Tragfläche, unter der zwei Rümpfe klebten. Jeder Rumpf wies eine Reihe von runden Schießscharten auf, die nach unten ausgerichtet waren. Aus dem Bug der Kabinen ragte jeweils ein Gewehrlauf. Das breite Flugzeugende wurde von Balken gestützt, die aus den Enden der beiden

Rümpfe hervorsahen. Die Ruder waren mit drei roten Sternen auf einem weißen Feld verziert, eingerahmt von einem grünen Kreis.

Das hier ist kein Wasserflugzeug, fuhr es Indy durch den Kopf, das ist eher ein riesengroßer flugfähiger *Katamaran*. Die Flügelspannweite, schätzte er, kam an die Länge eines Fußballfeldes heran. Die beiden großen Motoren waren Rücken an Rücken mitten auf der Tragfläche befestigt, auf einer stativähnlichen Stütze, und verfügten je über einen dreiflügeligen Propeller, der anschob, und einen, der zog. Durch die rechteckigen Fenster eines erhöhten Cockpits in der Mitte der Tragfläche konnte Indy einen Piloten und einen Co-Piloten erkennen. Sie trugen die gleichen grauen Uniformen mit schwarzen Streifen, die auch schon Marco getragen hatte. Das Flugzeug war so tief, daß Indy auch Sarducci ausmachen konnte, der zwischen den beiden Piloten stand, sich mit den Händen auf deren Schultern abstützte und lachte.

»Auf den Boden!« rief Indy.

Die Waffen vorn begannen zu knattern.

Indy gab Bernabé einen Schubs und sprang in die andere Richtung. Der guatemaltekische Führer ging in Deckung, als Kugeln auf die Steine zwischen ihm und Indy hagelten. Steinsplitter kratzten über Indys Wange, und ein Querschläger sauste so dicht an ihm vorbei, daß sein ganzer Körper unter dem eigenartigen Jammern zu vibrieren schien. Indy biß die Zähne zusammen und zog sich mit beiden Händen den heißgeliebten Fedora in die Stirn.

Das Gewehrfeuer verebbte.

Das Motorengeräusch wurde leiser.

Indy spähte unter seinem Hutrand hervor. In der Ferne spiegelte sich in den Fenstern auf der Steuerbordseite die

Sonne. Das Flugzeug setzte in weitem Bogen zur Kehrtwende an.

Schnell kam Indy wieder auf die Beine und zog Bernabé am Hemdkragen hoch. »Das ist unsere Chance«, sagte er. »Wir müssen von hier verschwinden, bevor sie zurückkehren und zum zweiten Mal auf uns schießen.«

Die beiden Männer rannten quer über den Hof, suchten Deckung hinter einzelnen größeren Steinen und Unrat, der sich hier im Lauf der Zeit angesammelt hatte. Dann flohen sie die Straße der Toten hinunter, die kürzeste Strecke zu den schützenden Bäumen.

Am Rand des Regenwaldes legte Indy eine Pause ein und drehte den Kopf in Richtung Flugzeug, das seine Kehrtwende vollendet hatte und sich ihnen nun aus dem Osten näherte. Sein Brustkorb hob und senkte sich, Schweißperlen tropften ihm von der Stirn. Seine blut- und schweißüberströmten Wangen brannten. Er fuhr mit dem Handrücken über sein Gesicht.

»Wer *sind* diese Typen?« fragte er.

»Niemand, den wir kennenlernen möchten, Chef.«

Sie tauchten im Dschungel unter.

Die Maschinengewehrschützen beschossen den Regenwald an der Stelle, wo sie das flüchtende Paar zum letzten Mal gesichtet hatten. Doch Indy und Bernabé versteckten sich hinter einem Mahagonibaum, gute zehn Meter weiter, und hörten, wie die Kugeln wirkungslos durch das Dach aus Blättern über ihre Köpfe zischten.

Am Gründonnerstag gelangten die beiden nach San Pablo, das ein gutes Stück hinter der guatemaltekischen Grenze lag. Indy konnte sich nicht entsinnen, wann er jemals so erschöpft oder so dreckig gewesen war. Er hatte den Eindruck, daß seine Kleider an seinem Körper festklebten. Er sehnte sich nach einer ausgiebigen Dusche, nach einer Rasur und einer warmen Mahlzeit. Als sie sich der Stadt näherten, legte Indy eine Pause ein, veränderte die Position seines Rucksacks und kratzte einen Mückenstich auf seiner rechten Hüfte, ehe er sich auf wackeligen Beinen weiterschleppte.

Bernabé behielt dasselbe Tempo bei, das er eingeschlagen hatte, gleich nachdem sie San Pablo den Rücken gekehrt hatten. Die Indios in dieser Gegend waren überall auf der Welt für ihre Ausdauer berühmt. Das Marschtempo seines Führers hatte Indy in regelmäßigen Abständen dazu veranlaßt, Bernabés Zeit zu nehmen. Der Mann lief barfuß. Nach mehreren Messungen entdeckte er, daß Bernabés Tempo sich nur minimal veränderte. Diese Tatsache war ihm zu Anfang ihrer gemeinsamen Reise bemerkenswert erschienen, hatte ihm nach der Hälfte seltsamerweise ein beruhigendes Gefühl vermittelt, war ihm aber während der letzten Tage zusehends zum Ärgernis geworden. Völlig unbegründet verspürte er inzwischen den Wunsch, daß sein Führer rennen, langsamer werden oder humpeln sollte.

»Los«, drängte Indy ihn. »Wir sind fast da. Laß uns laufen.«

Bernabé lächelte und schüttelte den Kopf.

»Warum denn nicht?« fragte Indy.

»Sie erinnern mich an den Hasen in dieser alten Geschichte, Chef. Manchmal ist es ganz gut, der Hase zu sein, aber manchmal ist es gut, sich wie die Schildkröte zu verhalten. Wir beide werden auf jeden Fall unser Ziel erreichen, nicht wahr?«

»Nun, laut dem Märchen gewinnt die Schildkröte das Rennen.«

»Was Sie nicht sagen«, rief Bernabé und gab sich angesichts des Ergebnisses überrascht. »Das darf ich in Zukunft nicht vergessen.«

Schließlich erreichten sie den Stadtrand von San Pablo und marschierten durch die dunklen und gewundenen Straßen. Das Dörfchen bestand aus einer Handvoll Stuckhäuser, die sich um eine altersschwache Kirche aus der Kolonialzeit scharten. Elektrizität gab es in dem Städtchen nicht, aber die *Plaza* wurde von Papierlaternen und Fackeln erleuchtet. Die Luft war voller Musik und dem Gelächter der Betrunkenen.

Als sie den Platz überquerten, behinderte eine Prozession ihr Fortkommen. Ein paar Teilnehmer hatten sich als römische Soldaten verkleidet, die einen Jesus – ebenfalls ein Mann aus dem Dorf – zu einem Holzkäfig in der Mitte des Platzes führten. Andere trugen Fellmützen und dunkle Jakken und schwangen Bullenpeitschen, die sie über die Köpfe der Zuschauer zischen ließen.

»Die mit den Peitschen, das sind die, die Judas' Rolle einnehmen«, klärte Bernabé ihn auf. »Sie sind Mitglieder einer Bruderschaft. Die Dorfbewohner geben ihnen Whisky und ein bißchen Geld, in der Hoffnung, daß im kommenden Jahr die Geschäfte gut laufen.«

Die Menge jubelte, als der Jesus in den Käfig geworfen wurde.

»Aber«, protestierte Indy, »Judas ...«

Bernabé zuckte mit den Achseln.

»Hier vermischen sich der christliche Glaube und die alten Traditionen«, sagte er. »Den Priestern gefällt das gar nicht. Aber was können sie dagegen unternehmen? In den Augen meines Volkes ist Judas auch Maximón, der Maya-Gott der Unterwelt, der dafür sorgt, daß sich die Welt auch in Zukunft dreht, weil er alles daransetzt, daß die Menschen sich ineinander verlieben.«

Jemand zupfte an Indys Peitsche, die an seinem Gürtel hing. Als er sich umdrehte und den Blick senkte, schaute er in die Augen eines verängstigten Kindes. Das Mädchen warf ihm eine Münze vor die Füße und rannte auf und davon.

Indy staunte nicht schlecht.

»Sie hielt Sie für einen Judas«, sagte Bernabé.

Indy bückte sich und hob die Münze auf. Er nahm sie zwischen Daumen und Zeigefinger und studierte sie. Das war ein Kupfer-*Centavo*, der nur den Bruchteil eines amerikanischen Cents wert war. Die Münze war im Jahre 1899 geprägt worden, in dem Jahr, in dem Indy auf die Welt gekommen war.

Er steckte die Münze in seine Hemdtasche und richtete sich auf.

»Bernabé«, sagte er. »Sag mir die Wahrheit. Was hat es mit dem Fluch des Kristallschädels auf sich?«

»Ja – wissen Sie das denn nicht, Chef?« staunte Bernabé. »Sie werden töten, was Sie lieben.«

KAPITEL EINS

Gegenstände aus vergangenen Epochen

»Was weißt du über das Voynich-Manuskript?«

Diese Frage hatte Marcus Brody ihm so ganz nebenbei gestellt, während er gerade damit beschäftigt war, Sahne und Zucker in seinen Kaffee zu rühren, aber Indiana Jones hörte diesen bestimmten Tonfall nicht zum ersten Mal. Auch das Funkeln in den Augen seines alten Freundes war ihm nicht fremd.

»Nicht viel«, bekannte Indy, faltete die Morgenausgabe der *New York Times* zusammen und legte die Zeitung weg. Sie saßen draußen vor dem Tiger Coffee House, auf dem Bürgersteig Ecke Nassau und Witherspoon, an einem Tischchen, direkt gegenüber dem Campus der Princeton University.

Es regnete.

»Soweit ich mich erinnere, wurde das Manuskript für eine Ausstellung seltener Bücher an Yale ausgeliehen«, begann Indy und trank dann einen Schluck heißen schwarzen Kaffee. »Es ist mindestens vierhundert Jahre alt, wurde in einer unbekannten Sprache von dem Alchemisten Roger Bacon geschrieben und birgt allem Anschein nach das Geheimnis des Steins der Weisen – der laut Überlieferung die

Macht besitzt, Blei in Gold zu verwandeln, und Unsterblichkeit verleiht. Die Entdeckung des Manuskripts hat vor ein paar Jahren international Aufsehen erregt; damals war ich noch Student. Ich meine mich zu entsinnen, daß man es als das ›geheimnisvollste Manuskript der Welt‹ bezeichnete, aber alle Versuche, es zu entschlüsseln, sind fehlgeschlagen.«

»Da hast du verdammt recht«, sagte Brody und gönnte sich ein leises Lächeln. »Ich habe einmal einen Blick darauf geworfen, mehr aus Neugier als aus wissenschaftlichem Interesse, aber ich konnte mir natürlich auch keinen Reim darauf machen. Ich glaube nicht, daß jemand anderer dazu in der Lage sein dürfte, jedenfalls nicht ohne den passenden Lösungsschlüssel.«

»Warum fragst du?«

»Es wurde gestohlen.«

»In den Zeitungen hat nichts darüber gestanden.«

»Nein, und ich rechne auch nicht damit, daß das noch passieren wird«, entgegnete Brody. »Ich habe erst vor ein paar Tagen von dem Diebstahl erfahren, als ein paar überaus seriös wirkende Beamte mir einen Besuch im Museum abstatteten. Und sie haben mir eine Menge Fragen über dich gestellt.«

»Über mich?«

»Ja«, sagte Brody. »Die Universität hat ihnen gesagt, daß du dich im Auftrag des Museums auf einer Expedition befindest, und sie wollten von mir erfahren, wie man mit dir in Verbindung treten kann. Natürlich war ich ihnen nicht von großer Hilfe, zumal die Mayas sich geweigert haben, so etwas Nützliches wie eine Telefonleitung in ihren Ruinen zu installieren. Und außerdem wußte ich nicht, wann du zurückkehren würdest.«

Seit zwei Jahren, also seit genau dem Zeitpunkt, als Brody zum Direktor für Besondere Anschaffungen am American Museum of Natural History in New York ernannt worden war, finanzierte diese Institution stillschweigend Indys ›Forschung‹. Das Arrangement hatte die Sammlung des Museums beträchtlich vergrößert, während Indy freigestellt war, an jeden Ort der Welt zu reisen, wie und wann es ihm gefiel. Diesen Luxus konnte er während der Depression mit dem Gehalt eines Universitätsprofessors nicht aus eigener Tasche finanzieren.

Abwesend machte Indy sich an der Krawatte zu schaffen, die über den Kragen seiner Strickjacke gerutscht war, und stierte in den dichten Regen, der über der Nassau Street herabging. An der Ecke stand eine alte Frau mit naß an den Kopf geklatschtem Haar. Auf der Ladefläche eines Holzkarrens verkaufte sie Äpfel. Auf einmal fühlte Indy sich unwohl in seiner Haut. Ein Anflug von schlechtem Gewissen überkam ihn, weil er hier unter dem schützenden Dach saß, Kaffee trank und Brodys Freundschaft genoß.

»Noch etwas Kaffee, Dr. Jones?«

»Wie bitte?«

»Sir, hätten Sie gern noch etwas Kaffee nachgeschenkt?« fragte der Kellner.

»Entschuldigen Sie, ich war gerade in Gedanken versunken«, verriet Indy ihm. »Nein, danke. Ich muß gleich zum Unterricht.«

Brody hielt abwehrend die Hand hoch, woraufhin der Kellner sich höflich verzog.

»Du sagtest, deine Besucher arbeiten für die Regierung?« hakte Indy nach. »Da muß ich mich doch fragen, warum sich das FBI des Diebstahls eines so ungewöhnlichen Gegenstandes annimmt? Also, wer könnte überhaupt Interesse daran haben, dieses Manuskript zu stehlen?«

»Mein erster Gedanke galt einem privaten Sammler«, meinte Brody. »Genau aus diesem Grund möchten sie sich wahrscheinlich mit dir unterhalten. Sie gehen vielleicht davon aus, daß du sie mit entsprechenden Hinweisen versorgen kannst.«

»Das ist doch eher dein Steckenpferd als meins.«

»Vielleicht wollen sie auch, daß du ihnen bei der Wiederbeschaffung behilflich bist«, wandte er ein, und damit kehrte das Funkeln in seinen Augen zurück. »Falls jemand dazu in der Lage ist, dann bist du das.«

»Kein Interesse«, sagte Indy. »Ich muß mich dringend ausruhen.«

Aus seiner ledernen Aktentasche zog Indy einen Stapel handbeschriebener Blätter. »Hier ist der Bericht über die Cozán-Expedition«, sagte er. Am Morgen hatte Indy Brody schon kurz über den Verlust des Kristallschädels informiert und dabei sorgsam darauf geachtet, kein Wort über den Fluch zu verlieren, der laut Bernabé von dem Gegenstand ausging. »Es tut mir aufrichtig leid, daß die Angelegenheit keinen günstigeren Verlauf genommen hat. Ich weiß nicht mal, wer diese Kerle im Flugzeug waren. Und ich fühle mich beschissen, weil ich das Geld des Museums verpraßt habe und mit leeren Händen zurückgekommen bin.«

Mit einer Handbewegung tat Brody die Entschuldigung ab.

»Die Archäologie ist keine exakte Wissenschaft«, erinnerte er Indy vorsichtig. »Jedes Vordringen in das Unbekannte beinhaltet ein gewisses Risiko. Die Funde, die du für uns bisher gemacht hast, wiegen einen kleinen Rückschlag wie diesen lange auf, und falls ich enttäuscht wirken sollte, dann nur, weil du niedergeschlagen wirkst.«

Indy schüttelte den Kopf.

»Manchmal frage ich mich, ob dieses Sammeln toter Gegenstände aus vergangenen Epochen überhaupt einen Sinn macht«, zweifelte Indy laut. »Auf der Welt leiden so viele Menschen Hunger. Ich bezweifle, daß dieser Frau dort drüben, die Äpfel verkauft, etwas daran liegt, was vor tausend Jahren – oder gestern – passiert ist.«

»Wann immer du philosophisch wirst, fange ich an, mir Sorgen um dich zu machen«, sagte Brody. »Jeder von uns hat seine Rolle zu spielen. Es ist wahr, daß viele von uns im Augenblick zu sehr damit beschäftigt sind, ihre Mägen zu füllen. Aber du, mein Junge – die Rolle, die du mit den toten Gegenständen aus vergangenen Epochen spielst, hilft uns, unsere Seelen zu nähren. Und wer weiß? Möglicherweise stößt du eines Tages auf ein altes Geheimnis, das uns sogar hilft, unsere Mägen vollzukriegen.«

Marcus beugte sich vor.

»Je mehr wir über die Vergangenheit lernen, Indy, desto geringer die Chance, daß wir die gleichen Fehler noch mal machen.«

Der Regen ließ nach. Nur noch selten fiel ein dicker Tropfen in die Pfützen auf der Straße. Indy streckte die Hand aus und fing ein paar Tropfen auf, die vom Rand der grünweiß-gestreiften Markise rannen. Einen Augenblick hielt er das Regenwasser in der Hand, schloß sie dann und ließ es durch die Finger laufen.

»Was ist nur in dich gefahren, Indy?« fragte Marcus. »Bisher habe ich dich noch nie so niedergeschlagen gesehen. Soll ich dir die Liste deiner Verdienste vortragen?«

»Nein, Marcus«, sagte er. »Ich bin in Ordnung, ehrlich.«

»Hat sich auf deiner Expedition etwas zugetragen, von dem du mir nichts erzählt hast?« fragte Marcus nach. »Eine Angelegenheit des Herzens? Du bist einem wunderschönen Indio-Mädchen begegnet, das –«

»Nichts in der Art«, sagte Indy. Seine Miene klärte sich auf. »Die einzige Frau, der ich auf meiner Reise begegnet bin, war aus Quarz und ein paar hundert Jahre zu alt für mich.« Er trank seinen Kaffee aus und blickte zum Himmel auf. »Es war schön, dich zu sehen, Marcus, aber jetzt muß ich mich schleunigst auf den Weg machen.«

»Der Kaffee geht auf meine Rechnung«, meinte Brody.

»Danke«, erwiderte Indy. »Für alles.«

»Überleg dir doch, nach New York zu kommen, zur Eröffnung der neuen Ausstellung über Zentralamerika«, bat Brody ihn. »Würde dir guttun. Es gibt eine Menge zu sehen, und wie du weißt, bist du für die besten Stücke verantwortlich. Darüber hinaus wäre es eine gute Gelegenheit, dich dem *Explorers' Club* vorzustellen.«

»Nein, danke. Ich habe meine Koffer noch nicht mal ausgepackt. Ich bin gerade aus dem Dschungel zurück, und es drängt mich nicht, mich in den nächsten zu stürzen.«

Indy setzte den Hut auf und klemmte die Aktentasche unter den Arm. Die beiden Männer gaben sich die Hand.

»Ich werde mich melden«, versprach Brody. Nachdem Indy das Café verlassen hatte, sagte Brody zu sich selbst: »Mein Junge, ich hoffe, sie ist es wert gewesen.«

An der Ecke blieb Indy stehen, um einen Apfel zu kaufen, den er mit einem Dollarschein bezahlte. Als die Frau sich beschwerte, daß sie nicht über die fünfundneunzig Cents verfüge, die sie ihm rausgeben mußte, bat er sie, das Geld zu behalten und sich davon eine warme Mahlzeit zu kaufen.

Den Apfel verstaute er in der Aktentasche. Ein nagelneuer V-8 Ford fuhr an ihm vorbei. Die Reifen sangen auf dem nassen Asphalt. Der Wagen war schwarz, und die beiden Männer auf den Vordersitzen trugen schwarze Anzüge und Krawatten. Ein dritter Mann – er saß auf der Rückbank – hatte eine Uniform an. Das Nummernschild an der hinteren Stoßstange verriet Indy, daß das Fahrzeug Regierungseigentum war.

Indy ging zum Fitz Randolph Gateway hinüber. Weil das schmiedeeiserne Tor nur zu besonderen Gelegenheiten aufgeschlossen wurde, quetschte Indy sich durch einen schmaleren Eingang nebenan, der normalerweise von Studenten genutzt wurde. Gerade als er den Campus zur Hälfte durchquert hatte und an der großen Kanone vorbeikam, die aus dem Bürgerkrieg stammte, donnerte es am grauen Himmel, und es begann erneut aus allen Wolken zu schütten. Bis auf die Knochen durchnäßt erreichte er die McCormick Hall.

»Wieder völlig naß, hm, Jones?«

»Gruber«, sagte Indy.

Harold Gruber – ein pfeiferauchender Wissenschaftler, der sich aufs Mittelalter spezialisiert hatte und eine Leidenschaft für Macchiavelli pflegte – vertrat gerade den Leiter der Abteilung für Kunst und Architektur an der Princeton University.

Gruber nahm die Meerschaumpfeife aus dem Mund.

»Hören Sie, Jones«, sagte er und zeigte mit dem Pfeifenstiel auf Indy. »Sie sollten sich besser einen Regenschirm zulegen. Es gibt keine Entschuldigung dafür, unvorbereitet zu sein.«

»Danke, Harry«, sagte Indy.

»Harold«, sagte Gruber.

Auf dem Weg nach oben quietschten Indys Schuhe auf den Treppenstufen. Gruber und seine schwelende Pfeife folgten ihm.

»Ich bin sehr froh, daß ich Ihnen über den Weg gelaufen bin«, murmelte Gruber. Die Pfeife hing wieder im Mundwinkel. »Es sind Fragen aufgetaucht, wissen Sie, und als stellvertretender Leiter halte ich es für meine Pflicht, eben diesen Fragen nachzugehen.«

»Fragen?« rief Indy über seine Schulter.

»Ähm, ja«, sagte Gruber. Sie hatten mittlerweile das obere Stockwerk erreicht, und Indys Schuhe hinterließen feuchte Abdrücke auf dem Boden, als er auf sein Büro am Ende des Flurs zuhielt. »Bei uns ist eine Beschwerde vom Britischen Konsulat eingegangen hinsichtlich Ihrer Aktivitäten in Britisch Honduras. Wie es scheint, haben sie den Eindruck gewonnen, daß Sie gegen ihr Antiquitätengesetz verstoßen haben, indem Sie quasi durch die Hintertür, in diesem Fall über Guatemala, bestimmte Orte besucht haben.«

»Hintertür?« fragte Indy.

Er schloß die Tür mit der Kennzeichnung 404 E auf und trat ein. Um einen Stapel Nachrichten aufzuheben, die sich hinter der Tür angesammelt hatten, mußte er sich bücken.

»Nun?« fragte Gruber.

Eine zornige Rauchsäule stieg aus seiner Meerschaumpfeife auf. Die Tabakmischung roch wie altes, feuchtes Stroh und brannte Indy in den Augen.

»An Hintertüren kann ich mich nicht erinnern.« Indy stand auf und blätterte beim Sprechen die Nachrichten durch. »Aber ich hatte schon immer Probleme, Karten zu lesen. Ich werde meinem guatemaltekischen Führer schreiben und ihn fragen, wo genau wir gewesen sind. Es wird selbstverständlich ein paar Wochen dauern, bis wir Antwort erhalten, Harry ...«

Damit machte er die Tür zu und schloß sie ab.

»Harold«, rief Gruber von der anderen Seite. »Ich ziehe Harold vor.«

Indy hängte seinen tropfenden Hut und Mantel an einen Kleiderständer aus Holz, der in der Ecke seines winzigen Büros untergebracht war. Die Aktentasche landete auf dem Tisch. Das Büro war seit Beginn der Osterferien verschlossen gewesen und roch nun wie ein Sarkophag. Indy entriegelte das Fenster und schob es ein paar Zentimeter hoch.

Der durchs Fenster dringende Wind verschob die Papiere auf dem Schreibtisch. Indy setzte sich auf den Drehstuhl, entledigte sich seiner Schuhe und drapierte sie mit der Oberseite nach unten auf den zischenden Dampfheizkörper unter dem Fenster.

Sein Büro war vollgestopft mit Büchern, Fachzeitschriften und einem ungewöhnlichen Durcheinander von Artefakten. Ein menschlicher Schädel aus dem Tempel von Angkor Wat grinste vom obersten Brett eines überfüllten Regals auf ihn hinab. Ein Gipsabdruck der im griechischen Rosetta gefundenen Tafel nahm eine Ecke hinter seinem Schreibtisch ein, während ein grimmig dreinblickender Holzfetisch aus Polynesien in der anderen Ecke Wache hielt. Überall standen Schachteln mit Bogen und Pfeilspitzen, mit Tonscherben und den unterschiedlichsten Fossilien herum. Auf dem Schreibtisch waren ein Telefon, ein Tintenfaß, ein Stapel unbenoteter Hausarbeiten und eine Zeremonienschale aus dem Grab eines ägyptischen Königs zu finden.

Indy setzte seine Lesebrille auf, öffnete die Aktentasche und begann nach den Notizen für die Morgenvorlesung zu kramen. Da er sie dort nicht fand, suchte er in der Schreibtischschublade weiter. Gerade als er die unterste Schublade durchforstete, klopfte jemand an seine Bürotür.

»Verschwinden Sie, Harold«, rief er.

Das Klopfen setzte erneut ein.

»Dr. Jones?« rief eine Stimme.

Indy murrte leise, warf einen Blick auf die Schreibtischplatte und auf den Boden unter dem Möbelstück, ehe er sich erhob und die Tür aufschloß.

Die drei Männer aus dem V-8 Ford warteten auf der anderen Seite der Tür. Die beiden vorn stehenden Männer trugen dunkle Anzüge, während der Mann hinter ihnen die Uniform eines Armee-Offiziers trug.

»Indiana Jones?«

»Ja«, sagte Indy ungeduldig.

»Entschuldigen Sie die Stör ...«, begann der vierschrötige Mann und hielt dann inne, als er sah, daß Indy sich abklopfte und damit versuchte, die verschwundenen Karten aufzuspüren. »Stimmt was nicht?«

»Was? Oh«, sagte Indy und grinste einfältig. »Ich habe meine Notizen für die Vorlesung heute morgen verlegt. Bitte verzeihen Sie meine Zerstreutheit.«

»Nun, ich denke, sie geht mit Ihrem Beruf Hand in Hand«, räumte der Vierschrötige ein, Indys Socken skeptisch musternd. »Dürfen wir vielleicht reinkommen?«

Die Glocke in der Kuppel auf der Nassau Hall begann in einem glasklaren D zu läuten, als Aufforderung an die Studenten, sich in ihre jeweiligen Unterrichtsräume zu begeben.

»Ich habe nicht viel Zeit«, sagte Indy.

»Wir auch nicht«, sagte der Mann. »Uns beschäftigt eine Angelegenheit von nicht unbeträchtlicher Wichtigkeit, und wir haben den ganzen langen Weg aus Washington zurückgelegt, um Sie zu treffen. Sicherlich können Sie uns ein paar Minuten Ihrer kostbaren Zeit schenken.«

Indy warf einen Blick auf seine Armbanduhr.

»Warum nicht?« lud er sie ein.

Das Trio quetschte sich ins Büro, während Indy schon damit beschäftigt war, Kisten und Schachteln von Stühlen zu räumen und Platz zu schaffen, damit sie sich setzen konnten. Dann trat er hinter seinen Schreibtisch und hob den Telefonhörer ab.

»Es hat sich etwas Wichtiges ergeben«, erklärte er Penelope Angstrom, der Abteilungssekretärin. »Hätten Sie die Freundlichkeit, meine Neun-Uhr-Studenten zu informieren? Ja. Ich werde gleich kommen. Oh, und Miss Angstrom? Bitten Sie sie, die Unterlagen über Troja nochmals durchzusehen. Vielen Dank.«

Indy legte den Hörer wieder auf die Gabel zurück.

»Ich bin Agent Bieber«, sagte der muskulöse Mann und streckte ihm die Hand entgegen. »Der Name meines Partners lautet Yartz. Wir sind beim FBI. Das hier ist unser Berater, Major John M. Manly.«

Indy schüttelte allen dreien die Hand. Yartz war ein schlanker, angenehm wirkender Mann. Manly war älter als die beiden, hatte ein markantes Kinn und klare braune Augen.

»Ich kenne Ihre Arbeiten, Major«, verriet Indy. »Ihre Kritik an Newbolds Lösung im *Speculum* hat mich beeindruckt. Aber hätten Sie eventuell die Freundlichkeit, mir zu erklären, wie es dazu kam, daß der fähigste Chaucer-Gelehrte dieses Landes vom Militärischen Geheimdienst angeheuert wurde?«

Manly lächelte.

»Ich verfüge über Talent, was das Zusammensetzen von Puzzles angeht«, sagte Manly. »Kurz bevor Amerika in den Krieg eingetreten ist, wurde ich vom Kryptographiekorps rekrutiert. Und nun stelle ich ihnen hin und wieder meine Dienste zur Verfügung, in der Hoffnung, so den nächsten Krieg verhindern helfen zu können. Sagen Sie, ich glaube, ich habe Ihren Vater Henry Jones kennengelernt, als ich vor dem Krieg an der Universität von Chicago arbeitete. Damals war er hier in Princeton. Wie geht es dem alten Herrn?«

»Dad und ich haben uns seit Jahren nicht gesehen.«

Bieber zündete sich eine Lucky Strike an und streckte Indy das Päckchen hin.

»Ich rauche nicht«, sagte Indy.

Bieber zuckte mit den Achseln und zupfte einen Tabakkrümel von der Unterlippe, ehe er die Zigaretten an Yartz weiterreichte.

»Gentlemen, ich möchte nicht Ihre Zeit verschwenden«, führte Indy aus und legte die Brille ab. »Mein Kollege Marcus Brody hat mir verraten, daß ich mit Ihrem Besuch rechnen darf. Ich fürchte leider, daß ich Ihnen mit dem Voynich-Manuskript nicht behilflich sein kann, weil Verbrechen nicht zu meinem Betätigungsfeld gehören. Diese Dinge, die Sie in diesem Raum aufbewahrt sehen, diese Gegenstände, die der Erde abgetrotzt wurden, das ist es, worin ich gut bin. Falls Sie einen Experten suchen, steht Ihnen ja Professor Manly zur Verfügung.«

»Ein Schritt nach dem anderen«, sagte Bieber und grinste ihn über eine blaue Rauchwolke hinweg an. Er zog einen Bleistift und einen billigen Notizblock aus der Tasche. »Wir werden gern bei Ihnen anfangen, Dr. Jones. Können Sie Ihr Interesse am Okkulten erläutern?«

»Wie bitte, ich verstehe nicht?«

»Man hat mir gesagt, daß Sie eine Nische geschaffen haben in den dunkleren Ecken der Archäologie. Hexen, schwarze Magie, ja selbst Menschenopfer. Einem normalen, durchschnittlichen Menschen muß das etwas ... befremdlich vorkommen.«

Indy lachte.

»Das ist ganz einfach. In alten Kulturen wurde Magie als real angesehen. Sie gehörte zum Alltag der Menschen. Die Magie verriet ihnen, wann sie auf Jagd gehen, wann sie aussäen, wann sie Städte bauen sollten. Falls man vorhat, diese Kulturen ernsthaft zu studieren, ist die Kenntnis dieser Glaubensformen dringend erforderlich – was aber noch lange nicht heißt, daß ich persönlich ein Anhänger der Schwarzen Magie bin.«

Bieber grunzte.

»Wie verhält es sich mit Ihrer Verbindung zu diesem Museum in New York?« fragte er. »Allem Anschein nach hat es mehrere Beschwerden über Ihre zwielichtigen archäologischen Ausgrabungen gegeben. Ihr Vorgehen, wurde uns gesagt, kann nicht gerade als exemplarisch angesehen werden. Das Britische Konsulat hat ziemlich sauer auf Ihre letzte Eskapade reagiert.«

»Sie haben sich mit Gruber unterhalten, nicht wahr?« wollte Indy erfahren.

»Vielleicht wäre das ein Punkt, wo wir nachhaken sollten«, meinte Bieber. Die Asche seiner Zigarette war auf ein gefährliches Maß angewachsen, und er hatte die Frechheit, sie in Indys Zeremonienschale auf dem Schreibtisch abzustreifen.

Da verzog Indy angewidert die Miene und entfernte die Asche wieder.

»Benutzen Sie bitte den Aschenbecher auf dem Regal hinter Ihnen«, sagte er, »und nicht dieses dreitausend Jahre alte Artefakt aus Ägypten.«

»Entschuldigung«, murmelte Bieber.

»Ich möchte mich für die Ungeschicklichkeit meines Kollegen entschuldigen«, ließ Yartz verlauten und grinste übers ganze Gesicht. »Manchmal verwendet er einen Bulldozer, wo ein herkömmlicher Spaten ausreichen würde. Worauf wir hinauswollen, Dr. Jones, ist der Umstand, daß das Büro bereit wäre, ein paar Ihrer ... Überschreitungen zu übersehen, falls Sie gewillt sind, uns beim Voynich-Manuskript behilflich zu sein.«

»Wieso ich?« wollte Indy wissen.

»Ihr Ruf eilt Ihnen voraus«, sagte Yartz. »Soweit wir wissen, können Ihre unkonventionellen Vorgehensweisen ziemlich erfolgreich sein. Uns geht es nicht so sehr darum, dieses Verbrechen zu lösen, sondern wir möchten das Manuskript zurückhaben, egal, welche Mittel dazu nötig sind.«

»Egal, welche Mittel dazu nötig sind?« wiederholte Indy. »Das klingt nicht logisch. Warum ist die Regierung so scharf auf ein uraltes, unlesbares Manuskript?«

Die Agenten schwiegen.

Major Manly streckte seine Handflächen nach oben.

»Es tut mir leid, Dr. Jones«, fing er an. »Hierbei handelt es sich um eine FBI-Operation, wenigstens solange wir uns innerhalb der Grenzen der Vereinigten Staaten befinden. Beim Militärischen Geheimdienst handeln wir auf einer wesentlich globaleren Ebene.«

Bieber runzelte die Stirn.

»Hören sie, Dr. Jones«, sagte er. »Seien Sie vernünftig. Sie gewinnen nichts, wenn Sie sich schwierig geben. Sie haben den Ruf, ein guter Lehrer zu sein – so berichten es jedenfalls die Studenten –, und es wäre doch dumm, wenn etwas geschähe, das Ihrem Ruf schadete.«

»Ist das als Drohung gemeint?« fragte Indy.

»Wir sprechen keine Drohungen aus, Dr. Jones«, entgegnete Bieber.

»Meine Herren, es behagt mir nicht, wenn man mich unter Druck setzt«, gestand Indy. »Falls Sie mich jetzt entschuldigen würden, ich muß zum Unterricht. Sie finden sicherlich nach draußen.«

Bieber ließ seinen Zigarettenstummel fallen und trat ihn mit dem Absatz aus. Yartz grinste, holte einen Stapel Karteikarten aus seiner Jacke und legte sie auf Indys Schreibtisch.

»Die hier haben Sie beim Überqueren der Straße verloren«, sagte er.

Die FBI-Agenten verließen das Büro.

Manly blieb zurück.

»Von einem Gelehrten zum anderen«, sagte er, »diese Sache ist sehr wichtig. Ich möchte mich für die dreiste Vorgehensweise meiner Kollegen entschuldigen. Ehrlich gesagt, Dr. Jones, wir könnten Ihre Unterstützung gut gebrauchen. Wir verfügen nicht über eine einzige Spur, die irgend etwas Substantielles ergeben hat. Denken Sie wenigstens noch mal darüber nach.«

Indy sagte nichts.

»Hier ist meine Karte.« Als Indy keinen Finger rührte, sie entgegenzunehmen, legte er sie auf den Tisch. »Sie können mich zu jeder Tag- und Nachtzeit unter dieser Nummer erreichen.«

Manly schloß die Tür hinter sich.

Mit den Notizen in der Hand blieb Indy vor dem Unterrichtsraum stehen. Seine fünfzehn Studenten rissen Witze oder unterhielten sich über Nebensächlichkeiten. Offenbar freuten sie sich über die zusätzlichen Minuten der Freiheit. Lächelnd machte er die Tür auf.

Auf einen Schlag wurde es still.

»Meine Herren«, setzte Indy an, »ich möchte mich für die Verspätung entschuldigen. Ich hoffe, Sie alle hatten einen angenehmen – wenn auch zu kurzen – Urlaub. Lassen Sie uns den Faden bei unserer Exploration der Beziehung zwischen Mythos und Entdeckung wieder aufnehmen.«

Indy trat an die Tafel.

»Die Geschichte der Archäologie ist die Geschichte unseres schwer zu durchschauenden Wissensdurstes bezüglich der Vergangenheit. Jeder von uns spaziert jeden Tag mit dem kulturellen Mobiliar unserer längst verstorbenen Vorfahren umher, das sich in die hintersten Winkel unseres Unterbewußtseins eingegraben hat.

Für die meisten von uns bedeutet das nicht viel mehr als eine Fußnote des Alltagslebens. Selbst wenn wir nicht abergläubisch sind, fällt es doch zum Beispiel den meisten von uns schwer, den Weg einer schwarzen Katze zu kreuzen, ohne von leichtem Zweifel befallen zu werden. Diesen Rest Aberglaube haben wir den Babyloniern zu verdanken. Aber es gibt noch andere, faszinierende Dinge, die in den hintersten Winkeln unserer Köpfe verweilen: Geschichten, Fabeln, Mythen.«

Indy kritzelte den Namen SCHLIEMAN an die Tafel.

»Für ein paar Personen werden diese Mythen manchmal zu *der* treibenden Kraft ihrer Leidenschaft, und ihre Lebensaufgabe ist es dann, die Geheimnisse zu enträtseln, die sie umgeben. Es ist wirklich überraschend zu sehen, wie viele Entdeckungen in der Geschichte der Archäologie wir einigen wenigen inspirierten Menschen zu verdanken haben, die als Rüstzeug nur Glauben und harte Arbeit ins Feld führten.«

Vorn meldete sich jemand mit Handzeichen.

»Ja, Mr. Hudson?«

»Ähm, entschuldigen Sie, Dr. Jones«, sagte der Viertsemestler und drehte dabei nervös den Bleistift in den Händen. »Ich glaube, Schliemann wird mit zwei N geschrieben – das heißt, wenn ich mich nicht irre.«

»Ganz richtig«, sagte Indy und korrigierte seinen Fehler. »Danke. Und bitte melden Sie sich, wann immer Sie das Bedürfnis verspüren. Sie brauchen nicht zu zögern.«

Hudson nickte.

»Nun, an Weihnachten 1829 schenkte ein Vater seinem siebenjährigen Sohn einen Bildband, in dem die Geschichte der Welt aufbereitet war. In diesem Buch gab es auch eine Zeichnung des brennenden Troja. Das Bild, auf dem der schwere Stadtwall zu sehen war und das berühmte Scaeen Tor, entfachte die Imagination des Jungen. Konzentriert lauschte er, wie sein Vater ihm die Geschichte des trojanischen Krieges erzählte, und als er erfuhr, daß die Stadt nicht mehr existierte, daß keine Menschenseele wußte, wo die großartige Zitadelle gestanden hat, war er mehr als erstaunt. Der Junge beschloß, daß er – wenn er groß war – Troja suchen und den Schatz finden wollte, der dort vergraben war.

Der Junge – Heinrich Schliemann – wurde erwachsen. Im Alter von vierzehn Jahren endete seine institutionalisierte Schulausbildung, aber er studierte allein weiter. Während er eine Lehre als Lebensmittelkaufmann absolvierte, als Kabinenjunge und als Buchhalter arbeitete, gelang es ihm, acht Sprachen zu erlernen. Schließlich wurde er ein sehr erfolgreicher Geschäftsmann, doch seine Troja-Besessenheit legte sich nie.

Endlich, im Alter von sechsundvierzig Jahren, auf der Höhe des Erfolges, zog er sich aus dem Geschäftsleben zurück, um sich seiner selbstgestellten Aufgabe zu widmen. Als Führer diente ihm Homers Erzählung über den trojanischen Krieg, die von den meisten Wissenschaftlern als Märchen abgetan wurde. Aber Schliemann zog Pickel und Schaufel der Meinung anderer vor. 1873, nach jahrelangen Grabungen und just an dem Tag, an dem er beschlossen hatte, die erfolglose Arbeit hinzuschmeißen, stieß er auf die Schatztruhe eines Königs.

Weitere aufsehenerregende Funde sollten folgen«, erzählte Indy. »Zu jener Zeit ging man davon aus, daß alle Museen auf der Welt zusammengenommen etwa ein Fünftel an Goldartefakten beherbergten, im Verhältnis zu dem, was Schliemann in Troja barg. Nun, wer kann für uns Schliemanns Fund in einen archäologischen Kontext stellen? Mr. York.«

»Das Troja, das Schliemann gefunden hat, war wahrscheinlich nicht das Troja des homerischen Mythos«, gab ein junger Rotschopf selbstsicher zum besten. »Im letzten Jahrzehnt des 19. Jahrhunderts erkannte Wilhelm Dörpfeld als erster, daß es an jenem Ort neun Städte gab, eine auf den Ruinen der vorherigen erbaut.«

Eine andere Hand fuhr hoch.

»Hudson.«

»Letztes Jahr«, verkündete der scheue Student, »rief Carl Blegen – von der Universität von Cincinnati, denke ich – eine neue Expedition ins Leben. Er geht davon aus, daß eine der neun Städte an jenem Ort das *echte* Troja ist.«

»Sehr gut«, lobte Indy. »Also, obwohl Schliemann einige Fehler unterlaufen sind – und ihn damalige Experten als schwierigen Außenseiter ansahen –, hat er eine dreitausend Jahre alte Zivilisation entdeckt, von der die meisten Wissenschaftler dachten, daß sie nur ein Mythos wäre. Der Traum, geboren im Herzen eines siebenjährigen Jungen, hat zu diesem sensationellen Ergebnis geführt. Bevor wir uns nun aber mit der Stratifikation in Troja beschäftigen, gibt es bis dahin noch Fragen oder Kommentare?«

Ein Student in der hintersten Reihe hob den Finger.

»Mr. Griffith?«

»Wo«, fragte der junge Mann, »sind Ihre Schuhe?«

Miss Penelope Angstrom war fünfundsechzig Jahre alt und hatte sich der Abteilung für Kunst und Architektur an der Princeton Universität verschrieben, wo sie seit neunundzwanzig Jahren arbeitete. Obwohl sie ziemlich sauer reagierte, wenn man die Meinung äußerte, sie sei mit der Abteilung verheiratet, zerbrach sie sich insgeheim den Kopf darüber, ob sie langsam eine alte Jungfer wurde. Sie lebte allein in einem Zwei-Zimmer-Apartment über einem Tante-Emma-Laden in der Witherspoon Street, von wo aus man einen herrlichen Ausblick auf den Palmer Square hatte. Einsam fühlte sie sich selten, denn sie hatte ihre Bücher und ihre Musik, die ihr Gesellschaft leisteten. Und falls sie sich mal einsam *fühlte,* las sie Gedichte oder spielte leise Geige bis tief in die Nacht, oder, falls sie sich besonders mutig vorkam, verschlang sie einen Abenteuerroman vom Zeitungsstand an der Ecke.

Es war nicht so, daß sie niemals Verehrer gehabt hätte, aber keiner von ihnen hatte ihren Maßstäben genügt. Sie hatte einen Liebhaber gehabt, im Sommer ihres dreißigsten

Lebensjahres, aber der hatte ihr das Geld und die Unschuld geraubt. Obwohl sie das niemals öffentlich zugegeben hätte – und sich reichlich albern vorkam, wenn sie es sich selbst eingestand – suchte sie einen Mann reinen Herzens, der bereit war, für das Gute in der Welt zu kämpfen – kurz gesagt, sie wollte einen Ritter der Neuzeit. Und sie wollte, daß man extra für sie ein Liebesgedicht schrieb. Aber nun, da der Winter des Lebens näherrückte, ihr dunkelbraunes Haar weiße Strähnen zeigte, schwand ihre Hoffnung auf solch einen Mann. Ihr Sonett schien in weite Ferne gerückt zu sein. Wenn sie nur, dachte sie wehmütig, noch einmal zwanzig sein könnte – heute lagen die Dinge für Mädchen ganz anders. Sie hatte zugesehen, wie eine Generation von Frauen sich die Haare kurzschnitt, Gin trank und nicht darauf wartete, bis einer ihrer Helden auf *sie* zukam.

Ihr Schreibtisch stand am Ende des Flurs, vor dem Büro des Leiters der Abteilung. Dort sinnierte Penelope Angstrom gerade über derlei Dinge nach, als Indy leise gegen die offene Tür klopfte. Er erschreckte sie so sehr, daß sie den Bleistift fallen ließ, den sie gehalten hatte. Er rollte Indy vor die Füße.

»Habe ich Sie beim Tagträumen erwischt, Miss Angstrom?« fragte er und gab ihr den Stift zurück.

»Bestimmt nicht«, verteidigte sie sich. »Ich habe im Geiste gerade eine Liste der nachmittäglichen Aktivitäten aufgestellt. Das hilft mir hin und wieder, meine Gedanken zu sammeln, Dr. Jones.«

»Ich fand eine Notiz, daß Harold mich sehen möchte«, sagte Indy.

»Aber sicher.« Sie flüsterte ein paar Worte in die Gegensprechanlage. »Dr. Gruber wird Sie in Kürze empfangen. Bitte, nehmen Sie Platz.«

Indy setzte sich auf einen der steifen Holzstühle, die längs einer Bürowand aufgereiht waren. Normalerweise warteten hier mehr oder minder nervöse Studenten.

»Ich hoffe, daß Ihre Reise nach Südamerika erfolgreich verlaufen ist«, bemerkte sie.

»Nicht so produktiv, wie ich erwartet hatte«, erwiderte Indy. »Aber danke der Nachfrage. Wo wir gerade vom Reisen sprechen, haben Sie Nachricht von Dr. Morey erhalten?«

»Ja, gestern kam eine Postkarte von ihm. Er berichtet, daß er im Vatikan eine Menge zu tun hat, Princeton aber doch sehr vermißt und es nicht erwarten kann, im Herbst wieder bei uns zu sein.« Mit verschwörerischer Miene beugte sie sich vor. »Unter uns gesagt, Dr. Jones, ich kann es auch kaum erwarten, bis er wieder zurück ist. In letzter Zeit mußte ich eine Menge Arbeitsstunden darauf verschwenden, das Durcheinander zu entwirren, das unser Dr. Gruber angerichtet hat.«

»Harry scheint nicht über die Begabung zur Leitung einer Abteilung wie dieser zu verfügen«, äußerte Indy seine Meinung. »Und unter uns gesagt, Miss Angstrom, ich weiß, wie tief diese Abteilung in Ihrer Schuld steht – Gott, ich denke, wir könnten keine Woche ohne Sie überleben.«

Sie errötete.

»Danke«, brachte sie stotternd hervor.

Zögernd sagte sie dann: »Wahrscheinlich steht es mir nicht zu, das zu sagen, Dr. Jones, aber ich habe es sehr genossen, daß Sie bei uns waren. Ich weiß auch, daß Sie eine der Persönlichkeiten unter den jüngeren Kollegen sind, die Dr. Morey zu schätzen weiß, und ich finde, daß seine Einschätzung den Tatsachen entspricht. Sie sind überhaupt nicht wie die anderen. Wie kommt es nur, daß sich ein

Mann in einen egoistischen Snob verwandelt, kaum daß er einen Titel vor seinem Namen stehen hat, und das, obwohl er die Studenten absolut abscheulich behandelt? Doch Ihnen und Dr. Morey ist es gelungen, Ihre ... nun, Ihre Menschlichkeit beizubehalten.«

Jetzt war Indy an der Reihe, rot anzulaufen.

»Dr. Jones«, rückte sie plötzlich mit der Sprache heraus, »ich *habe* tatsächlich meinen Tagträumen nachgehangen, als Sie hereingekommen sind. Ich machte mir Gedanken über die Zeit und wie seltsam es ist, alt zu werden, obwohl ich mich tief in meinem Herzen noch wie ein Schulmädchen fühle. Meine Frage mag Ihnen eigenartig vorkommen, aber glauben Sie, daß es irgendwo tatsächlich so etwas wie einen Jungbrunnen geben könnte?«

»Das ist ein Mythos, der überall auf der Welt existiert«, meinte Indy. »Und es gibt viele Menschen, die ihr ganzes Leben mit der Suche danach zugebracht haben. Ponce de León dachte, er läge in Florida, und die Indios in Zentralamerika meinten, der Jungbrunnen sei eine magische Quelle auf den Bahamas.«

Die Gegensprechanlage läutete.

»Dr. Gruber wird Sie nun empfangen«, sagte sie.

Harold Gruber schaute nicht auf, als Indy in das Büro des Leiters trat. Indy stand, während Gruber in Rufus Moreys großem Drehstuhl saß und das getippte Papier in seinen Händen überflog. Nach einer ganzen Weile blickte er auf und schob Indy das Schriftstück hin.

»Das hier ist ein Kündigungsschreiben, das nur noch von Ihnen unterschrieben werden muß«, sagte Gruber und faltete die Hände hinter dem Kopf.

»Darf ich fragen, aus welchem Grund ich kündige?«

»Unterlassen Sie Ihre Spielchen. Das kommt bei mir nicht an«, meinte Gruber und beugte sich vor. »Sie wissen Bescheid. Sie haben gegen das Gesetz verstoßen, als Sie in Britisch Honduras nach Kunstschätzen suchten, um Sie auf dem Schwarzmarkt feilzubieten.«

»Schwarzmarkt?« fragte Indy ungläubig. »Ich habe im Namen des Museums eine Expedition durchgeführt. Rufen Sie Markus Brody in New York an – er wird alle Zweifel ausräumen.«

»Ah, das Museum dient Ihnen als Tarnung. Fungiert Brody als Ihr Partner in dieser Sache?« fragte Gruber. »Die Herren, die mir heute morgen einen Besuch abgestattet haben, hatten die Freundlichkeit, mir detailliert zu berichten. Wie es aussieht, behalten die Sie schon seit einer ganzen Weile im Auge. Im Interesse der Universität wäre es das beste, wenn Sie weiterzögen.«

»Das kommt einer Erpressung gleich«, verteidigte Jones sich. »Die Männer, mit denen Sie sich heute morgen unterhalten haben –«

Gruber hielt die Hand hoch.

»Ich werde Ihre Lügen und Ausreden nicht hinnehmen«, sagte er. »Wenn man dem FBI nicht vertrauen kann, wem soll man dann vertrauen? Sie haben bis heute abend Zeit, um Ihre Sachen aus 404 E zu räumen, oder wir werden Sie rauswerfen lassen.«

Gedankenverloren rieb Indy sein Kinn.

»Was geschieht mit meinen Klassen?«

»Uns steht eine kompetente Fakultät zur Verfügung, die durchaus in der Lage ist, den Ausfall einer Lehrkraft zu beheben.«

»Haben Sie sich mit Dr. Morey in Verbindung gesetzt?«

»Dazu besteht kein Grund«, erwiderte Gruber aalglatt.

»Ich habe heute morgen mit Präsident Dodd konferiert, und er hat sich meiner Einschätzung der Situation angeschlossen. Um ehrlich zu sein, Jones, ich tue Ihnen eigentlich einen Gefallen, indem ich Ihnen die Möglichkeit einräume, selbst zu kündigen.«

»Prima Gefallen.«

»Der Brief, den ich in Ihrem Namen aufgesetzt habe, nennt als Grund für Ihr Ausscheiden ›persönliche Beweggründe‹. Sie täten gut daran, ihn zu unterzeichnen, andernfalls werden Sie niemals mehr Gelegenheit haben, an irgendeiner Universität zu unterrichten.«

»Nein, ich werde Ihren Vorschlag bestimmt nicht annehmen«, sagte Indy, »denn ich habe mir nichts zuschulden kommen lassen. Harry, wenn Sie mich loswerden möchten, dann müssen Sie mich schon feuern.« Und damit zerriß er das Kündigungsschreiben.

»Jones«, sagte Gruber eiskalt, »Sie sind gefeuert.«

KAPITEL ZWEI

Das geheimnisvolle Manuskript

Indiana Jones blieb auf der obersten Stufe der doppelten Steintreppe stehen, die zum Haupteingang des American Museum of Natural History führte. Die hinter der Hochhaussilhouette von New York versinkende Sonne warf lange Schatten über die 77. Straße, und das Laubwerk der Bäume im angrenzenden Central Park glühte rotgolden. Der Feierabendverkehr hatte sich gelegt, und das gehetzte Treiben der Taxis und Fußgänger, die keine Minute ihres kostbaren Feierabends verlieren mochten, war verschwunden. Von der ungewöhnlichen Stille angeregt, fragte Indy sich, ob in ein paar tausend Jahren ein zukünftiger Archäologe an genau dieser Stelle stehen und sich angesichts der Ruinen der Stadt fragen würde, wie die Menschen früher einmal an diesem Ort gelebt hatten.

Quietschende Reifen rissen ihn aus seinen Gedanken. Unten auf der Straße bremsten ein paar Taxis, damit die Fahrgäste aussteigen konnten. Einer der Fahrer drückte auf die Hupe, während der andere mit einer Geste unerschütterlichen Selbstbewußtseins den Arm aus dem Fenster streckte und ein allgemein verständliches Handzeichen der totalen Respektlosigkeit zur Schau stellte.

Kopfschüttelnd betrat Indy das Museum.

Der Reptilienschau in der Mitte des ersten Saales schenkte er keine große Aufmerksamkeit, spürte aber den Blick aus den kalten Glasaugen einer ausgestopften Anakonda, die inmitten einer realistischen Dschungelnachbildung präsentiert wurde. Mit großen Schritten näherte er sich der östlichen Treppe und dem angrenzenden Fahrstuhl und betrat einigermaßen erleichtert die Kabine.

»Welches Stockwerk?« erkundigte sich der Fahrstuhlführer.

»Fünftes.«

»Die Ausstellungen liegen nur in den ersten vier Stockwerken, Mister«, sagte der Mann und strich seine Uniformjacke glatt. »In der fünften Etage sind die Büroräume der Verwaltung, die Labore und die Bibliothek untergebracht. Besucher sind nicht erlaubt.«

»Wer ist ein Besucher? Ich bin Professor – ich meine, Dr. Jones. Ich möchte Marcus Brody sehen.« Er hielt inne und sprach dann in freundlicherem Tonfall weiter. »Ich habe ein paar der Ausstellungsstücke der neuen Zentralamerika-Ausstellung zusammengetragen.«

Der Fahrstuhlführer betätigte den Messinghebel. Der Fahrstuhl glitt nach oben, während der Mann den Blick nach vorn richtete und keinerlei weitergehendes Interesse an ihm zeigte.

»Vielleicht haben Sie schon von mir gehört?« fragte Indy hoffnungsvoll nach.

Der Mann warf einen Blick über seine Schulter und inspizierte Indy von Kopf bis Fuß, vom Scheitel bis zur Sohle.

»Nö«, sagte er. »Brody, den kenne ich, aber von Ihnen habe ich noch nie gehört.«

Sich etwas kleiner als zuvor fühlend, verließ Indy den

Fahrstuhl. Ich hätte es wissen müssen, schalt er sich. Es bringt doch nichts, wenn man versucht, das angeschlagene Ego durch einen Fremden aufzupäppeln. Aber seit er seinen Job in Princeton verloren hatte, hatte sein Selbstbewußtsein spürbar Schaden genommen. Wenigstens, versuchte Indy sich zu beruhigen, war der Mann ehrlich gewesen.

Indy und Marcus Brody gingen die Treppe hinunter. Sie hielten nur einmal inne, im Südwestflügel in der zweiten Etage, um einen kurzen Blick auf die Ausstellung mit dem Titel *Archäologie in Mexiko und Zentralamerika* zu werfen. Die Mitte des Raumes wurde von Reproduktionen beherrscht, die Zeremoniensteine, Stelen und Fresken zeigten. GOLD- UND JADEORNAMENTE UND WERTVOLLE STEINE informierte ein Schildchen an dem Glaskasten in der Raummitte, WURDEN VON DR. HENRY JONES, JR., VON DER PRINCETON UNIVERSITY, IN EINEM KOMPLEX ANTIKER GRÄBER IN COSTA RICA ENTDECKT. VON BESONDERER BEDEUTUNG SIND DIE RELIGIÖSEN EMBLEME, DIE DARÜBER HINAUS VON BEMERKENSWERTEM DESIGN SIND, ALLEN VORAN DAS KROKODIL, DAS EINE SCHLANGE VERSCHLINGT, DIE VOGELÄHNLICHE FIGUR MIT DER ECHSE UND DER MANN, DER VON EINEM GEIER AUFGEFRESSEN WIRD. In anderen Kästen waren Töpferarbeiten und Geschirr aus verschiedenen Perioden ausgestellt. Auf Ausgrabungsplänen waren Städte, Gräber und Quellen eingezeichnet. Eine ruhende Gestalt – eine Gipskopie einer echten Figur in Chichén Itzá – wachte mit undurchsichtigem Lächeln über die Ausstellung.

»Du hast hervorragende Arbeit geleistet, Marcus«, lobte Indy seinen Freund.

»Dir gebührt der Dank«, entgegnete Brody. »Das ist das Ergebnis deiner harten Arbeit. Deine Feldnotizen waren erstklassig, und so hatte ich keinerlei Schwierigkeiten, die Artefakte in eine logische Folge zu bringen. Natürlich hatte ich gehofft, daß der Kristallschädel quasi das Kernstück bildet.«

»Vielleicht kriegst du sie ja noch«, meinte Indy.

»Sie?« fragte Brody.

»Tut mir leid«, entschuldigte sich Indy und kam sich auf einmal wie ein Idiot vor. »Das ist etwas, was ich von Sarducci übernommen habe – wer immer er gewesen sein mag. Ach ja, ist es dir gelungen, den Namen mit einem glatzköpfigen Mann in Verbindung zu bringen?«

»Nein, leider nicht. Meine Kollegen konnten weder mit dem Namen noch mit der Beschreibung etwas anfangen. Was nicht heißen soll, daß ich meine Nachforschungen deshalb einstellen werde.«

»Du gehst doch hoffentlich diskret vor«, gab Indy zu bedenken. »Wer immer diese Leute sein mögen, sie hatten auf alle Fälle eine Vorliebe für alles, was Kugeln ausspuckt.«

Die beiden Männer kehrten dem Museum den Rücken. Der Abend war angenehm mild, und sie schlenderten in Richtung Süden, vorbei an den großen Hotels, die sich am Central Park West wie Wachtürme ausnahmen. Am Majestic, an der Kreuzung 72. Straße, hielt ein Taxi direkt an der Ecke. Ein Mann stieg aus. Mit seinem Bart, Gehstock und seinem dunklen Anzug paßte er nach Indys Einschätzung eher ins viktorianische Zeitalter als in die Gegenwart.

»Brody«, sagte der Mann warmherzig. »Wo haben Sie sich versteckt? Wir haben Sie beim letzten Treffen vermißt. Chapman fing wieder an, seine Kriegserinnerungen über diese verdammte Expedition nach Gobi zum besten zu geben, und ich weiß nicht, warum *Ihnen* das erspart bleiben soll.«

»Ich fürchte, die Arbeit hat mich aufgehalten«, sagte Brody. »Aber ich freue mich, daß ich Ihnen über den Weg laufe, denn hier ist jemand, den Sie meiner Meinung nach kennenlernen sollten – jemand, der – wie ich finde – unseren Club vervollständigen würde.«

»Nur zu«, erklärte sich der Mann bereit.

»Indy, das hier ist Vilhjalmur Stefansson, Präsident des berühmten Explorers' Club, der sich hier, im Majestic, trifft.«

Stefansson reichte ihm die Hand.

»Präsident Stefansson«, stellte Brody weiter vor, »ich darf Ihnen den bemerkenswerten Wissenschaftler und Abenteurer Indiana Jones vorstellen.«

»Indiana Jones!«

Stefanssons Hand erstarrte.

»Gütiger Gott, Mann, ich habe erst kürzlich von ein paar anderen Mitgliedern von Ihren Abenteuern erfahren«, verkündete er.

»Ich bin sicher, sie übertreiben«, erwiderte Indy bescheiden. Ein warmes Gefühl der Dankbarkeit machte sich in seiner Brust breit.

»Nein, Sie begreifen nicht«, sagte Stefansson und zog die Hand zurück. »Abenteuer sind das Merkmal der Inkompetenz! Sicherlich nichts, worauf man stolz sein sollte. Und Ihre Methoden – o Schreck! Brody, warum verschwenden Sie Ihre Zeit mit diesem Mann?«

Das Gefühl der Wärme verschwand auf einen Schlag.

»Es tut mir leid«, sagte Brody. »Dr. Jones ist ein hochgeachteter –«

»Papperlapapp!« sagte Stefansson und fuchtelte mit dem

Gehstock vor Indys Nase herum. »Sie, Sir, sind nichts anderes als ein Grabräuber! Ein gewöhnlicher Dieb hat mehr Takt. Machen Sie Platz.«

»Aber hören Sie –«

»Ich will nichts mehr hören, Brody. Wie heißt es noch: Zeig mir deine Freunde, und ich sage dir, wer du bist. Nun, ich möchte Ihnen raten, in Zukunft Ihre Freunde mit mehr Bedacht zu wählen.«

Stefansson zwängte sich zwischen den beiden perplexen Männern hindurch und betrat das Hotelfoyer, ohne nochmals zurückzublicken.

Indy steckte die Hände in die Jackentaschen und seufzte schwer.

»Nun«, meinte Brody und klopfte ihm kameradschaftlich auf die Schulter. »Denen entgeht was. Was hältst du von einem gemütlichen Abendessen und einem Krug Wein? Durch nichts läßt sich die Stimmung besser aufheitern als durch eine gute Mahlzeit. Ich kenne einen prima Italiener, gar nicht weit von hier.«

»Ich hoffe, du lädst mich ein«, meinte Indy.

Auf dem Gehweg vor Carmine's bedankte Indy sich bei Marcus Brody für das Abendessen und merkte an, daß er sich schon wesentlich besser fühle, obwohl Brody ihn vor dem Knoblauch hätte warnen sollen. Brody lachte. Er fand auch, daß Indy viel besser aussah, sinnierte aber darüber nach, ob das vielleicht nur am roten Neonlicht des Restaurants lag.

»Wo kommst du unter?« fragte Brody nach. »Du bist herzlich eingeladen, deine Zelte bei mir aufzuschlagen, während du dich in der Stadt aufhältst.«

»Danke, aber ich fürchte, ich wäre dir nur eine Last«,

meinte Indy. »Du machst dir jetzt schon genug Sorgen um mich. Ich werde einen Spaziergang in Richtung Downtown unternehmen und mir ein ruhiges Zimmer suchen, wo ich ein oder zwei Tage unterkriechen und Bilanz ziehen kann. Werde die Stellenannoncen in der *Times* studieren, meinen Lebenslauf auffrischen, mich um solche Dinge kümmern. Außerdem habe ich mein Gepäck in einem Schließfach in der Penn Station gelassen, als ich aus New Jersey kam, und das muß ich noch abholen.«

»Natürlich«, sagte Brody. »Aber halte Verbindung. Und falls du was brauchst« – Indy wußte, daß er auf Geld anspielte – »laß es mich auf jeden Fall wissen. Und Indy … ich weiß, daß sich dein Blatt auch wieder ändern wird. Diese Sache da in Princeton ist doch nichts weiter als ein Mißverständnis.«

Indy hielt seinem Freund die Hand hin.

Brody drückte sie, und dann umarmten sich die beiden Freunde innig.

»Ich gebe dir mein Wort darauf«, sagte Brody, als Indy ihn losließ. Auf einmal war sein Gesicht viel röter als der Schein der Neonreklame. »Kein Grund, sentimental zu werden.«

»Nein, dazu besteht wirklich kein Grund«, stimmte Indy ihm zu.

Brody trat auf die Kreuzung und winkte ein Taxi heran. Er winkte noch, als das Fahrzeug wegfuhr. Weil die Temperatur gefallen war, machte Indy seine Lederjacke zu, rückte seinen Fedora zurecht und wandte sich in Richtung Süden.

Er hatte kein bestimmtes Ziel, verspürte aber das Bedürfnis, sich zu bewegen. Als die Zahlen der Straßen sich in die Fünfziger und dann in die Vierziger bewegten, ließ er die edlen Hotels und Restaurants hinter sich und drang ins

Arbeiterviertel vor. Von heruntergekommenen Backsteinhäusern gesäumte Straßen mit Familienbetrieben im Erdgeschoß und die Hochbahn bestimmten hier das Stadtbild. Die Stadt nahm einen düsteren Farbton an, einmal abgesehen von den Lichtkegeln der vierundzwanzig Stunden lang geöffneten Missionen und Suppenküchen und den in Flammen stehenden Mülltonnen, um die sich grimmig dreinblickende Männer in schäbigen Klamotten scharten.

»Haben Sie zehn Cent für einen Veteranen übrig?« bettelte ein einbeiniger Mann auf einer Krücke vor dem Eingang zu einer schmalen Gasse. Er hatte einen britischen Akzent, und seine Kleidung verriet Indy, daß er früher einmal in der Armee Ihrer Majestät gedient hatte.

Indy spürte das Verlangen, seinen Schritt zu beschleunigen, ohne den Bettler zur Kenntnis zu nehmen, blieb aber stehen und kramte in seiner Hosentasche nach Kleingeld. Seine finanziellen Mittel waren äußerst dürftig – bei seiner Entlassung war ihm keine Abfindung vergönnt gewesen –, aber er fischte einen Quarter heraus und legte ihn in die schmierige Handfläche.

»Ich wünsche Ihnen bessere Zeiten«, sagte er noch.

»Danke, Sir«, sagte der Mann. Sein Atem roch schwer nach Alkohol.

»Kaufen Sie sich was Ordentliches zu essen«, schlug Indy vor.

»Ich nehme meine Mahlzeiten in Form von Pints ein«, sagte der Einbeinige.

»Sie halten sich also eine Diät, bei der man nur Flüssiges zu sich nehmen darf«, scherzte Indy mit dem Fremden.

»Sie haben Sinn für Humor. Das ist gut«, erwiderte der Mann und betrachtete Indy aus seinen rotgeäderten Augen. »Captain, falls Sie die Frage nicht stört, was bringt Sie in diese Gegend? Hier ist es nicht gerade *sicher*, wissen Sie.«

»Ich mache nur einen Spaziergang.«

»Ach? Von uns geht nie einer spazieren«, sagte der Mann. »Nicht hier.«

»Da haben Sie recht«, stimmte Indy ihm zu. »Ich suche ein Zimmer für die Nacht. Ich habe gerade meine Arbeit verloren und muß sehen, wie ich mit dem übrigen Geld fürs erste zurechtkomme.«

»Das ist schrecklich«, fand der Mann.

»Sie empfinden Mitleid für jemanden wie *mich*?« fragte Indy ungläubig.

»Aber sicher«, sagte der Mann und drückte den Rücken durch. »Ich mag ein Penner sein, aber ein Tier bin ich nicht.«

»Tut mir leid«, meinte Indy. »Und übrigens – ich halte Sie nicht für einen Penner.«

»Oh, aber das bin ich – Sie brauchen sich meinetwegen nicht beschissen zu fühlen. Und wenn ich Sie wäre, würde ich auf meine Brieftasche achten. Sie können es sich nicht leisten, jeden Typen durchzufüttern, der Sie um Geld anmacht. Wie sagte der Herr: Die Armen werden immer unter uns sein. Ich erledige nur meine Aufgabe.«

Indy lächelte.

»Tommy Atkins, stehe zu Diensten«, stellte der Mann sich vor und fiel beinahe um, als er zu einer Verbeugung ansetzte. »Hab' das verdammte Bein in Argonne verloren und es seit damals nicht wiedergefunden.«

»Sie können mich Jones nennen«, sagte Indy und half Atkins, das Gleichgewicht wiederzufinden. »Da Sie sich in dieser Gegend so gut auszukennen scheinen, können Sie mir vielleicht raten, wo ich heute nacht schlafen kann.

Nichts Besonderes – nur ein Bett und einen Stuhl und etwas Licht.«

»Ah, Captain. Das ist schwierig für mich. Hier unten haben wir nicht gerade viel reiselustiges Volk. Aber ich meine, es gibt eine Pension, drüben auf der 36. Straße. Über dem Lebensmittelgeschäft. Die Henne, die sie betreibt, ist so störrisch wie ein Dreitagebart, aber sie wird Sie schon ordentlich behandeln.«

»Welche Richtung muß ich gehen?«

»Sie haben sich verlaufen, hm? Seien Sie froh, daß Sie über Tommy Atkins gestolpert sind, der Ihnen weiterhelfen kann. Nun, Sie gehen zwei Blocks diese Straße hinunter, biegen nach rechts und gehen dann weitere vier Blocks, dann sind Sie dort. Hängt ein Schild im Fenster.«

»Bin Ihnen sehr verbunden«, sagte Indy und machte sich auf den Weg.

»Passen Sie auf sich auf«, rief Atkins ihm hinterher.

Rasch marschierte Indy die beiden Blocks hinunter, bog nach rechts ab und ging vier von Osten nach Westen verlaufende Blocks weiter, bis er sich wieder verlaufen hatte. Nirgendwo ein Zeichen von einem Lebensmittelgeschäft, nur eine Reihe dunkler Gebäude. Er versuchte, den gleichen Weg zurückzugehen, fand die Straße aber nicht mehr, von der aus er gestartet war.

Insgeheim schämte er sich seines mangelnden Orientierungsvermögens.

»Das ist doch lächerlich«, murmelte er. »Ich finde jede Pyramide auf der Welt, finde rein und wieder raus, ob in Afrika oder sonstwo, aber hier verlaufe ich mich schon nach ein paar Straßen.«

Er ging weiter.

In der Mitte des nächsten Blocks stand ein Gebäude, das

den Seiten eines Dickens-Romans entsprungen zu sein schien. Und da gab es ein Geschäft mit einem Licht im Fenster. Drinnen beugte sich ein Mann, der einem Mönch ähnelte, über einen Tisch und las aufmerksam in einem Buch, das jeden Moment zu Staub zu zerfallen drohte.

Indy warf einen Blick auf den Namen über der Eingangstür: CADMAN'S SELTENE BÜCHER, 611 W. 34. STRASSE. TELEFON BRYANT 5250. ›EIN GUTES BUCH IST WIE EIN GUTER FREUND‹ – MARTIN TUPPER. Ein handgeschriebenes Schild im Schaufenster verkündete: ZIMMER.

Indy klopfte an die Eingangstür.

Der Mann war entweder so vertieft in sein Buch, daß er keinen Finger rühren konnte, oder er versuchte, Indy zu ignorieren.

Indy klopfte noch mal fest an die Scheibe.

Mit angewidertem Blick markierte der Mann seine Lesestelle im Buch, legte es vorsichtig beiseite und wuchtete sich von seinem Stuhl hoch. Er trank einen Schluck kalten Tee aus der Tasse auf dem Tisch und humpelte dann den Gang zur Tür hoch. Er zeigte auf das GESCHLOSSEN-Schild und schüttelte den Kopf.

»Ein Zimmer«, sagte Indy und deutete auf das Schild. »Ich möchte ein Zimmer.«

Weil die Hochbahn in diesem Moment vorüberfuhr, konnte der Mann ihn nicht verstehen.

Noch ungehaltener als zuvor drehte der Mann den Hebel des Sicherheitsschlosses auf und öffnete die Tür einen Spaltbreit. Nun war es eine Kette, die Indy den Zutritt versperrte.

»Ich habe den anderen schon alles gesagt, was ich weiß«, sagte der Mann.

»Nein, Sie verstehen nicht –«

»Wir haben geschlossen. Kommen Sie morgen wieder. Oder am besten gar nicht mehr.«

»Aber –«

»Ich weiß nicht mehr über Voynich«, beklagte sich der Mann lautstark.

Indy steckte den Fuß in den Türspalt.

»Voynich?«

»Ja, Voynich«, sagte der Mann. »Hören Sie, möchten Sie, daß ich die Polizei hole? Bitte lassen Sie mich in Ruhe. Ihr Typen seid echt ermüdend. Sind Sie ein Dummkopf, oder verstehen Sie kein normales Englisch? Wir haben *geschlossen.* Nehmen Sie Ihren Fuß weg, oder ich knalle Ihnen den ersten Band des *Oxford unabridged* drauf. Damit kann man Zehen brechen, nur damit Sie's wissen.«

»Nein, bitte«, flehte Indy. »Entschuldigen Sie meine Umgangsformen. Ich bin eigentlich nur hier, um ein Zimmer zu mieten. Ihr Schild«, erinnerte er sein Gegenüber.

»Oh«, sagte der Mann. »Es ist schon ziemlich spät.«

»Darum bin ich ja so verzweifelt.«

»Wo ist Ihre Tasche? Ich vermiete nicht an Fremde ohne Gepäck.«

»Ich fürchte, ich habe mich verlaufen.«

»Verlaufen?«

»Ja, so ziemlich.«

Der Mann grunzte.

»Womit verdienen Sie Ihren Lebensunterhalt?«

»Ich bin Archäologe.«

»Und man hat Sie ganz allein losgeschickt?«

»Ich arbeite niemals ohne einen Führer.«

Endlich öffnete der Mann die Tür.

»Zwei Dollars die Nacht«, erklärte er. »Die Zimmer sind

oben, das Bad liegt am Ende des Flurs. Kein Frühstück. Rauchen und Trinken sind in den Zimmern nicht erlaubt. Es gibt eine Treppe, die nach oben führt. Kommen Sie rein, ich werde Ihnen einen Schlüssel geben.«

»Danke«, sagte Indy und meinte es auch so.

Der Mann riegelte hinter ihnen die Tür ab.

Das war der unordentlichste Laden, den Indy je gesehen hatte. Überall standen und lagen Bücher herum, auf dem Boden und auf den Tischen und in Stapeln vor den ohnehin schon überfüllten Regalen. Von der Eingangstür führte ein Trampelpfad zu einem Schreibtisch und zu ein paar Stühlen in der Mitte des Geschäfts und dann weiter zu der Treppe im hinteren Bereich. Alles war von einer dicken Staubschicht überzogen. Der Geruch vergilbter Bücher hing in der Luft. Der Staub und Geruch machten Indy zu schaffen; er hatte das Gefühl, jeden Augenblick niesen zu müssen.

»Mein Name ist Cadman – Roger Cadman«, stellte der Mann sich vor. »Lassen Sie sich nicht von dem Aussehen des Ladens in die Irre führen. Wir erledigen unsere Geschäfte größtenteils per Post. Meistens verkaufen wir an Sammler. Passanten schauen nur selten rein. Hatte letzte Woche diese beiden Parteien, die beide nach diesem verdammten Manuskript fragten. Hat mich fast um den Verstand gebracht. Hab' schon mit dem Gedanken gespielt, die ganze Ladenfront schwarz anzumalen, mit nur einer Nummer darauf.«

»Das Manuskript?« erkundigte sich Indy. »Voynich?«

»Ja«, sagte der Mann. »Sie kennen es?«

Indy nickte.

»Voynich war einer meiner Konkurrenten«, verriet Cadman. »Damals in der guten alten Zeit, als wir uns alle in

Europa rumtrieben und uns wegen Bücherkisten in die Haare kriegten, die alle anderen wertlos fanden. Für all den Scheiß bin ich inzwischen zu alt.«

»Dem Aussehen nach aber nicht«, fand Indy.

»Vielleicht bin ich auch einfach nicht mehr mit dem Herzen dabei«, stimmte Cadman zu. »Im Krieg wurden so viele wertvolle Dinge vernichtet. Ihr Geld, bitte.«

»Was?«

»Zwei Dollars.«

Indy zückte seine Brieftasche und händigte ihm das Geld aus. Cadman nahm einen Schlüssel aus der Schreibtischschublade und drückte ihn Indy in die Hand.

»Nummer Sieben, am Ende des Korridors.«

»Könnten Sie mir vielleicht noch ein bißchen mehr über Voynich erzählen?« fragte Indy nach. »Ich meine, nur falls es Sie nicht stört. Das FBI ist zu mir gekommen –«

»Die waren auch hier«, sagte Cadman. »Zwei ziemlich brüske Kerle –«

»Bieber und Yartz?«

»Ja! Sie taten gerade so, als ob ich etwas verbergen würde, obwohl ich ihnen alles verriet, was ich wußte. Und dann tauchten hier noch diese Italiener in komischen Uniformen auf.«

Indy schnürte es die Kehle zu.

»Uniformen?«

»Grau und schwarz abgesetzt«, meinte Cadman. »Sahen wirklich ziemlich komisch aus. Kennen Sie sie?«

»Wir sind uns über den Weg gelaufen«, preßte Indy zwischen zusammengebissenen Zähnen hervor.

»Haben bei Ihnen anscheinend denselben Eindruck hinterlassen wie bei mir. Ich sagte ihnen, falls sie wieder einmal den Drang verspürten, Bücher zu verbrennen, dann sollten sie sich an das gräßliche Zeug halten, das dieser Mussolini zu Papier bringt.«

»Die Faschisten haben keinen Sinn für Humor«, sagte Indy. »Haben sie sich vorgestellt, Namen genannt? Oder vielleicht eine Visitenkarte dagelassen? Oder eine Adresse oder Telefonnummer, wo man sie erreichen kann?«

»Nichts«, antwortete Cadman. »Ich konnte mit den Uniformen nichts anfangen. Daß sie Italiener waren, erkannte ich nur an ihrem Akzent. Sie scheinen auf jeden Fall Intellektuelle zu hassen. Nicht, daß ich mich selbst für einen hielte, aber –« Er hob einen Stapel Bücher von einem Stuhl.

»Nehmen Sie Platz«, bot er an. »Möchten Sie Tee? Ich könnte frischen machen.«

»Das wäre aber wirklich sehr liebenswürdig von Ihnen.« Langsam verspürte er wieder so etwas wie eine leise Hoffnung.

Indy setzte sich, während Cadman einen Kessel auf eine Herdplatte stellte. Als das Wasser kochte, brühte er jedem von ihnen eine Tasse auf. Indy bekam einen neuen Teebeutel, für sich verwendete er den alten.

»Lassen Sie mich Ihnen gegenüber ganz ehrlich sein«, sagte Indy zu seinem Hotelier. »Mein Interesse an Voynich ist nicht nur akademischer Natur. Das FBI hat mich gebeten, ihnen bei der Wiederbeschaffung behilflich zu sein, und ich hatte ein ziemlich unerfreuliches Zusammentreffen mit diesen Faschisten in grauen Uniformen. Möglicherweise besteht da ein Zusammenhang.«

»Ich vermutete, daß es gestohlen worden sein mußte«, sagte Cadman, »aber keine der beiden Parteien hat das bestätigt. Wie begründete das FBI noch seine Fragen? Hintergrundinformationen sammeln, denke ich. Nein, es stört mich nicht, mich mit Ihnen über Voynich zu unterhalten, weil Sie die Wichtigkeit dieser Dinge verstehen. Das FBI tat so, als handle es sich bei dem Manuskript um einen gestohlenen Wagen – Farbe, Modell, Marke, Wert – während es den Faschisten darum ging, wie man es entschlüsseln kann.«

»Entschlüsseln kann?«

»Ja. Die besten Köpfe haben Jahre damit zugebracht, das Ding zu entziffern, und diese Typen hatten offenbar den Eindruck, es müßte so etwas wie ein Wörterbuch oder so was geben.«

»Ich fürchte, daß ich wahrscheinlich auch nicht mehr darüber weiß«, gab Indy zu. »Könnten Sie von Anfang an erzählen? Wer hat es gefunden und wo?«

»Aus irgendeinem unerfindlichen Grund hielt Voynich die Einzelheiten des Fundes geheim«, begann Cadman. »Er verstarb vor drei Jahren. Doch ein paar Monate vor seinem Tod weihte er mich ein, daß er das Manuskript im Jahre 1912 in einer Art geheimen Schublade in der Nähe von Rom in der Villa Mondragone gefunden hat, die ein Jesuitenseminar beherbergt. Dort ist es, ehe mein Freund es entdeckt hat, ungefähr zweihundertfünfzig Jahre lang aufbewahrt worden. Zuerst wußte er nicht richtig, was er damit anfangen sollte. Und die Jesuiten, die es ihm verkauft haben, anscheinend auch nicht.«

»Das Manuskript umfaßt einhundertzwei Seiten, auf Pergamentpapier. Der Text ist in einer Geheimsprache abgefaßt. Darin eingefügt sind ungefähr vierhundert rätselhafte Zeichnungen – astrologischer, botanischer und biologischer Natur. Und zwar in Farbe – blau, grün, rot, alle möglichen Töne. Es gibt Bilder von Sternen und Pflanzen und von ein paar interessanten, nackten Damen in Badezubern, danach sieht es zumindest aus. Eine Zeitlang stellte das Manuskript ein Kuriosum dar, bis 1921 ein Mann mit dem Namen Newbold behauptete, es entschlüsselt zu haben. Seiner Einschätzung nach war es das Werk Roger Bacons.«

»Der Alchemist und franziskanische Mönch aus dem 13. Jahrhundert«, sagte Indy.

»Wie Sie sicherlich wissen, hat Newbold ein paar ziemlich wilde Behauptungen aufgestellt. Er war der Ansicht, daß Bacon Mikroskope und Teleskope verwendete – viele hundert Jahre vor ihrer dokumentierten Erfindung – und einen Großteil der Geheimnisse der modernen Wissenschaft geknackt hatte. Newbold behauptete außerdem, daß die Botschaft in einer Art römischen Kurzschrift abgefaßt und im Text versteckt sei, aber niemand sonst schloß sich dieser Theorie an. Damit setzte er schließlich seine Karriere in den Sand, ehe er 1926 starb.«

»Das Manuskript scheint eine Menge Menschen zu Opfern gemacht zu haben«, stellte Indy fest.

»So ist es«, stimmte Cadman ihm zu. »Obwohl ich vermute, daß Newbold eher an gebrochenem Herzen als an einem Fluch gestorben ist. Der Fluch hat eine Menge Karrieren abrupt beendet – diejenigen, die sich zu lange damit beschäftigt haben, scheinen sich in der Hoffnung auf das, was sie zu sehen oder finden wünschten, verloren zu haben. Doch als Wilfrid Voynich starb, hat die Furcht vor drohendem Unheil seine Witwe offenbar auf die Idee gebracht, das Manuskript als Dauerleihgabe nach Yale zu geben – einfach nur, um das Ding nicht mehr im Haus haben zu müssen.«

Indy schlürfte seinen Tee.

»Was halten Sie von dem Manuskript?« wollte Indy wissen.

»Ich *halte* es für einen alchemistischen Text, meine aber, daß es wahrscheinlich nicht das Werk Roger Bacons ist. Einem erfahrenen Auge dürften die vielen Hinweise darauf auffallen, die der Zeit, aus der es stammen soll, widersprechen. Man kann nur raten, wo und wann es geschrieben wurde.«

»Ihr Lächeln verrät mir, daß Sie eine Theorie aufgestellt haben.«

»Aber wirklich nur eine Theorie«, meinte Cadman. »Es gibt Beweise, daß es sich um dasselbe Manuskript handeln dürfte, welches um das Jahr 1608 in Prag aufgetaucht ist. Rudolf von Habsburg hat es einem englischen Alchemisten-Duo abgekauft, John Dee und Edward Kelley. Haben Sie von ihnen gehört?«

Indy schüttelte den Kopf.

»Schade. Sie gehörten zu den eher schillernden Persönlichkeiten jener Zeit – man nannte sie damals abfällig Scharlatane –, was nichts daran änderte, daß Dee als einer der gebildetsten Männer in England angesehen wurde und als Hofastrologe am Hof der Königin Elisabeth fungierte. Kelley behauptete, in einem Sarg in Wales auf ein unentzifferbares Manuskript und auf eine Phiole roten Pulvers gestoßen zu sein, das er das Elixier des Lebens nannte. Hinterher versteifte sich Kelley auf das Vorhersagen der Zukunft, unter Zuhilfenahme von etwas, das der Vorhersagestein genannt wurde.«

»Vorhersagestein?«

»Ja. Dabei handelte es sich um einen Kristall aus der Neuen Welt, den Dee erstanden hatte. Kelley behauptete, mit dessen Hilfe mit Engeln kommunizieren und die Zukunft vorhersagen zu können. Sie bedienten sich einer Sprache namens Enochian, in der sich die Engel anscheinend unterhielten, und die von den Rosenkreuzern noch gesprochen wird. Dees Sohn John erinnerte sich später, daß sein Vater und Kelley viel Zeit mit dem Stein verbracht haben. Sie versuchten, ein geheimnisvolles Buch zu entziffern, das in Hieroglyphen abgefaßt war.«

»Ich nehme mal an, daß dieser Stein schon seit langer Zeit verschollen ist«, meinte Indy.

»O nein«, entgegnete Cadman. »Man kann ihn sich im British Museum in London ansehen. Dee und Kelley sind als diejenigen zu betrachten, die die Saat gelegt haben. Ihretwegen ist Voynich auf Roger Bacon gekommen. Sie zollten Bacon großen Respekt, und bevor sie das Manuskript für sechshundert Golddukaten an Rudolf von Habsburg in Prag verkauften, kamen Gerüchte in Umlauf, daß er es geschrieben hatte und daß es das Geheimnis enthielt, wie man aus Blei Gold machen kann. Man sagte ihnen damals auch nach, daß sie dazu in der Lage wären, aber das war wahrscheinlich nur Verkaufstaktik.«

»Falls sie in der Lage gewesen wären, Gold zu machen«, sagte Indy, »hätten sie meiner Meinung nach keinen Grund gehabt, das Manuskript zu verkaufen – dann wären sie ja sowieso über alle Maßen reich gewesen, auch ohne darauf verzichten zu müssen.«

»Das, mein Freund, ist mir seit jeher das große Rätsel an der Alchemie«, sagte Cadman. »Ein Sechsjähriger kann diesen Schluß ziehen, aber ein machtbesessener König anscheinend nicht.«

»Egal, was man sonst noch über Dee und Kelley sagen mag«, gab Indy zu bedenken, »ihre kommerzielle Ader muß man bewundern. Heute würden sie mit dem Verkauf von Lebensversicherungspolicen ihr Glück machen. Was ist aus ihnen geworden?«

»Nachdem sie verhaftet und der Zauberei und Ketzerei beschuldigt wurden, wurde Kelley von Rudolf von Habsburg ins Gefängnis geworfen – aber man erlaubte ihm, die geheimnisvollen Bücher zu behalten, weil der König immer noch hoffte, daß er Gold machte. Kelley versuchte aus dem Gefängnis zu fliehen, fiel aber vom Dach und starb.«

»Dee erging es etwas besser. Er kehrte nach England zurück, widmete sich weiterhin der Zauberei und Alchemie, aber ohne seinen alten Freund brachte er leider nichts mehr zustande. In Verruf geraten, starb er schließlich.«

»Und was passierte mit dem Manuskript?«

»Rudolf starb 1612, und zu jener Zeit befand es sich offenbar im Besitz von Jacobus de Tepenecz, dem Leiter des Königlichen Alchemie-Labors. Irgendwann zwischen 1622 und 1656 erbte Joannus Marcus Marci, Rudolfs Hofphysiker, das Manuskript. Marci schickte es nach Rom an seinen alten Lehrer Athanius Kircher. Er war einer der großen Alchemisten des 17. Jahrhunderts. Als Kircher im Jahre 1660 Jesuit wurde, trennte er sich von all seinen weltlichen Gütern, und das Manuskript landete auf einem Regal in besagtem Seminar in der Nähe von Rom, wo Voynich es entdeckte.«

»Damit hätten wir also die Zeitspanne von 1608 bis 1933 erklärt. Dürfen wir annehmen, daß es im 16. oder 17. Jahrhundert geschrieben wurde?«

Cadman lächelte.

»Oh, das Manuskript ist wahrscheinlich vier- oder fünfhundert Jahre alt, aber es liegt im Bereich des Möglichen, daß es die Abschrift eines wesentlich älteren Schriftstückes ist.«

»Und wie alt ist es nun?«

»Wenigstens aus dem ersten oder zweiten Jahrhundert, aber vielleicht wurde es sogar vor der Geburt Christi verfaßt«, spekulierte er. »Alchemistische Überlieferungen scheint es seit Anbeginn der überlieferten Geschichte zu geben. Im Westen macht zum Beispiel die Fabel die Runde, daß Alexander der Große den Stein der Weisen in einer Höhle gefunden hat. Arabische Quellen behaupten, daß ihre Helden diesen Fund gemacht haben. Und die Chinesen – nun , auch sie können eine lange Tradition, was die Alchemie anbelangt, vorweisen. Möchten Sie vielleicht noch etwas Tee?«

Cadman ging zu der Herdplatte hinüber, kehrte mit dem Kessel zurück und goß heißes Wasser in die beiden Tassen. Unverhohlen gähnend warf Indy einen Blick auf seine Uhr. Es war Viertel vor drei.

»Wir können auch gern morgen fortfahren«, schlug Cadman vor.

»Nein«, sagte Indy. »Bitte, falls es Ihnen nichts ausmacht –«

»Selbstverständlich macht es mir nichts aus. Die Nacht ist jung. Und offen gesagt, ich habe zur Zeit nicht gerade viele Gesprächspartner – wie es scheint, schrecke ich die meisten Menschen ab. Die meisten Leute sind solche Dummköpfe, finden Sie nicht? Man trifft nur selten gute Zuhörer.«

»Ich bin neugierig – was haben Sie dem FBI und den anderen erzählt?«

»Praktisch nichts«, sagte Cadman. »Sie haben Fragen gestellt, als erkundigten sie sich nach dem Preis eines Steaks. Die Idioten wußten nicht mal, daß sie die *falschen* Fragen stellten – sie fragten nicht nach dem, was ich weiß. Und ich weiß eine ganze Menge über die Vergangenheit, weil ich mein ganzes Leben mit Büchern verbracht habe, die seit Generationen nicht mehr gelesen werden.«

Die Glasscheibe in der Eingangstür bewegte sich. Indy, der mit dem Rücken zur Tür saß, warf einen Blick über die Schulter und glaubte, einen Schatten vorbeihuschen zu sehen.

»Nur der Wind«, meinte Cadman.

»Ja, sicher«, sagte Indy. »Aber falls es Sie nicht stört – könnten wir aus dem Licht rücken? Ich fürchte, daß die Ereignisse der letzten Wochen mich ein bißchen nervös gemacht haben.«

Sie rückten die Stühle vom Tisch und der darüber hängenden Glühbirne weg, nahmen die Teetassen mit und machten es sich hinter einem Bücherregal bequem, das sie vor neugierigen Blicken schützte. Indy schätzte, daß die Reihe Bücher dick genug war, um eventuell Kugeln abzufangen.

»Fällt Ihnen ein Grund ein«, fragte er, »warum jemand das Manuskript stehlen sollte?«

»Ich wüßte nicht, warum es jemand stehlen sollte«, meinte Cadman. »Eine Reihe Kopien stehen jedem Interessierten zur Verfügung, und sein Wert als Sammlerstück beläuft sich höchstens auf ein paar tausend Dollars. Scheint mir kaum gerechtfertigt, daß einem deshalb das FBI im Nacken sitzt.«

»Könnte der Besitz des Originals etwas verraten, was eine Kopie nicht hat?« fragte Indy.

»Nun, möglicherweise ist etwas von Bedeutung im Pergament versteckt, oder es existiert ein Schlüssel, der auf den fotografischen Reproduktionen nicht sichtbar ist«, rätselte Cadman. »Eine wie auch immer geartete chemische Reaktion kann nicht mit hundertprozentiger Sicherheit ausgeschlossen werden – Sie wissen schon, ich meine diesen alten Trick mit der Tinte, die verschwindet und wieder auftaucht. Über diese Mechanismen verfügte man gewiß vor fünfhundert Jahren, und dann kommt als Dieb zwangsläufig ein Alchemist in die engere Wahl. Oder es handelt sich um einen optischen Trick – man hält das Papier gegen das Licht oder in eine bestimmte Lichtquelle. Vieles ist möglich, und vielleicht steckt auch nichts dahinter. Immerhin besteht ja noch die Möglichkeit, daß Voynich ein fünfhundert Jahre alter Betrüger ist.«

Indy nickte.

»Ich könnte mir denken«, fuhr Cadman fort, »daß – selbst wenn es jemandem gelingt, den Text zu entschlüsseln – die Information, die darin enthalten ist, wahrscheinlich für jedermann nutzlos sein dürfte, der sich mit alchemistischen Überlieferungen und Märchen nicht auskennt. Die Alchemisten liebten es, ihr Wissen in Rätsel zu verpacken, um es vor den Augen der Unreinen zu schützen. Ein allgemein bekanntes Beispiel dafür ist folgendes: ›Was oben ist, ist unten.‹ Und dann ist da noch die Frage der *prima materia,* dem ursprünglichen Material, das bei der Herstellung des Steins verwendet wurde. Keiner ist bislang in der Lage gewesen, die Materie zu identifizieren, obwohl die Rätsel darauf hindeuteten, daß es sich um etwas handelte, das, wenn es erst mal erkannt war, eigentlich glasklar auf der Hand lag.«

»Dann glauben Sie also, daß die Chancen gut stehen, daß das Voynich-Manuskript das Geheimnis zur Herstellung des Steins der Weisen birgt?«

»Kein anerkannter Text, der sich mit Alchemie befaßt, dürfte darauf verzichten«, meinte Cadman. »Der sagenumwobene Stein der Weisen, dem die Fähigkeit innewohnt, aus Blei Gold zu machen und der Unsterblichkeit gewährt. Das ist ein ganz netter Traum, nicht wahr?«

»Ja«, stimmte Indy zu, »wenn er nur wahr wäre.«

»Um ehrlich zu sein«, sagte Cadman, »wir sollten der Alchemie eigentlich mehr Respekt zollen, als die moderne Wissenschaft zuläßt. Trotz des ganzen Hokuspokus sind die in Rätseln abgefaßten Geheimnisse und überzogenen Behauptungen doch die Grundlage, auf der die heutige Wissenschaft basiert. All diese Petrischalen und Reagenzgläser in den modernen Laboratorien haben wir doch der Alchemie zu verdanken.« Er hob seine Tasse Tee.

»Da möchte ich doch einen Toast auf die Alchemie aussprechen«, sagte er.

»Ja, und einen auf die Hilfe von Fremden«, meinte Indy und hob ebenfalls seine Tasse.

»Sagen Sie mir«, fragte Cadman, »sind Sie wirklich nur hierhergekommen, um ein Zimmer zu mieten? Oder war das einfach eine willkommene Ausrede?«

»Ich kam wegen des Zimmers«, sagte Indy, »aber ich suchte ... ich weiß nicht. Vielleicht Anleitung.«

»Ach, welch bedeutungsschwangerer Zufall«, sagte Cadman. »Synchronizität, falls man Jung Glauben schenken darf. Zufälle gibt es nicht, mein Freund.«

»Kann sein«, meinte Indy. »Obwohl mir Vorsehung der passendere Begriff zu sein scheint. Wie auch immer, ich werde keine der beiden Thesen in Frage stellen – wo ich doch mitten in der Nacht auf einen Experten einer toten Kunstgattung gestoßen bin.«

»Nicht wirklich tot«, entgegnete Cadman. »Die Alchemie hat eine Art Renaissance erlebt, seit es Lord Rutherford gelungen ist, Nitrogen in Oxygen umzuwandeln, indem er auf Radioaktivität zurückgegriffen hat. Dieses Ergebnis hat die kartesische Wissenschaft für unmöglich gehalten. Ich bin unter anderem mit dieser Materie so vertraut, weil ich ein paar sehr gute Kunden habe, die alles, aber wirklich alles zu diesem Thema kaufen.«

»Wirklich?« staunte Indy.

»Da gibt es einen Mann in London, der wahrscheinlich die führende Autorität ist, wenn es um die tatsächliche *Anwendung* der Alchemie geht. Sein Name ist Alistair Dunstin, und er bekleidet irgendeine Position am British Museum. Ihm schicke ich regelmäßig Büchersendungen. Es gibt sogar das absurde Gerücht, daß es ihm gelungen sein soll, eine kleine Menge Blei in Gold zu verwandeln.«

»Wäre eventuell sinnvoll, sich mal mit ihm zu unterhalten«, sagte Indy nachdenklich.

»Dieser Ansicht waren auch die Italiener. Sie fragten mich über ihn aus – was für Bücher ich ihm schicke und so weiter und so fort. Aber ich habe ihnen natürlich nichts verraten.«

»Natürlich nicht«, sagte Indy.

Cadman gähnte, stand auf und streckte sich.

»Ich fürchte, wir haben uns die Nacht mit Geplauder um die Ohren geschlagen.«

Indy erhob sich auch und streckte die Hand aus. »Danke. Sie haben mir mehr geholfen, als Sie sich denken können. Ich hoffe, ich kann es Ihnen eines Tages vergelten und Ihnen einen Gefallen tun.«

»Da gibt es eine kleine Sache«, sagte Cadman. »Falls es Ihnen nichts ausmacht.«

»Und was wäre das?«

»Verraten Sie mir Ihren Namen.«

KAPITEL DREI

Herrscher der Lüfte

Auf dem schmalen Bett des gemieteten Zimmers lag Indy gedankenversunken und wartete auf den Anbruch der Dämmerung. Müde wie er war, konnte er dennoch keinen Schlaf finden – immer wieder mußte er an die bewaffneten Männer in grauen Uniformen denken, an Sarducci mit seiner vernarbten Glatze und dem funkelnden Eckzahn aus Gold. Wo ist die Verbindung, fragte er sich, zwischen den Männern im Flugboot und dem Voynich-Manuskript? Indy beschlich eine Vorahnung, daß er in eine Sache hineingezogen wurde, zu der ein kühlerer oder vernünftigerer Kopf Abstand gesucht hätte. Aber wie üblich siegte die Neugier über seinen Verstand, und auf einmal drängte es ihn, die verlorene Zeit wettzumachen. Als es kaum dämmerte, war er rasiert, angekleidet und bereit aufzubrechen.

Als er die Tür zum Flur öffnete, hörte er Schritte, die sich auf der Treppe nach unten bewegten, gerade so, als ob er jemanden überrascht habe. Er lief die Stufen hinunter und schaute in beide Richtungen, aber der Bürgersteig war wie ausgestorben.

Den Zimmerschlüssel schob er unter Cadmans Ladentür hindurch. Bei Tageslicht kehrte sein Orientierungsvermögen zurück, welches ihn vergangene Nacht so kläglich im Stich gelassen hatte. Wenn er einen Block nach Süden und dann nach Osten abbog, mußte er seiner Einschätzung nach auf Penn Station treffen, der gleich drei Straßenblocks einnahm. Er hatte vor, sein Gepäck zu holen, die Kleider zu wechseln und sich dann auf die Suche nach den Faschisten mit dem großen Flugzeug zu machen. Er sah keinen Sinn darin, sich mit dem FBI oder dem Militärischen Abschirmdienst in Verbindung zu setzen, bevor er nicht mehr über das wußte, womit er nun zu tun hatte ...

Die massiven dorischen Säulen von Penn Station erinnerten an einen riesigen römischen Tempel, den man im Herzen von Manhattan errichtet hatte. Die zum Haupteingang führende Treppe war aus dem gleichen cremefarbenen italienischen Stein, der beim Bau des Colosseums verwendet worden war. Indy eilte die Stufen hinunter, an den langen Arkaden entlang, in denen Geschäfte und Verkaufsstände untergebracht waren, zur großen Wartehalle, die einem römischen Bad nachempfunden war. Die Schienen verliefen unter der Erde, und Indy konnte das leise Rumpeln der Lokomotiven spüren, die den Bahnhof verließen. Er kämpfte sich durch die gehetzte Menschenmenge zu den Schließfächern vor, wo sein Koffer und sein Ledersack verstaut waren.

Nachdem er in der Herrentoilette seine getragene Kleidung gegen khakifarbene Arbeitsklamotten ausgetauscht hatte, kam draußen im Wartesaal ein Zeitungsjunge mit der Morgenausgabe des *New York Journal* an ihm vorbei. »Balbos Luftstreitflotte zieht triumphierend ab«, rief der Junge. »Auf dem Weg nach Europa.« Eine Ausgabe hielt er hoch über den Kopf. Auf einer vier Spalten breiten Fotografie war eine Staffel großer Flugzeuge zu sehen.

»Eine Zeitung, Mister?« fragte der Junge.

Indy bezahlte die Ausgabe.

»Wann ist all das passiert?« fragte er den Zeitungsjungen. »Wie lange haben sich die italienischen Flugzeuge in Amerika aufgehalten?«

»Gütiger Gott, Mister, waren Sie im letzten Monat in einer Höhle versteckt?«

»So könnte man es auch sagen«, meinte Indy. »Aber eigentlich war es ein unterirdischer Tempel und keine Höhle, und die meiste Zeit habe ich im Dschungel zugebracht, auf dem Hin- und Rückweg zu diesem Tempel.«

»Sie sind komisch«, sagte der Junge und rannte davon.

Indy stellte das Gepäck ab, zog seine Brille aus der Brusttasche seiner Lederjacke und las, reglos in der wogenden Menge stehend, den Artikel durch.

Kaum hatte er die Meldung gelesen, griff er nach seinem Gepäck und eilte zu einer Reihe Münzfernsprecher. Glücklicherweise war eine Kabine frei. Er warf ein Zehncentstück in den Schlitz und suchte seine Taschen nach der Visitenkarte ab, die Manly auf seinen Schreibtisch gelegt hatte.

»Ja, hallo, nur einen Augenblick, bitte.« Die Karte mit der Nummer steckte in seiner Brieftasche. »Danke, ich werde warten ... Major? Hier spricht Jones. Wie schnell können sie mich auf die andere Seite des Atlantiks bringen?«

Das Luftschiff U.S.S. *Macon* war ein silberner Torpedo, zweieinhalbmal so lang wie ein Fußballfeld. Seitlich konnte man die vertrauten Embleme der Luftflotte, ein Stern in einem Kreis, erkennen. Die ›Schwanzflossen‹ waren in Rot, Weiß und Blau gehalten. Die amerikanische Flagge flatterte im Wind. Das Taxi, das unter den Luftschiffrumpf auf dem U.S. Naval Flugplatz in Lakehurst, New Jersey, rollte, schien daneben so klein wie ein Kinderspielzeug.

Die *Macon* war aus dem riesigen, kokonartigen Hangar gezogen worden und begann langsam gen Himmel aufzusteigen, für ihren Jungfernflug über den Atlantik. Die Marine erlaubte nicht, daß die Abflugzeit wegen eines zivilen Passagiers verschoben wurde, obwohl sie widerwillig zugestimmt hatte, ihn mit an Bord zu nehmen – ›falls der Mann rechtzeitig eintreffen würde‹.

Indy war aus dem Bahnhof gestürzt und hatte sich in einen großen Plymouth gesetzt, dem seiner Meinung nach schnellsten Fahrzeug in der Reihe der Taxis, die in der Kurve warteten. Dem Taxifahrer hatte er eine Handvoll Geldscheine in die Hand gedrückt – alle Banknoten, über die er noch verfügte – und hatte ihm befohlen, *Gas zu geben.* In weniger als einer Stunde und fünfzehn Minuten legte der Taxifahrer die Strecke nach Lakehurst zurück, was angesichts des morgendlichen Verkehrs eine Meisterleistung war. Noch bevor der Wagen mit quietschenden Reifen auf dem dunklen Asphalt stehenblieb, griff Indy nach seinem Gepäck und sprang zur Tür hinaus.

»Was, kein Tip?« rief ihm der Fahrer mürrisch hinterher.

»Immer blinken, bevor Sie abbiegen«, rief Indy ihm zu.

Ein Armeefahrzeug parkte unter dem Luftschiff, und ein fröhlich dreinblickender Lieutenant kam um den Wagen herumgelaufen, um Indy in Empfang zu nehmen. In Händen hielt er einen dicken braunen Umschlag.

»Dr. Jones«, sagte er. »Der Major hat mir aufgetragen, Ihnen das hier auszuhändigen.«

»Danke.« Indy stopfte den Umschlag in seine Jacke.

Gruppen von Matrosen, die Vertäuungsseile festhielten, führten einen eigenwillig anmutenden Walzer quer über das Rollfeld auf, als die *Macon* auf den Windböen schwebte. Dann wurden die acht in Deutschland hergestellten Maybach-Motoren eingeschaltet. Dunkle Rauchwolken quollen aus den Außenbordabgasrohren. Das Luftschiff war noch keine hundert Meter aufgestiegen, aber die Luftströmung von den großen Propellern riß Indy beinahe den Hut vom Kopf. Von nun an hielt er den Fedora fest.

»Es tut mir leid, daß Sie es nicht rechtzeitig geschafft haben«, meinte der Lieutenant. Indy blickte zum Himmel hoch. Das Luftschiff blendete die Sonne aus und tauchte den Flughafen in ein unnatürliches Zwielicht, was durch den feinen Sprühnebel, der schon den ganzen Morgen fiel, verstärkt wurde. Unter der *Macon* war es allerdings staubtrocken. Das Luftschiff, dessen Motoren nun arbeiteten, stieg langsam auf. Auf Befehl ließen die Matrosen die Vertäuungsseile los. Das Brummen der Motoren schwoll ein wenig an, als die außen angebrachten Propeller, die sich um neunzig Grad drehen konnten, sich für den vertikalen Abflug nach oben richteten.

»Weg ist das Luftschiff aber noch nicht«, sagte Indy.

Er zögerte einen Moment. Ein Dreigespann kräftiger Matrosen kämpfte mit der Vertäuung, die von der Nase des Luftschiffes herunterbaumelte, und wartete auf das Kommando, loszulassen.

»Ich weiß jetzt schon, daß ich das noch bereuen werde«, sagte Indy.

Seinen Koffer umklammernd, sprintete er über den Flughafen, während der Lieutenant sein Treiben mit offenem Mund beobachtete. Nun wurde über Megaphon der Befehl gegeben, die vorderen Seile loszulassen, und die drei Matrosen folgten der Aufforderung, den Giganten in die Freiheit zu entlassen. Das Seil schleifte ein paar Meter über den Rasen, ehe das verknotete Ende ein paar Fuß über dem Erdboden hing.

Indy rannte schneller.

Er zog den Hut tief in die Stirn und griff mit der rechten Hand nach dem Seil.

Doch das Seil schien ein Eigenleben zu führen.

Indy wurde hochgerissen. Die Spitzen seiner Schuhe schliffen Furchen in die Erde, während ihn das Gefühl beschlich, ihm wolle jemand den Arm aus dem Schultergelenk reißen. Dann baumelten seine Füße in der Luft. Er warf den Koffer weg und klammerte sich rasch auch noch mit der linken Hand an das Seil.

Der Koffer schlug auf den Boden und platzte auf. Durch den Luftstrom aus den Propellern tanzten seine Kleider über den Flughafen. Der Boden fiel unter ihm weg, und sein Herz machte einen Sprung, als er feststellte, daß er nun schon zu weit oben war, um noch loszulassen. Das Seil war vom Regen naß, und er rutschte ein paar Zentimeter nach unten, bevor er fester zupackte. Die Erinnerung an ein grobkörniges Foto zweier junger Seemänner, die den Tod gefunden hatten, nachdem sie sich in San Diego an den Vertäuungsseilen eines Luftschiffs festgeklammert hatten, heizte seinen Überlebenstrieb an. Eine Handbreit um die andere zog er sich nach oben, bis er das Seil um die Knöchel winden konnte. Sein linker Schuh löste sich und fiel nach unten. Es kostete Indy einige Mühe, nicht nach unten zu schauen.

Erstaunte Gesichter verfolgten durch die vorderen Fenster der Passagiergondel sein waghalsiges Manöver. Als der Flugingenieur und der Navigator sich kurz darüber stritten, ob das Luftschiff auf die Erde zurückkehren sollte, war die Konfusion perfekt.

»Nein«, sagte Kommandant Alger Dresel und beharrte darauf, den Kurs beizubehalten. »Der Wind ist zu stark für dieses Terrain. Wir würden ihn durch die Baumkronen ziehen oder die Schuld daran tragen, wenn er gegen eine Hausmauer knallt. Dieser Narr hat eine größere Chance, wenn wir ihn sich selbst überlassen.«

Der Pilot nickte zustimmend.

»Schaffen Sie ein paar Männer nach vorn. Sie sollen ihn hochziehen«, ordnete Dresel an.

Indy arbeitete sich am Seil hoch.

Zweihundert Fuß trennten ihn vom Schiffskörper der *Macon*. Seine Arme schmerzten höllisch, aber ihm blieb keine andere Wahl als weiterzumachen. Die Matrosen, die ihn von der Kurbelplattform aus im Auge behielten, konnten ihm nicht helfen, weil die Vertäuungsseile außerhalb ihrer Reichweite lagen.

Auf halber Strecke legte Indy eine kurze Verschnaufpause ein. Sein Gewicht verlagerte er allein auf die Beine, um die Arme und Schultern kurz zu entlasten. Dann zwang er sich, weiterzumachen. Schließlich gelangte er auf gleiche Höhe mit dem Boden des Schiffsrumpfs, doch wegen der Zigarrenform der *Macon* lagen immer noch ein paar Meter zwischen ihm und der Steuerbordseite. Mittlerweile regnete es richtig. Er schüttelte den Kopf, als ihm die Regentropfen in die Augen liefen. Auf der Suche nach einer Einstiegsluke oder einem Fenster ließ er den Blick über den Körper des Luftschiffs schweifen, doch die silberne Außenhülle der *Macon* war wie aus einem Guß.

Er kletterte weiter.

Nun hatte er wirklich nur noch ein paar Meter zu überwinden. Unerwarteterweise neigte sich der Gigant leicht nach Backbord. Der Pilot arbeitete ganz sanft am Steuermechanismus. Indy wurde gegen den Rumpf gedrückt.

Mit einer Hand griff er nach der gewachsten Stoffhaut des Riesen. Er suchte nach einer Möglichkeit, sich festzuhalten, aber die Oberfläche war zu glatt und schlüpfrig. Voller Verzweiflung zog er das Taschenmesser hervor, klappte es mit den Zähnen auf und hieb die Klinge, so fest er konnte, in die Schiffsseite. Die Spitze durchbohrte den Stoff. Instinktiv zuckte er zusammen, weil er erwartete, daß nun Gas aus der Öffnung drang, aber nichts passierte. Mit aller Kraft schob er das Messer tiefer hinein und machte einen drei Fuß langen Schlitz.

»Da ist er!« rief jemand im Innern.

Eine Hand griff durch den Schlitz, packte die Vorderseite seiner Lederjacke und zog ihn hinein. Erst dann ließ Indy das Seil los. Am Schlitz hatte der Stoff eine Struktur wie Schleifpapier. Beim Durchrutschen schürfte er sich die linke Wange auf.

Nun befand er sich im Aluminiumträger-Labyrinth der Steuerbordrampe, die an der Seite durch den ganzen Schiffsrumpf lief. Über seinem Kopf hingen die großen Heliumzellen.

Eine Gruppe Männer stand über ihm.

»Na, nicht schlecht die Nummer«, rief der breitschultrige Matrose, der ihn reingezogen hatte. »Das hat bisher noch niemand geschafft. Mister, Sie müssen aber echt scharf darauf gewesen sein, mit einem Zeppelin zu fliegen.«

Indy wollte eigentlich sagen, daß es für alles immer ein erstes Mal gab, war aber nicht in der Lage, die Worte über die Lippen zu bringen. Er bebte am ganzen Körper und spürte seine Hände nicht mehr. Schwerfällig berührte er mit dem Handrücken sein Gesicht und inspizierte die Blutstropfen, die von den Schürfwunden stammten. Dann betrachtete er seine Handflächen. Sie bluteten und waren wund.

»O'Toole, lassen Sie das Gequatsche«, fauchte der Mannschaftsleiter. »Und unterlassen Sie es in Zukunft, mein wunderschönes Luftschiff mit einem stinkenden, brennenden, hydrogen-gefüllten Zeppelin zu vergleichen.«

»Tut mir leid, Chef.«

»Schaffen Sie ihn in eins der Quartiere hinunter und sorgen Sie dafür, daß er sich waschen kann«, ordnete der Mannschaftsleiter an. »Der Kommandant möchte ihn zu Gesicht kriegen. Und Sie beide, fangen Sie an, das Loch zuzunähen. Man stelle sich nur vor, ein *Zivilist* schneidet die Hülle meines nagelneuen Luftschiffs auf.«

O'Toole half Indy auf die Beine und führte ihn die Gangway zu den Mannschaftsquartieren hinunter. Er sorgte dafür, daß er sich in eine Koje legte und schenkte ihm eine Tasse starken heißen Kaffee ein, während Indy sich aus seinen nassen Klamotten schälte. Der Matrose brachte ihm Handtücher und eine saubere Latzhose und machte sich dann auf die Suche nach dem Erste-Hilfe-Kasten.

»Tut es weh?« fragte O'Toole, als er Indys Handflächen mit Jod behandelte.

»Ich kann sie nicht spüren«, antwortete Indy.

»Das kommt schon noch.« O'Toole legte Indy Verbände an und schüttete ein paar Tabletten aus einem Medizinfläschchen. »Hier, nehmen Sie ein paar Aspirin.«

Die Tabletten waren kalkig und blieben in Indys Hals stecken, und er mußte gleich zweimal einen großen Schluck Kaffee nachtrinken, um sie runterzuspülen. Sofort begann der Kaffee ein Feuer in seinem Magen zu entfachen.

»Ich bin Ihnen sehr zu Dank verpflichtet.«

»Nicht der Rede wert«, entgegnete O'Toole. »Ich weiß, wie es ist, wenn man an einem Seil unter dem Zeppelin – Luftschiff meine ich natürlich – hängt und ums Überleben kämpft. Vor ein paar Monaten war ich an Bord der *Akron*. Zerschellte auf dem Wasser und sank innerhalb von drei Minuten.«

»Ich habe darüber gelesen«, sagte Indy.

»Es war nachts, während eines Gewitters, und die See war kalt«, fuhr O'Toole fort. »Siebenundsechzig Männer sind an Bord gewesen. Und nur drei haben überlebt.«

»Was ist passiert?« fragte Indy. »Ich meine, wieso sind Sie abgestürzt?«

»Unsere Höhenruderkabel haben sich gelöst. Und dann stimmte auf einmal mit dem Höhenmesser was nicht – wir glaubten auf achthundert Fuß zu sein, während unser Heck aufs Wasser prallte. Die Untersuchungskommission der Marine kam zu dem Ergebnis, daß ein eigenwilliges Tiefdruckgebiet die Instrumente durcheinandergebracht hat, aber davon bin ich nicht überzeugt, denn achthundert Fuß ... das ist ja ein beträchtlicher Irrtum.«

Indy nickte.

Neugierig blickte er sich in der Kabine um. In O'Tooles Koje lag ein Fanghandschuh, und unter der Matratze schaute der weiße Piniengriff eines Baseballschlägers hervor.

»Sind Sie Baseball-Fan?« fragte Indy.

»Aber sicher!« rief O'Toole und zog den Schläger, einen echten Louisville Slugger, heraus. »Ich spiele, wann immer sich mir die Möglichkeit bietet. Auf dem Hangardeck ist genug Platz, aber die Bälle verschwinden manchmal auf Nimmerwiedersehen. Das hier ist mein Liebling, Thunder Stick. Hat mich noch nie im Stich gelassen.«

Es klopfte an der Kabinentür.

O'Toole küßte den Schläger und schob ihn wieder unter die Matratze.

Kommandant Dresel kam herein. O'Toole nahm die Grundstellung ein und salutierte. Dresel erwiderte den Salut.

»Wieder an die Arbeit, Matrose.«

»Aye, Sir«, sagte O'Toole. Bevor er die Kabine verließ, zwinkerte er Indy noch zu.

»Dr. Jones«, begann Dresel und setzte sich auf das Bett ihm gegenüber. »Falls Sie vorhaben sollten, noch so etwas in der Art wie heute morgen durchzuziehen, werde ich mich gezwungen sehen, Sie von Bord zu schmeißen – und wenn das in einem kleinen Schlauchboot mitten auf dem Atlantik sein muß. An Bord meines Schiffes hat großspuriges Verhalten keinen Platz.«

»Kommandant«, sagte Indy, »ich möchte mich für meinen unorthodoxen Zustieg entschuldigen, aber es war von größter Wichtigkeit, daß ich an Bord dieses Schiffes gelange. Ich arbeite mit dem Militärischen Geheimdienst zusammen, und Major Manly hat mir Ihre Kooperation zugesichert.«

»Die Armee«, meinte Dresel mit säuerlicher Miene.

»Ja, Sir.«

»Wieso diese Eile, Jones? Sie hätten sicherlich eine andere Passage über den Atlantik buchen können. Soweit ich weiß, sind Passagierschiffe sehr gut darin, wenn es darum geht, Fahrpläne einzuhalten.«

»Es gibt aber kein Schiff, das mich innerhalb von achtundvierzig Stunden über den Atlantik bringen könnte«, erwiderte Indy. »Sie möchten wissen, warum ich es so eilig habe? Nun, es geht um eine internationale Angelegenheit – die in Europa schon seit einiger Zeit schwelt.«

Dresel grunzte.

»Während Sie an Bord meines Schiffes sind«, sagte der Kommandant, »stehen Sie unter meinem Kommando. Unter gar keinen Umständen dürfen Sie das Schiff oder die Mannschaft unautorisiert durch Aktivitäten Ihrerseits in Gefahr bringen. Sie werden sich der Mannschaft anschließen und in dieser Kabine schlafen, aber Sie *werden* sich zusammenreißen. Haben Sie das verstanden?«

»So ziemlich.«

»Sind Sie bewaffnet?«

»Wie bitte?«

»Sie haben schon verstanden. Tragen Sie eine Waffe?«

»Nun, ja, Sir«, antwortete Indy. Sein neuer Webley Revolver lag in seinem Ledersack.

»Händigen Sie sie mir aus«, ordnete Dresel an. »Ich werde sie in den Safe in meiner Kabine legen, bis Sie von Bord gehen. Dann kriegen Sie die Waffe zurück.«

Indy kramte den Revolver hervor und entnahm ihm die Patronen. Er hielt es für besser, die Peitsche nicht zu erwähnen. Waffe und Munition reichte er Dresel.

»Der Kontrollraum und der Luftschiffhangar dürfen nicht betreten werden. Ansonsten können Sie sich überall auf dem Schiff aufhalten«, sagte Dresel. »Manly hat mir erzählt, daß Sie auf dem Weg nach London sind. Planmäßig landen wir dort nicht, aber ganz in der Nähe. Den Rest der Reise werden Sie in einer Sparrowhawk zurücklegen, die Sie unten absetzt und später zum Schiff zurückbringt.«

»Weiter an Rom ranbringen können Sie mich nicht?« fragte Indy.

»Die letzten tausend Meilen dürften kein Problem sein«,

erwiderte Dresel, »für jemanden, der so einfallsreich wie Sie vorgeht.«

»Sagen Sie mir, Kommandant«, meinte Indy, »die *Akron* – war sie der gleiche Bautyp wie die *Macon*?«

»Ja. Die *Akron* ist früher gebaut worden und ist achtzehn Monate geflogen«, sagte Dresel. »Es ist der gleiche Typus, aber die Gaszellen der *Macon* sind neu und aus Gelatine-Latexstoff. Sie sind, wie Sie sicherlich wissen, mit Helium gefüllt – die USA haben sich daran ein Marktsegment gesichert –, und die *Macon* kann nicht explodieren, wie das bei Hydrogen der Fall ist, das die Deutschen für ihre Luftschiffe verwenden müssen. Machen Sie sich etwa wegen der Lufttauglichkeit der *Macon* Sorgen?«

»Nein, Sir. Ich war nur neugierig.«

»Die *Macon* ist das neueste und beste Luftschiff der Marine und zufälligerweise auch das größte der Welt«, betonte Dresel. »Wir können eine Höchstgeschwindigkeit von fünfundachtzig Meilen pro Stunde erreichen und eine Strecke von zehntausend Meilen zurücklegen. Im Hangar unter uns steht eine Schwadron von Curtiss Sparrowhawk Kampfflugzeugen, die extra dafür umgerüstet worden sind, daß sie während des Fluges starten und landen können. Das funktioniert mit einem Trapez-Mechanismus. Und es gibt sogar eine Art Warteplatz für Flugzeuge, die nacheinander starten. Wir fungieren für die Marine sozusagen als ›Augen am Himmel‹, und mit unserem verbesserten Design können wir auf gar keinen Fall untergehen.«

»Auf gar keinen Fall untergehen?« wiederholte Indy.

»Nein.«

»Das hat man über die *Titanic* auch gesagt.«

Dresel lächelte.

»Hier oben gibt es keine Eisberge.«

Mit einer zweiten Tasse Kaffee aus der Messe kehrte Indy in die Kabine zurück und nahm den Brief, den Manly ihm zugesandt hatte, aus seiner Mappe. Seine Hände schmerzten nun, deshalb fiel es ihm schwer, den versiegelten Umschlag zu öffnen. Die innenliegenden Dokumente trugen rote Stempelaufdrucke: GEHEIM. Obenauf lag eine glänzende Schwarzweiß-Fotografie von Sarducci und Benito Mussolini. Die Hand des Duce lag steif auf Sarduccis Schulter. Angeheftet an die Fotografie war eine handgeschriebene Notiz von Manly.

Hier ist Ihr Mann. Es ist ein brillanter, aber wahnsinniger Renaissance-Gelehrter, der nun für die OVRA, Mussolinis Geheimpolizei, arbeitet. Sarducci ist ein Ultra-Faschist, der nach dem Motto ›Gewalt ist die beste Ausdrucksform von Kreativität‹ handelt. Viel Glück – und seien Sie vorsichtig.

Indy blätterte das restliche Informationsmaterial durch und studierte ein Dossier über Sarducci aufmerksam.

Sarducci, Leonardo. Italienischer Minister für das Altertum unter Benito Mussolini. Am 31. Oktober 1892 als Sohn einer Bauernfamilie in Fascati, Italien, geboren. Hat die staatliche Schule besucht und an der Sorbonne studiert, ist aber beim mündlichen Examen über die Literatur der Renaissance durchgefallen, weil er sich geweigert hat, sich der Autorität seines französischen Professors unterzuordnen. Hat später den Doktortitel von der Universität von Rom erhalten. Heiratete 1913 Mona Grimaldi. Hat in Rom an der Universität bis zum Ausbruch des Ersten Weltkrieges unterrichtet. Dann schloß er sich der italieni-

schen Armee als Hauptmann an. Hat im Schützengraben eine beinah tödliche Kopfverletzung erlitten. Kehrte nach seiner Entlassung nach Rom zurück. Unterdessen war seine Frau Mona während der Geburt an Blutvergiftung gestorben. Dieses Trauma, in Verbindung mit den mentalen Problemen, die von der Kopfverletzung herrührten, führte zu einer schweren Persönlichkeitskrise. Er begann öffentlich die Wissenschaft und Medizin zu kritisieren, was in einen brutalen Angriff auf den Mediziner mündete, der während der Entbindung seiner Frau zugegen gewesen war. Nachdem er den Arzt unter Drogen gesetzt hatte, hackte er ihm die Hände mit einem Fleischerbeil ab und behauptete, daß er sie offensichtlich nicht brauchte, da er sie zwischen den Untersuchungen zweier Patienten ohnehin nie wusch. Sarducci brachte die Jahre 1918 bis 1921 in einem Gefängnis für kriminelle Geisteskranke zu, wo er seine Zeit damit verbrachte, eine Abhandlung über das Wissen des Altertums und eine Verunglimpfung des modernen Intellekts zu verfassen, der er den schlagkräftigen Titel ›Der Irrtum der Empirie‹ verlieh. In der anti-intellektuellen Bewegung der Faschisten war dieses Buch ein Bestseller. Mussolini lobte das Werk über alle Maßen und machte aus Sarducci eine Art Volksheld, weil er an dem Doktor, der seiner Meinung nach die Schuld am Tod seiner Frau trug, Rache genommen hatte. Sarducci wurde nach Mussolinis Machtergreifung im Jahre 1922 aus dem Gefängnis entlassen und entwickelte sich zu einer Kultfigur mit außerordentlicher Macht innerhalb der faschistischen Bewegung. 1927 wurde er zum Minister für Altertum ernannt und war ab dann so etwas wie der geistige Führer der faschistischen Agitation gegen die Sozialisten, Kommunisten, Katholiken, Liberalen und Intellektuellen.

Indy stieß einen Pfiff aus.

Es gab noch eine andere, kurze Akte über Italo Balbo, den geistigen Übervater der italienischen Flugzeugarmada, die den Atlantik überquert und Chicago und New York einen Besuch abgestattet hatte. Balbo war 1929 von Mussolini zum Luftfahrtsminister ernannt worden. Er hatte 1923 die italienische Luftwaffe ins Leben gerufen und 1930 Demonstrationsflüge nach Brasilien und kürzlich ähnliche Flüge in die Vereinigten Staaten organisiert. Balbo nannte seine Eliteeinheit *atlantici.* Diesen Männern eilte der Ruf voraus, die am besten trainierten Flieger Europas zu sein. Balbos Armada, bestehend aus vierundzwanzig SIAI-Marchetti SM.55A Flugzeugen (und Balbos persönlicher Maschine, einer SM.55X Experimental mit der Bezeichnung I-Balb), hatte eine transatlantische Tour durchgeführt, auf deren Route auch Chicago und New York lagen. An diesem Morgen um 5 Uhr 25 war die Flugzeugstaffel von Coney Island aus in Richtung Italien gestartet.

Balbo war bei jedem Streckenabschnitt mit Preisen und Ehrungen überhäuft worden. Auf dem Broadway war extra für ihn eine Parade inszeniert worden. Bei dieser Gelegenheit hatte er sich mit einer Rede im Madison Square Garden an sechzigtausend Zuschauer gewandt. »Italiener in New York«, hatte er ausgerufen, »Mussolini hat der Ära der Beleidigungen ein Ende gesetzt. Nun ist es wieder eine Ehre, Italiener zu sein. Respektiert unsere Flagge und das Sternenbanner. Unsere beiden Nationen, die in der Vergangenheit nie getrennt gewesen waren, haben nie enger zusammengestanden, und sie werden auch in der Zukunft nicht getrennt werden.« Balbo hatte mit Präsident Franklin Roosevelt im Weißen Haus zu Mittag gegessen. Seine Popularität daheim und in Übersee hatte Mussolinis Eifersucht geschürt – zumal man eine der großen Straßen in Chicago nach ihm zu benennen gedachte –, und es gab Gerüchte, daß der Duce mit dem Gedanken spielte, ihn bald ins Exil zu schicken, als Gouverneur von Libyen oder einer anderen italienischen Kolonie in Nordafrika.

Auf einer Fotografie war die I-Balb mit folgender Information abgelichtet: *SM.55X. Langstreckenflugzeug. Antrieb: zwei 12-Zylinder Motoren, wassergekühlt, mit achthundert PS. Flügelspannweite: 78 Fuß, 9 Inch. Länge: 54 Fuß. Gewicht: 22 000 Pfund. Besatzung: vier. Reichweite: 2400 Meilen.* Die Zahlen schienen vor Indys Augen zu verschwimmen, als er den letzten Satz las: *Fluggeschwindigkeit: 149 Meilen pro Stunde.* Indy fluchte laut vor sich hin.

Er sah die Unterlagen durch, bis er eine Karte fand, auf der die Flugroute der Armada eingezeichnet war. Anstatt direkt von New York nach Rom zu fliegen, was außerhalb der Reichweite der SM.55-Maschinen lag, hielten sie sich an den Küstenverlauf Nordamerikas, um in Neuschottland aufzutanken. Von dort aus traten die Italiener einen gefährlichen, 1700 Meilen langen Flug zum Auftanken nach Ponta Delgada an, einer Insel im Nordatlantik. Und von dort aus ging es 1000 Meilen weiter nach Lissabon. Auf dem letzten Streckenabschnitt quer über das Mittelmeer in Richtung Rom waren weitere 1400 Meilen zurückzulegen.

»Die sind schneller als wir«, sagte er laut. »Aber dafür müssen sie zweimal zum Auftanken landen, während wir in einem Rutsch durchfliegen.«

Indy machte es sich in der Koje bequem und begann nachzudenken. Das leise Brummen der Motoren war ihm angenehm. Daß sie sich fortbewegten, spürte er nicht. In dieser Kabine war es genauso ruhig wie in seinem Bett in dem kleinen Mietshaus in der Chestnut Street in Princeton ...

Irgend etwas riß Indy aus schweren Träumen. Vielleicht das Absinken in ein Luftloch oder ein gedämpftes Quietschen. Blitzschnell setzte er sich auf, hielt in der Dunkelheit die Hände hoch und berührte sein Gesicht, als müsse er sich versichern, daß sie immer noch da waren. Wie erschlagen stolperte er zum Kabinenfenster. Der Mond schimmerte am dunklen Nachthimmel. Unter ihm lag die glitzernde See. Ein phosphoreszierendes V, das auf geheimnisvolle Weise von einem Schiff hervorgerufen wurde, zeichnete sich auf der Wasseroberfläche ab. Es konnte sich dabei nur um aufgeschäumtes Kielwasser handeln. Im Osten lauerte eine Sturmfront. Neonpinkfarbene Blitze leuchteten für Sekundenbruchteile zwischen den dunklen Wolken auf.

»Sind Sie in Ordnung, Professor?« erkundigte sich O'Toole und steckte den Kopf durch die Kabinentür.

»Ich glaubte, etwas gehört zu haben«, sagte Indy. »Irgendwo hat es geklopft.«

»War bestimmt nur ein Luftstoß«, beruhigte O'Toole ihn. »Wir halten auf einen Sturm zu.«

Indy nickte.

»Hungrig?« fragte O'Toole. »Sie haben das Abendessen verschlafen.«

»Ich könnte ein Pferd verschlingen«, erwiderte Indy. Er sammelte die Berichte des Militärischen Geheimdienstes zusammen, verstaute sie in seinem Sack und warf ihn über die Schulter. Dann folgte er O'Toole in die Messe.

»Wo sind wir?« Er fiel über einen Teller mit Speck und Bohnen her.

»Mitten über dem Atlantik. Noch nicht ganz die Hälfte haben wir hinter uns. Das Wetter wird sich verschlechtern und somit verlängert sich auch unsere Flugzeit.«

»Sagen Sie mir, besteht momentan die Möglichkeit, die

Macon zu verlassen oder an Bord zu gehen?« fragte er zwischen zwei Bissen. »Ich meine, kann einer der Sparrowheads landen oder starten?«

»Spielen Sie mit dem Gedanken, von Bord zu gehen?« wollte O'Toole wissen.

»Nein«, antwortete Indy. »Ich habe mir Gedanken über eine mögliche Sabotage gemacht. Die *Macon* scheint mir ein gut sichtbares Ziel zu sein, das nicht gerade schwer zu finden sein dürfte.«

»Nun, wir sind nicht in Reichweite eines Landfalls. Das würde kein Sparrowhead schaffen«, meinte O'Toole. »Mal angenommen, es befände sich ein Saboteur an Bord und er wollte mit einer der Sparrowhead-Maschinen türmen, dann müßte er dem Festland viel näher sein, als wir es im Augenblick sind. Anderenfalls müßte man sein Manöver mit einem Selbstmordversuch gleichsetzen.«

»Wie steht es mit anderen Flugzeugen?« fragte Indy. »Ich meine jetzt nicht die Sparrowheads, sondern eine andere Gattung. Könnte es der gelingen, zu uns vorzustoßen?«

»Unwahrscheinlich«, meinte O'Toole. »Da bräuchte es schon einen erfahrenen Piloten, der in der Lage ist, auf dem Trapezmechanismus anzudocken. Und wir sind einfach zu weit vom Festland entfernt. Bislang gibt es noch kein kleines Flugzeug, das eine entsprechende Reichweite vorzuweisen hat.«

»Dann wäre also auch keins von Balbos Flugbooten dazu in der Lage?«

»Bestimmt nicht. Für so ein Unternehmen braucht man eine kleine Maschine, ein Kampfflugzeug.«

»Vielleicht einen Aufklärer.«

»Nun ... ja.«

»Manche Luftschiffe verfügen über Aufklärer, nicht wahr?«

»Nicht manche, sondern viele.«

Indy verließ den Tisch und trat an die Fenster längs der Bordküche. Die *Macon* durchflog eine Wolkenwand. Wann immer die Wolkenwand Lücken aufwies, konnte man noch das Kielwasser des Schiffes sehen.

»Können Sie mir sagen, was für ein Schiff das ist?« fragte er.

O'Toole nahm ein Fernglas vom Fensterbrett und hielt es an die Augen. Ein paar Sekunden lang studierte er das Schiff, dann reichte er Indy das Fernglas.

»Ein mittelgroßes Kriegsschiff«, sagte er. »Um welchen Typ es sich handelt, kann ich nicht genau sagen.« Er ging zu einem Telefon am Schott.

»Hallo?« sagte er. »Sind Sie über den Verkehr zur See informiert? Wissen Sie, was für ein Kriegsschiff da unter uns liegt?« O'Toole legte die Hand über die Sprechmuschel. »Er fragt auf der Brücke nach ... Ja, ich bin dran. Ein italienischer Unterseeboot-Jäger? Richtig. Danke, Sir.«

»Unterseebootjäger verfügen über Aufklärer«, ließ Indy wissen. »Der Hangar liegt direkt unter der Bordküche und den Mannschaftsquartieren. Gibt es da eine Luke oder etwas in der Art?«

»Nein, nur ein großes Loch in Form eines Flugzeuges.«

»Wird der Hangar bewacht?«

»Wir hatten nie den Eindruck, daß das notwendig sei«, sagte O'Toole. »Das Hangardeck wird bei solcher Witterung gesichert. Menschen halten sich dann dort nicht mehr auf, weil das Risiko zu groß ist, daß jemand über Bord geht. Professor, meinen Sie, daß das Klopfen was zu bedeuten hat?«

»Ich habe keine Ahnung. Würde das jemand anderem als mir auffallen?«

»Vermutlich nicht«, meinte O'Toole. »Als das Heck der *Akron* auf dem Wasser aufschlug, haben wir das kaum gespürt. Das Luftschiff absorbiert Vibrationen bis zu einem bestimmten Punkt, es sei denn, man befindet sich direkt darauf.«

»Sie sollten das Hangardeck durchsuchen lassen«, schlug Indy vor.

»Der Kommandant wird sich nicht darauf einlassen, jedenfalls nicht bei solchem Wetter«, meinte O'Toole. »Er hält diese Idee garantiert für idiotisch. Und auch ich halte Ihren Vorschlag nicht gerade für einleuchtend.«

Indy grunzte.

»Sie wären überrascht, wenn Sie wüßten, was mir schon alles widerfahren ist«, sagte er. »Ich kann Sie nicht darum bitten, Ihren Befehlen zuwider zu handeln, aber *ich* kann ja nachsehen.«

»Aber, Professor, es wurde Ihnen doch gesagt, daß Sie da nichts zu suchen haben.«

»Ich habe einfach ein ungutes Gefühl«, entgegnete Indy. »Setzen Sie sich mit der Brücke in Verbindung und sagen Sie ihnen, daß ich Hilfe auf dem Hangardeck brauche.«

»Nein, das tue ich nicht«, sagte O'Toole. »Die häuten mich bei lebendigem Leib, wenn sie erfahren, daß ich Sie dort hingehen lasse.«

Indy verließ die Messe und stürmte die Treppen zum Hangardeck hinunter. Dort war es kalt. Er konnte niemanden sehen. Die fünf Sparrowheads waren in einem Halbkreis festgezurrt. Die Nasen waren zum Lagerraum des Luftschiffs ausgerichtet. Den Trapezhaken hatte man an einem Schienensystem unter der Decke festgemacht, mit dem die Flugzeuge in und aus dem Luftschiff geschwenkt wurden. Es sah nicht so aus, als ob ein Flugzeug unbeobachtet an der *Macon* andocken konnte.

Vorsichtig schritt Indy den Rand der Flugzeugöffnung ab. Er war sich nicht darüber im klaren, was er eigentlich suchte, hatte aber deutlich das Gefühl, daß er von *jemandem* beobachtet wurde. Er kniete sich vor den Lukenrand und spähte nach draußen, konnte aber in der Dunkelheit nichts erkennen.

Plötzlich zerriß ein Blitz den Himmel und leuchtete wie ein riesiger Scheinwerfer den Bauch der *Macon* aus. Die Silhouette eines kleinen Flugzeuges, das achtern im Hangar auf einer Luftschiffwarteposition hing, brannte sich in Indys Netzhäute.

Grelle Tupfen tanzten vor seinen Augen.

Indy kroch nach hinten. Zur Sicherheit tastete er den Fußboden ab. Sehen konnte er nichts. Er schüttelte den Kopf, rieb sich die Augen. Trotzdem war alles um ihn herum verschwommen.

Hinter seinem Rücken waren Schritte zu hören.

»O'Toole?« fragte Indy hoffnungsvoll.

Die Schritte kamen näher.

»Wer ist da?« fragte er.

»Eccomi, Dottore Jones!« sagte eine italienische Stimme. »Hier bin ich! Mein Name ist Mario Volatore. Sie haben meinen Bruder Marco getötet. Jetzt sind Sie an der Reihe zu sterben.«

Ein Stiefel erwischte Indy am Kinn und warf ihn auf den Rücken. Schwerfällig erhob er sich, aber ein Faustschlag auf die Schläfe sorgte dafür, daß er wieder am Boden lag.

»Es ist doch genial, wie wir unser Flugzeug modifiziert haben, damit es an Ihrem amerikanischen Luftschiff andocken kann, nicht wahr?« fragte Mario. »Wer hätte das gedacht? Wer würde das schon bei solch einem Sturm vermuten? Was für eine Tragödie! Sie werden sagen, daß es sich um einen Konstruktionsfehler handelte, genau wie bei dem zum Untergang verdammten Schwesternschiff *Akron.*«

Indy wappnete sich gegen den nächsten Schlag. Sein Sehvermögen kehrte langsam zurück, so daß er Marios Fuß, der sich rasend schnell seinem Gesicht näherte, erkennen konnte. Mit beiden Händen faßte er nach dem Fuß und verdrehte ihn. Mario fiel auf das Deck.

»*Bravo!*« rief Mario. »Sie möchten also kämpfen? Sehr ehrenwert!«

Mario war größer und stärker, als sein Bruder Marco es gewesen war. Ein dicker schwarzer Schnauzbart zierte seine Oberlippe. Er war ganz schwarz gekleidet. Er griff nach einem Schraubenschlüssel, den ein unachtsamer Mechaniker liegengelassen hatte.

Indy schlug ihm zweimal ins Gesicht, aber Marios Kopf bewegte sich kaum.

»Ah, Sie tragen Handschuhe«, sagte Mario. »Wie sportlich!«

Der Schraubenschlüssel beschrieb einen weiten Kreis. Indy zog den Kopf ein. Er spürte, wie der Luftzug seine Haare aufrichtete. Schnell wickelte er die Bandagen ab, in die beide Hände eingewickelt waren, und riß die Fäuste hoch.

Er verpaßte Mario zwei rechte, dann einen linken Haken. Man hörte ein lautes Schmatzen, als die Fäuste auf die nackte Haut trafen. Mario taumelte nach hinten und ließ den Schraubenschlüssel fallen.

»Hat Sarducci sich über Funk mit euch in Verbindung gesetzt und dafür gesorgt, daß ihr uns abfangt?« wollte Indy wissen.

»Aber sicher«, sagte Mario und schüttelte den Kopf. »Er war gar nicht erfreut, als er erfuhr, daß Sie nicht tot sind, weil er fürchtete, Ihnen während Ihrer kurzen Begegnung zuviel verraten zu haben.«

Mario rückte vor und täuschte einen linken Haken vor, ließ sich statt dessen aber auf den Boden fallen und stieß Indy mit seinen kraftvollen Beinen um. In einer Sekunde hatte er sich auf Indy gerollt und drückte ihn gegen den Hangarboden.

Dann zückte er eine automatische Pistole und hielt Indy die Mündung an den Kopf.

»Ich würde Sie ja erschießen, aber der Lärm würde die anderen alarmieren«, verriet er ihm. »So muß ich mich eben damit begnügen, Sie über Bord zu werfen. Aus dieser Höhe dürfen Sie ungefähr drei Minuten und fünfundvierzig Sekunden freien Fall genießen, ehe Sie ins Meer tauchen. Aber keine Sorge – Sie werden nicht ertrinken. Der Aufschlag aus dieser Höhe wird dafür sorgen, daß Sie gleich sterben.«

Mario kniete sich hin, drückte den Pistolenlauf in das weiche Fleisch unter Indys Kinn und drängte ihn zur Luke hinüber.

»Ich würde ja gern bleiben und kämpfen, aber anscheinend bleibt mir dazu keine Zeit.«

Mario verpaßte Indy einen Schlag mit dem Pistolengriff, worauf Indy in die Luke fiel. Mit der rechten Hand hielt er sich am Rand des Decks fest. So baumelte er einhändig über dem Meer. Wind und Regen peitschten über ihn hinweg.

Mario schaute auf seine Uhr.

»In fünf Minuten wird alles vorbei sein. *Come si chiama* – wie heißt es noch? – *la bomba*?« Mit der Stiefelsohle trat Mario auf Indys Knöchel.

»Was werden Sie während der vierminütigen Reise nach unten wohl denken?« fragte er. »So kurz und doch eine ganze Ewigkeit! Werden Sie das Gesicht der Frau sehen, mit der Sie das letzte Mal geschlafen haben, oder werden Sie nach Ihrer Mutter oder Ihrem Vater rufen?«

Indy schaute Mario über die Schulter.

»O'Toole!« rief er.

»Hinter mir ist niemand. Halten Sie mich für so einen –«, begann Mario. Das Wort Dummkopf kam ihm als undeutliches Grunzen über die Lippen, denn O'Toole schlug – so fest er konnte – mit seinem Louisville Slugger auf ihn ein. Marios Kopf klang so hohl wie eine Wassermelone. Die Waffe fiel ihm aus der Hand, als er mit dem Gesicht auf dem Hangarboden aufschlug. Er rührte sich nicht mehr.

»Heimsieg«, rief O'Toole erfreut. Er kickte die Waffe aus Marios Reichweite, kniete sich dann hin und zog Indy mit festem Griff in den Hangar zurück.

»Ist schon das zweite Mal, daß ich Sie reinziehen muß, Professor«, sagte O'Toole. »Was unterrichten Sie eigentlich, Zirkusakrobatik?«

»Es gibt eine Bombe«, keuchte Indy. »Uns bleiben weniger als fünf Minuten. Rufen Sie Dresel an und setzen Sie eine Suche in Gang. *Sofort!*«

Indy drehte Mario um und schlug ihm so lange ins Gesicht, bis er zu sich kam.

»Wo ist sie?« fragte er.

»An einem sehr guten Platz«, sagte Mario.

»Sagen Sie mir, wo!«

»Der Skipper ist unterwegs«, rief O'Toole vom Telefon herüber. Indy ballte die Hand zur Faust, aber der Blick aus Marios Augen verriet ihm, daß Gewalt nichts nützen würde.

Indy hob die Pistole auf und warf sie O'Toole hin.

»Passen Sie auf ihn auf«, sagte er und begann, die nähere Umgebung abzusuchen.

»Er kann sie überall im Schiff versteckt haben«, sagte O'Toole.

»Wir müssen trotzdem suchen«, entgegnete Indy.

Als Kommandant Dresel und seine Leute kamen, gingen alle Lichter an.

»Jones!« rief Dresel. »Was hat das hier zu bedeuten?«

»Es befindet sich eine Bombe an Bord«, sagte Indy.

»Wir haben diesen Mann hier gefunden«, warf O'Toole ein und richtete den Pistolenlauf auf Mario. »Aber er will uns nichts verraten.«

»Wie zum Teufel ist der an Bord gekommen?« wollte Dresel wissen.

»Wir haben keine Zeit für langatmige Erklärungen«, sagte Indy. Er warf einen Blick auf seine Armbanduhr. »Uns bleiben noch etwa drei Minuten.«

Dresel setzte sich mit allen Schiffsebenen in Verbindung. Hörner ertönten, und aus den Gegensprechanlagen schallten knarzend Befehle, während die Suche lief. Das Durcheinander ließ Mario kichern.

»Sie haben nicht genug Zeit, um sie zu finden«, freute er sich.

»Dann werden Sie mit uns sterben«, meinte Indy.

»Gern.«

Lichtblitze zuckten durch den Himmel unter ihnen, gefolgt von ohrenbetäubendem Donnergrollen. Dresel stand schweigend da und wartete mit auf dem Rücken verschränkten Händen. O'Toole stützte sich auf seinen Baseballschläger und zielte auf Mario, während er ängstlich zu Indy hinüberschaute.

»Zwei Minuten«, sagte Indy.

Dresel beäugte Mario mit angewiderter Miene.

»Diesen Befehl habe ich noch niemals zuvor gegeben«, sagte er. »Aber hier steht das Leben von siebenundachtzig Männern auf dem Spiel. Matrose O'Toole, prügeln Sie die Information aus ihm heraus.«

»Aye, aye, Sir.«

O'Toole schulterte den Schläger und ging auf Mario zu, der von zwei anderen Besatzungsmitgliedern festgehalten wurde. Mario drehte sich hin und her, riß sich los und sprang dann ins Leere.

Mit beiden Händen erwischte er den Trapezmechanismus und baumelte einen Augenblick lang daran, während er Indy und die anderen betrachtete. Mit einem Lächeln auf den Lippen ließ er los.

»Spazio!« rief er und fiel nach unten.

»Einfach prima«, meinte Indy. »Skipper, falls Sie eine Bombe auslegen müßten, um die *Macon* zu zerstören, wo würden Sie sie hinlegen, wenn es wie ein Unfall aussehen soll?«

Dresel überlegte.

»Ich würde sie in den Schacht legen, in dem die Kontrollleitungen zum Schiffsende laufen. Damit würden die Ruder und die Fahrstühle stillgelegt. Und wir würden wie ein Stein ins Wasser plumpsen.«

»Und von wo aus macht man das?«

»Das ist nicht weit«, sagte Dresel. Er und O'Toole liefen schon los.

Als Indy sie einholte, im Gang hinter dem Hangardeck, kroch O'Toole mit einer Taschenlampe durch eine Inspektionsluke.

»Ich habe sie gefunden«, rief er.

Er reichte ein Bündel mit fünf Dynamitstangen heraus, die an einer schwarzen Schachtel fixiert waren. Dann begann er, die Drähte loszupflücken, aber Indy hielt ihn mit einem Ruf zurück.

»Wenn Sie die falschen ziehen, geht sie in die Luft«, erklärte er.

Der Matrose nahm die Bombe und rannte los.

Indy schaute abermals auf seine Uhr. Die Zeit war abgelaufen, aber es hatte keinen Sinn mehr, diese Information auszugeben. Ein paar Sekunden mehr oder weniger machten einen beträchtlichen Unterschied. Ihm blieb nichts anderes übrig, als den Atem anzuhalten.

Auf der Backbordseite ertönte eine Explosion.

»Gott sei Dank«, flüsterte Dresel.

»Ja, dem schließe ich mich an«, sagte O'Toole.

Indy atmete wieder.

Als sie ins Hangardeck der *Macon* zurückkehrten, war das unter dem Schiffsrumpf hängende Flugzeug verschwunden. Der Pilot hatte Mario seinem Schicksal überlassen, hatte sich ausgeklinkt und war geräuschlos im Sturm untergetaucht.

»Sie werden niemals in der Lage sein, bei so einem aufgewühlten Meer das Flugzeug zu finden«, vermutete Dresel. »Zu schade, denn ich hätte den Piloten nur allzugern den zuständigen Behörden ausgeliefert.« Dann drehte er sich um und schüttelte Indy die Hand.

»Jones, ich bin Ihnen für Ihr schnelles Handeln überaus dankbar, aber ich werde auch drei Kreuze schlagen, wenn Sie endlich mein Luftschiff verlassen. Überall, wo Sie auftauchen, scheint es Schwierigkeiten zu geben.«

»Um ehrlich zu sein, eigentlich ist das nicht so«, verteidigte sich Indy.

»Professor«, sagte O'Toole. »Was hat dieser Mistkerl gerufen, ehe er ins Meer fiel?«

»Den Kriegsruf der Faschisten«, sagte Indy. »*Spazio.* Das ist das italienische Wort für Raum, für Territorium – für Durchsetzungskraft.«

»Nun, Raum hat er jetzt ja«, erwiderte O'Toole trocken. »Es ist ein weiter Weg nach unten.«

KAPITEL VIER

Soror Mystica

Bei Sonnenaufgang setzte eine Sparrowhead Indy auf einem Flugplatz außerhalb von London ab. Nach dem vereitelten Bombenattentat war die Atlantiküberquerung der *Macon* ereignislos verlaufen, und Indy hatte die übrige Flugzeit mit dem Lesen der Akten des Militärischen Geheimdienstes und Abstechern zur Funkstation verbracht, wo er sich nach dem Verbleiben von Balbos Geschwader erkundigte. Das Glück schien auf seiner Seite zu sein. Wegen des schlechten Wetters mußte Balbo gezwungenermaßen drei Tage lang in Ponta Delgada verweilen. Indy erreichte London, als Balbo und seine Leute noch mitten über dem Atlantik waren.

Den Funker der *Macon* hatte Indy gebeten, Manly eine verschlüsselte Nachricht zukommen zu lassen. Darin sollte er ihn über das gescheiterte Bombenattentat in Kenntnis setzen und ihn bitten, mit Marcus Brody im Museum Kontakt aufzunehmen. Brody sollte aus dem Museumsetat Geld für die Reise nach Rom und möglicherweise weitere anstehende Reisen an die Bank of England überweisen. Außerdem hatte er darum gebeten, das Budget als Finanzierung einer Expedition auf die Isle of Wight zu verbuchen, falls sich jemand nach seinen Aktivitäten in London erkundigen sollte.

»Sie haben Glück«, meinte der Sparrowhead-Pilot, als die Maschine aufgetankt wurde. »Ein paar Monate später wären wir nicht in der Lage gewesen, Sie hier abzusetzen. Die Marine plant, bei den Sparrowheads die Landemechanismen abzuschrauben und sie durch riesige Treibstofftanks zu ersetzen. Ich hatte ganz schöne Schwierigkeiten, Sie bis hierher zu transportieren.«

Die Grasrollbahn lag zwanzig Meilen östlich von London. Weit und breit war kein verfügbares Taxi in Sicht. Der Mann, der mit der Aufsicht über den kleinen Landeplatz betraut war – ein Veteran aus dem Ersten Weltkrieg, der auch als Mechaniker und Tankwart fungierte – schien sich für Indys Weitertransport nach London nur wenig zu interessieren. In der Nähe gab es eine Bahnstation, was Indy nicht viel nutzte, weil er keinen Penny in der Tasche hatte. Um wieder flüssig zu sein, mußte er erst mal der Bank of London einen Besuch abstatten.

Ihm blieb also nichts anderes übrig, als die Straße Richtung Osten hinunterzulaufen und von da aus zu trampen. An diesem Morgen war es ziemlich kalt. Mißmutig steckte er die Hände in die Taschen und stellte den Kragen zum Schutz gegen den eisigen Wind auf.

Nach ungefähr einer Meile hielt ein Milchwagen an. Der Fahrer gab ihm zum Frühstück eine Flasche Milch aus, und als er erfuhr, daß Indy Archäologe war, gab er sein Geschichtswissen zum besten. »Londinium«, sagte er, als sie sich der Stadt näherten. »So nannten es die Römer im ersten Jahrhundert. Früher war hier mal richtige Wildnis«, sagte der Fahrer und holte mit der einen Hand weit aus. »Das Ende der Erde – können Sie sich vorstellen, wie es für diese armen Legionäre gewesen sein muß? So weit weg von ihrer Heimat, ihren Familien, und dann mußten sie auch noch gegen eine Horde blaugesichtiger Teufel kämpfen!«

»Die Geschichte wiederholt sich«, sagte Indy. »Nur ein paar Jahrhunderte später sind es britische Soldaten, die gegen die Zulus in Afrika ins Feld ziehen.«

»Oder in Belfast«, grunzte der Fahrer. »Wissen Sie, ich muß jedes Mal lachen, wenn ich Mussolini in der Wochenschau sehe. Das ist so ein steifgliedriger Clown. Aber es drängt ihn danach, die glorreichen Tage des blühenden Roms wieder auferstehen zu lassen, und das ist leider überhaupt kein erfreulicher Gedanke.«

Die Tour des Fahrers endete in Chelsea, aber er hatte die Freundlichkeit, Indy ein paar Busmarken zu schenken und ihm Glück zu wünschen. Indy bat ihn um seine Adresse, damit er ihm Geld schicken konnte, aber der Mann lächelte nur freundlich und verabschiedete sich.

In der Tottenham Court Road in Bloomsbury sprang Indy aus dem Doppeldeckerbus und konnte schon die imposante griechische Fassade des British Museum erkennen, die wie ein Wächter über den Baumkronen aufragte, obwohl das Gebäude noch drei Straßenblocks entfernt war.

Mit großen Schritten marschierte er durch das verschlafene Wohnviertel und erklomm kurz darauf die breiten Museumsstufen.

Hinter dem Eingangsportal des weitläufigen Gebäudes lauerte ein Labyrinth aus Gebäudeflügeln und Korridoren, die im Lauf der Jahre angebaut worden waren. Vor dem stummen Portier im Eingangsbereich hielt Indy inne; die Aufzählung der zahllosen Abteilungen half ihm nicht weiter, denn er hatte keine Ahnung, wo sich Alistair Dunstins Büro befinden mochte.

»Entschuldigen Sie«, wandte er sich hilfesuchend an eine Frau mittleren Alters am Informationsschalter. »Könnten Sie mir verraten, wo ich Alistair Dunstin finden kann?«

»Dunstin«, wiederholte die Dame. Wie eine Eule schielte sie durch die untere Hälfte der geschliffenen Brillengläser und studierte eine Telefonliste. »Hier gibt es einen Dunstin, der im Lesesaal arbeitet. Soll ich ihn für Sie anläuten?«

»Nein, danke. Es wäre mir lieber, wenn ich einfach so bei ihm vorbeischauen dürfte.«

»Dann gehen Sie einfach geradeaus«, half ihm die Dame weiter. »Das ist der einzige Raum in diesem Gebäude, den man auf jeden Fall findet.«

Indy ging den Flur hinunter zu der höhlenartigen Bibliothek. In der Mitte des Lesesaals blieb er vor einem Schreibtisch stehen, der aussah, als hätte er schon hier gestanden, während Napoleon in der Schlacht von Waterloo geschlagen wurde.

»Ich suche Alistair Dunstin«, sagte er.

»Sie auch?« fragte die Bibliothekarin hinter dem Möbelstück.

»Wie bitte?«

Die junge Frau runzelte die Stirn.

»Auf dem Schild auf dem Schreibtisch steht A. DUNSTIN. Ich würde ihn gerne sprechen.«

»Ich bin *Alecia* Dunstin«, sagte die Frau und strich eine rote Haarlocke aus den Augen. Sie sprach mit deutlichem englischen Akzent, aber da lag auch etwas in ihrer Stimme, auf das Indy nicht den Finger legen konnte. Möglicherweise hatte sie einen Teil ihrer Kindheit oder Jugend in Indien oder Ostafrika verbracht. »Sie suchen meinen Bruder Alistair. Sein Büro liegt oben, in der Abteilung für Britisches Altertum und Mittelalter. Aber dort werden sie ihn kaum finden. Er ist vor drei Tagen verschwunden.«

»Verschwunden?«

»Senken Sie Ihre Stimme«, sagte sie. »Das hier ist eine Bibliothek.«

»Tut mir leid«, entschuldigte er sich. Er kam sich wie ein Schuljunge vor, wie er, den Hut in Händen haltend, vor ihrem Schreibtisch stand. Die große Kuppel des Lesesaals des British Museums spannte sich wie ein Himmelszelt über ihre Köpfe. Indy überkam das Gefühl, einem Engel einen Augenblick seiner Zeit abspenstig zu machen.

»Wohin ist er gegangen?« erkundigte er sich.

»Ich glaube wirklich nicht, daß Sie das etwas angeht«, erwiderte sie. »Ich bin sicher, in der Abteilung für Altertum und Mittelalter gibt es genug Personen, die Ihnen Auskunft geben können.«

»Nein, das können sie eben nicht.«

Alecia Dunstin entwich ein Seufzer. Bislang hatte sie es sorgsam vermieden, ihm in die Augen zu schauen, aber nun blieb ihr nichts anderes übrig, weil dieser ungehobelte Amerikaner in der abgetragenen Lederjacke sich weigerte, auf Nimmerwiedersehen zu verschwinden.

»Soll ich einen Wachmann rufen?« fragte sie.

Auf einmal wußte Indy nicht, was er sagen sollte. Er mußte den Blick abwenden, um ihr zu antworten.

»Bitte, hören Sie mir zu«, begann er. »Es ist äußerst wichtig, daß ich Alistair finde, weil es durchaus möglich ist, daß er sich in Gefahr befindet, wegen seines Interesses an einem Schriftstück, das die Bezeichnung Voynich-Manuskript trägt. Vielleicht könnten Sie mir eine Adresse oder Telefonnummer geben?«

»Es tut mir leid, aber das ist unmöglich.«

Indys Blick kehrte zu ihr zurück. Alecia Dunstin hatte zu weinen begonnen, ihre Stimme klang aber noch so sachlich, als ginge es darum, einen Besucher darüber zu informieren, daß ein bestimmtes Buch nicht verfügbar war.

»Es tut mir leid«, meinte Indy. »Ich wollte Sie bestimmt nicht aufregen.«

»Auf Ihr Mitleid kann ich verzichten«, erwiderte sie und wischte mit dem Handrücken die Tränen aus den Augen. Langsam zeichneten sich rote Flecken auf ihrem Gesicht ab. »Alistair ist nicht im Urlaub. Ich habe Ihnen doch schon gesagt, daß er verschwunden ist. Warum lassen Sie mich nicht endlich in Ruhe?«

»Wollen Sie damit sagen, daß er entführt wurde?«

»Ich weiß es nicht. Er ist einfach spurlos verschwunden. Jedermann ist der Überzeugung, daß er sich mit diesem verdammten Manuskript auf und davon gemacht hat. Aber ich kenne Alistair zu gut, um so etwas zu glauben. Wir sind Zwillinge, müssen Sie wissen.«

»Und Sie meinen nicht, daß er es gestohlen hat?«

»Warum erzähle ich Ihnen das alles?« fragte sie. Diesmal war sie es, die lauter wurde. »Wer, zum Teufel nochmal, sind Sie? Ihr Amerikaner seid die unmanierlichsten Menschen, mit denen ich je zu tun hatte. Wir sind uns noch nicht mal vorgestellt worden und schon stellen Sie mir Fragen über mein Privatleben. Und das Komische daran ist, daß ich Sie Ihnen beantworte.«

Die Menschen im Saal hoben den Blick von ihren Büchern, um zu sehen, was sich am Schreibtisch abspielte. Alecia lächelte und führte achselzuckend den Zeigefinger an den Mund.

»Vielleicht brauchen Sie jemanden, mit dem Sie darüber sprechen können«, schlug Indy vor.

Ihr Blick wurde weicher.

»Ich bin Indiana Jones«, stellte er sich vor.

»Der Archäologe?« fragte sie. »Ich habe schon von Ihnen gehört.«

»Tatsächlich?« fragte er.

»Um ehrlich zu sein, ich habe Ihr berufliches Fortkommen verfolgt«, verriet sie ihm. »Ich vermute, ich bin die einzige hier, die diese langweiligen alten Archäologie-Fachzeitschriften wirklich liest, bevor sie katalogisiert werden. Sie verfügen über Elan, und das bewundere ich. Es tut mir leid, daß ich über Ihr wissenschaftliches Werk nicht das gleiche sagen kann. Verraten Sie mir, hat der Kalif von Bagdad wirklich gedroht, Sie in siedendes Öl zu werfen?«

»Das war ein Mißverständnis.«

»Wie es scheint, müssen Sie des öfteren Mißverständnisse aus dem Weg räumen«, entgegnete sie. »Von den Fachzeitschriften werden Sie nicht gerade freundlich behandelt. Ihnen eilt der Ruf voraus, so etwas wie ein –«

»Sagen Sie es nicht«, bat Indy und zuckte zusammen. »Ich weiß, man schimpft mich einen Grabräuber.«

»Nun«, hakte sie nach, »ist es etwa nicht so?«

»Nein«, verteidigte er sich.

»Dann ist also auch diese ganze Grabräuberei nichts als ein großes Mißverständnis?«

»Ja, das stimmt.«

»Klingt mir stark nach einer bequemen Ausrede«, fand sie. »Sagen Sie mir, mein mißverstandener Amerikaner, was hat das alles mit Alistair zu tun?«

»Das ist eine lange Geschichte. Es wäre mir lieber, wenn wir uns in einem privateren Rahmen unterhalten könnten.

Ist es vielleicht möglich, daß wir zusammen zu Mittag essen?«

Wieder runzelte sie die Stirn.

»Es tut mir leid, Dr. Jones«, sagte sie nach längerem Überlegen. »Ich treffe mich nicht einfach so mit Männern, und selbst wenn es so wäre, würde ich auf die Begleitung einer Anstandsdame bestehen.«

»Ich bitte Sie ja nicht um eine Verabredung«, entgegnete Indy irritiert. »Ich muß mit Ihnen über Ihren Bruder sprechen. Und das ist doch für uns beide wichtig. Ich versuche nur zu helfen, Miss Dunstin, oder scheint Ihnen das völlig abwegig zu sein?«

Diesmal schaute sie weg.

»Ja, ich fürchte, das ist es.« Ihre Stimme klang hohl.

Indy setzte seinen Fedora auf und verließ sie.

Als er schon einige Meter weit weg war, rief sie ihn zurück.

»Mr. Jones«, sagte sie und eilte ihm hinterher. »Hier ist die Schlagwortnummer des Buches, nach dem Sie sich erkundigt haben. Tut mir leid, daß ich Ihnen Umstände gemacht habe.«

Sie reichte ihm einen Notizzettel.

Darauf stand eine mit Bleistift notierte Adresse und Uhrzeit – 2 Uhr nachmittags.

Die fensterlose und einem Verlies nicht unähnliche Bank of England lag im Herzen von London. Indy wurde von einem mürrischen Bankangestellten namens Edward Trimbly in Empfang genommen, der hier seit dreißig Jahren arbeitete und stolz darauf war, daß seinem aufmerksamen Blick bislang nie etwas entgangen war.

»Nun, Dr. Jones«, sagte Trimbly. »Sie müssen sich ausweisen, damit diese Transaktion durchgeführt werden kann. Ihr Paß dürfte in jedem Fall ausreichen.«

Indy grinste.

»Mein Paß?« fragte er. »Nun, es tut mir sehr leid, aber ich habe keinen.«

»Oh?« Der Bankangestellte hob skeptisch die Augenbrauen. »Wie – um alles auf der Welt – sind Sie in dieses Land gekommen?«

»Ich kam an Bord eines Luftschiffs der U.S. Marine«, führte Indy aus. »Der *Macon*.«

»Und Peter Pan war ebenfalls an Bord?« höhnte sein Gegenüber.

»Nein, eigentlich nicht«, antwortete Indy gelassen. »Nun, um ehrlich zu sein, nach London bin ich nicht mit der *Macon* gekommen, jedenfalls nicht direkt. Ein Jagdflugzeug hat mich auf diesem kleinen Flugplatz auf dem Land abgesetzt, und von dort aus hat mich ein Milchwagen mit in die Stadt genommen. Die Frage nach dem Paß ist bislang nicht aufgetaucht.«

»Ich verstehe«, meinte der Bankangestellte. »Kein Paß also. Aber vielleicht eine Geburtsurkunde?«

»Auch keine Geburtsurkunde. Ich habe alles zurückgelassen. Ich bin sehr plötzlich aufgebrochen.«

Der Bankangestellte kaute nachdenklich auf seiner Unterlippe.

»Na gut. Dann vielleicht einen Brief, eventuell sogar auf Museumspapier, der für die Behörden der Isle of Wight bestimmt ist, mit denen Sie ja zwangsläufig zusammenarbeiten werden?«

Indy schüttelte den Kopf.

»Ein Flugticket oder ein Gepäckschein?«

»So was gibt die Marine nicht aus.«

»Eine Visitenkarte?«

»Habe ich nicht bei mir.«

»Ein Brief von Ihrer Mutter?«

»Sie ist tot«, sagte Indy. »Tut mir sehr leid. Sollte das ein Scherz sein?«

»Es tut mir leid. Dr. Jones –«

»Nennen Sie mich Indy.«

»Lieber würde ich mir die Zunge rausreißen lassen«, entgegnete Trimbly. »Hier gibt es bestimmte Vorgehensweisen, an die sich jedermann halten muß, auch wenn das nicht Ihrem amerikanischen Sinn für Ungezwungenheit entsprechen mag ... Es fällt mir schwer, das zu fragen, Dr. Jones, aber was *haben* Sie dabei, um sich auszuweisen?«

Indy durchsuchte seine Taschen und fand nur einen Fusel. Dann machte er seinen Ledersack auf. Der Griff seiner Webley war deutlich zu sehen.

»O Gott«, entfuhr es dem Bankangestellten. »Soweit ist es doch hoffentlich nicht gekommen.«

»Schon in Ordnung«, beruhigte Indy ihn. »Ich suche ja noch. Aha!« Er fand den Umschlag mit den Akten vom Militärischen Geheimdienst und öffnete ihn. »Nein, tut mir leid, die darf ich Ihnen nicht zeigen. Sind geheim.« Er verstaute die Akten wieder im Sack.

»Selbstverständlich«, meinte Trimbly. »Zweifelsohne die Entlassungspapiere einer Irrenanstalt.«

»Es muß doch etwas zu finden sein.« Indy kramte seine Brieftasche hervor, in der er – einer Eigenart der Amerikaner entsprechend – allen möglichen Krimskrams aufbewahrte: abgerissene Kinokarten, eine Reinigungsquittung, alte Notizen, die er vor Ewigkeiten gemacht hatte und die ihm nun nichts mehr sagten. Der Schwur der Pfadfinder, den er seit seiner Kindheit aufbewahrte. Und ein Bibliotheksausweis.

»Sehen Sie nur«, sagte Indy und hielt den Ausweis hoch. »Eine Ausleihkarte der Öffentlichen Bibliothek der Universität Princeton, New Jersey. Und mein Name steht auch darauf.«

Trimbly betrachtete den Ausweis.

»Der ist abgelaufen«, merkte er trocken an.

»Ach, kommen Sie«, bettelte Indy. »Falls ich mir die Mühe gemacht hätte, einen Ausweis zu fälschen, meinen Sie dann, ich wäre ausgerechnet auf einen *Bibliotheksausweis* gekommen?«

Der Bankangestellte seufzte.

»Möchten Sie die Summe in Pfund oder in Dollars ausgezahlt bekommen?« gab er klein bei.

Zusammen mit den fünfhundert Dollars, die Brody telegrafisch überwiesen hatte, bekam er auch ein Telegramm ausgehändigt. INDY, HOFFE, DASS DAS AUSREICHT >STOP< MEHR KONNTE ICH SO KURZFRISTIG NICHT ANWEISEN >STOP< HALTE MICH AUF DEM LAUFENDEN >STOP< VIEL GLÜCK, BRODY.

»Ich hoffe, Sie trinken Tee, Dr. Jones.«

Alecia Dunstin drehte das Gas unter dem siedenden Wasserkessel ab und schenkte heißes Wasser in zwei Tassen. Die Dreizimmerwohnung in dem dreistöckigen Wohnhaus in der Southampton Row war einfach, aber sauber, und sie entsprach ganz und gar Indys Vorstellung.

»Warum haben Sie mich hierher gebeten?« fragte er neugierig. »Und was sollte das Gerede über ein Treffen ohne Anstandsdame? Haben Sie mich etwa für einen Mann gehalten, der Ihnen den Hof machen will?«

»Man weiß nie«, sagte sie und stellte ein Tablett auf dem Tisch ab. »Um ehrlich zu sein, ich kann mir immer noch keinen Reim auf Sie machen. Aber ich habe beschlossen, das Risiko einzugehen. Milch oder Zucker?«

»Keins von beidem, danke. Wie kam es, daß Sie Ihre Meinung geändert haben?«

»Lag wohl irgendwie an Ihrer Ausstrahlung, denke ich. Das war es und daß Sie sagten, man bräuchte jemanden, mit dem man sich unterhalten kann. Seit Alistair verschwunden ist, mache ich mir große Sorgen. Und ich gehöre genau zu der Sorte Mensch, die sich im Notfall einem Gauner anvertraut.«

»Einem Gauner wie mir?«

»O ja«, stimmte sie zu. »Gauner sind in solchen Situationen am effektivsten. Sie halten mich doch hoffentlich nicht für jemanden, der sich einem Geistlichen anvertraut oder einen Leserbrief an eine Kummerkastentante bei der Zeitung schickt?«

»Auf gar keinen Fall.« Indy legte die Hände um die Teetasse und betrachtete Alecia durch den aufsteigenden Wasserdampf.

»Ich gehe gern auf Friedhöfe«, gestand sie ihm überraschenderweise. »Ich geh' des öfteren mitten in der Nacht nach Mortlake und statte Sir Richards Grab einen Besuch ab. Kennen Sie ihn? Er ist ein entfernter Verwandter von mir, müssen Sie wissen, und mein Lieblingsgauner. Ich wünsche mir so sehr, daß er für einen Augenblick zurückkommt – oder daß ich kurz zu ihm gehen kann.«

»Was meinen Sie mit *zu ihm gehen*?«

»Natürlich eine Zeitreise in seine Epoche. Was haben Sie denn gedacht?«

»Nichts, rein gar nichts«, sagte Indy. »Erzählen Sie mir von Ihrem Zwillingsbruder.«

»Alistair«, begann sie. »Wir sind immer zusammen gewesen. Im Alter von dreizehn Jahren haben wir unsere Eltern verloren. Mum und Dad kamen bei einem Autounfall ums Leben. Andere Verwandte gibt es nicht.«

»Wie alt sind Sie jetzt?«

»Siebenundzwanzig.«

»Wohnen Sie zusammen?« fragte Indy. In der Ecke standen Gehstöcke, und auf dem Buchregal lagen eine Reihe Pfeifen. Über dem Kamin waren Mitbringsel aller Art aufgereiht: ein kleiner Eiffelturm aus Metall, eine Spielzeugkanone aus Gettysburg, eine Schar Zinnsoldaten und ein kurioses Stück schwarzer Obsidian auf einem Holzständer. Außerdem hing dort eine Donnerbüchse aus dem 17. Jahrhundert, die im Lauf der Jahre nachgedunkelt war. »Das sind nicht gerade Dinge, die eine Frau aufbewahren würde.«

»Nein«, sagte Alecia. »Wir leben seit Jahren hier, seit Alistair die Anstellung im Museum bekommen hat. Er ist brillant, wissen Sie, aber auch ziemlich exzentrisch.«

»Das habe ich gehört. Hat er tatsächlich Gold aus Blei gemacht?«

Alecia trat ans Bücherregal und nahm eine Streichholzschachtel vom Pfeifenständer. Sie schob sie auf, bat Indy, die Hand zu öffnen und ließ einen kleinen Goldklumpen in seine Hand fallen.

»Eigenartig«, meinte Indy. »Sind Sie dabei gewesen, als er das vollbracht hat?«

»Ich habe ihm dabei geholfen.«

Ihr Gesicht lief rot an, ihr Blick umwölkte sich, ihre Augen wurden so dunkel wie das Metall der Donnerbüchse. Als sie sah, daß Indy ihre Melancholie auffiel, versuchte sie sich zusammenzureißen.

Indy wollte gerade fragen, wie sie ihm geholfen hatte, verlor aber plötzlich den Gedanken aus den Augen.

»Alistair hat diese alten Bücher und Manuskripte jahrelang studiert«, beeilte sie sich zu sagen. »Sein Zimmer ist vollgestopft mit diesen Dingen. Im Keller hat er sich ein Labor eingerichtet, und die Hausbesitzerin, die alte Mrs. Grundy, beklagt sich fortwährend – sie sagt, es riecht dort unten nach Schwefel.«

»Sulfur«, sagte Indy.

»Ja, es *ist* Schwefel, wenn ich es mir recht überlege.«

Indy gab ihr den Goldklumpen zurück.

»Alistair hält außerdem Tauben auf dem Dach.«

»Tauben?«

»Ja, Brieftauben. Er züchtet sie. Sie sind wirklich ganz niedlich. Jeder von ihnen hat er einen Namen gegeben. Er gehört einem Club an – das ist eine sehr populäre Freizeitbeschäftigung in England.«

»Tauben züchten«, sagte Indy. »Die Sorte, die früher zum Transportieren von Nachrichten verwendet wurde?«

»Ich denke schon.«

»Sagen Sie mir, was Alistair über das Voynich-Manuskript weiß«, forderte er sie auf. »Über den Hintergrund weiß ich Bescheid, wie das Manuskript gefunden wurde und so. Hat Alistair eine Theorie darüber entwickelt, worum es sich in dem Manuskript tatsächlich dreht?«

»Er meint, daß es viel älter ist, als bislang vermutet wird«, sagte Alecia. »Nicht das Papier, auf dem es geschrieben wurde oder der Einband, sondern das Geheimnis, das da festgehalten wurde.«

»Wie alt?« wollte Indy wissen.

»So alt wie die Zeit selbst«, antwortete Alecia kryptisch.

»Könnten Sie das näher erläutern?«

»Wir haben es hier mit uralten Themen zu tun, Dr. Jones. Welcher Periode soll man eine Idee zuordnen, die ihren Ursprung in der Urgeschichte hat? Wie Sie sicherlich wissen, gibt es unterschiedliche Traditionen, was die Begründung der Alchemie angeht, aber die meisten haben eines gemeinsam. Das ewige Geheimnis liegt in einer Höhle in der Wüste begraben.«

»Das Grab des Hermes«, warf Indy ein.

»Ja. Alexander der Große hat es entdeckt und die Welt erobert.«

»Aber wir sprechen hier über Mythen«, protestierte Indy. »Niemand nimmt die Geschichte Alexanders für bare Münze. Das war nur eine Erfindung, um seine Affinität zu den alten Göttern zu erklären, um eine Verbindung zwischen der alten und der hellenistischen Welt zu schaffen. Hermes ist in der griechischen Mythologie der Götterbote, ein Repräsentant des ägyptischen Thoth.«

»Und darüber hinaus der Gott der Diebe«, meinte Alecia und lächelte. »Hermes taucht im Lauf der Geschichte in den unterschiedlichsten Gestalten auf. In der alchemistischen Tradition war er ein Mann – Hermes Trismegistos, der »Dreimalgrößte« –, ein Zeitgenosse oder vielleicht sogar ein Vorläufer von Moses. Es ist noch gar nicht so lange her, daß seine Schriften als christliche angesehen wurden und als heilig wie die Bibel.«

»Ich könnte an dieser Stelle Einwände erheben, aber das werde ich unterlassen. Fahren Sie fort.«

»Zusammen mit Hermes begraben liegt der Stein der Weisen, die einzig wahre Quelle der alchemistischen Macht. Dem Stein wird nachgesagt, daß er die Elemente verwandeln – zum Beispiel Blei in Gold – und das Leben unendlich währen lassen kann.«

»Bis hierher stimme ich Ihnen zu«, sagte Indy.

»In der Höhle, bei dem Stein, war auch die Smaragdgrüne

Tafel. Darauf standen die Grundsätze der Alchemie, die nachdrücklich die nahezu grenzenlose Macht des menschlichen Verstandes betonen, wenn der gepaart mit einem reinen Herzen auftritt. Die Tafel birgt auch die Instruktionen für die Herstellung des Steins der Weisen.«

»Warum sagen Sie, die Tafel *war* da?«

»Weil Alexander sie mitgenommen hat«, erwiderte Alecia. »Als Alexander starb, wurde die Smaragdgrüne Tafel mit ihm zusammen in seinem goldenen Sarkophag in Alexandria bestattet.«

»Tja«, sagte Indy, »wenn Alexander tatsächlich das Geheimnis der Unsterblichkeit gelüftet hat, wieso ist er dann gestorben, so wie alle anderen Sterblichen auch?«

»Es geht nicht um Unsterblichkeit«, wandte Alecia ein. »Sondern um *Langlebigkeit.* Theoretisch ist es möglich, ewig zu leben, jedenfalls solange man nicht vor einen Bus läuft oder eine Kugel abkriegt. Alexander wurde vergiftet.«

Indy nickte.

»Alexandria war die größte Stadt der damaligen Welt, das erste echte Zentrum der Wissenschaft und der Lehre. Dort wußte man, daß die Erde rund war und zwar gut tausend Jahre, bevor Columbus das rausgekriegt hat. Diese Stadt war außerdem das Zentrum alchemistischer Studien, und dort stand die erste große Bibliothek der Welt, aber all das Wissen ging verloren, als die Stadt im 4. Jahrhundert zerstört wurde. Und damit ging auch das Wissen über den Standort von Alexanders Grab verloren.«

Indy trank den Tee aus und stellte die Tasse auf dem Tablett ab.

»Das ist eine interessante Geschichte gewesen«, sagte er, »aber was hat das mit dem Voynich-Manuskript zu tun?«

»Darauf komme ich noch. Ihr Amerikaner seid so verdammt ungeduldig. Jetzt machen wir einen Zeitsprung, ein paar Jahrhunderte nach vorn, ins Jahr 1357. Ein Franzose namens Nicholas Flamel entdeckt, was er das *Buch Abrahams* nennt. Er geht einem Traum nach, in dem ihm ein Engel ein Buch mit einem nicht zu entziffernden Text zeigt.«

»Nicht zu entziffernder Text?«

»Ja, in einer Geheimschrift. Beschreibungen dieses Buches tauchen schon im 1. Jahrhundert in Alexandria auf. Es bestand aus einundzwanzig Seiten, auf denen auch mystische Zeichnungen zu finden waren. Auf der letzten Seite war eine Quelle in einer Wüste, aus der Schlangen krochen.«

»Schlangen?« fragte Indy.

»Ja, Schlangen. In den Anweisungen im Buch wurde erklärt, wie man den Stein der Weisen herstellt, aber ein ganz wichtiger Bestandteil konnte nicht identifiziert werden: *prima materia,* die erste Materie, die den eigentlichen Prozeß in Gang setzt.«

»Schlangen«, wiederholte Indy.

»1382 soll Flamel mit der Hilfe seiner Frau diese Umwandlung gelungen sein«, fuhr Alecia fort. »Die Ähnlichkeiten zwischen dem *Buch Abraham* und dem Voynich-Manuskript liegen auf der Hand. Und dann gibt es da natürlich noch das Buch, das Edward Kelley in Wales entdeckt hat, ebenfalls nach einem Engelstraum. Er nannte das Buch *The Gospel of St. Dunstable.* Wieder ein geheimnisvolles Buch mit einem nicht zu entziffernden Text. Wahrscheinlich war das das gleiche Buch, das an Rudolf von Habsburg verkauft wurde.«

»Und all diese Bücher sind trotz der unterschiedlichen Titel ein und dasselbe?«

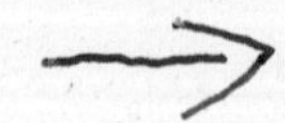

Alecia nickte.

»Alchemie ist zur Hälfte Wissenschaft, zur Hälfte Spiritualismus«, meinte sie. »Das Buch ist so etwas wie eine Art Rorschach-Test für die Seele – wenn Sie lange genug darin herumstöbern, spiegelt es das wider, an was Sie glauben; ob es sich dabei nun um Abraham oder St. Dunstable handelt, ist nicht von Bedeutung.«

»Oder um Roger Bacon«, sinnierte Indy.

»Richtig«, stimmte Alecia ihm zu. »Falls Sie der Empirie huldigen, werden Sie Teleskope und Mikroskope sehen, die ihrer Zeit weit voraus sind. Armer Newbold.«

Indy schüttelte den Kopf.

»Warten Sie mal«, sagte er. »Diese Theorie kann man doch auf alles anwenden, oder nicht? Wenn Sie etwas lange genug anschauen, dann sehen Sie immer eher das, was in Ihnen steckt als das, wofür der Gegenstand in Wirklichkeit steht. Nehmen wir als Beispiel die Literaturkritik – ich hege den starken Verdacht, daß sie uns mehr über die Kritiker verrät als über das Werk, mit dem sie sich beschäftigen.«

»Und was ist mit Flamel?« fragte Alecia.

»Was soll schon mit ihm sein?« erwiderte Indy. »Ich möchte Sie ja nicht beleidigen, aber jeder Alchemist, der etwas auf sich hält, hat – falls das, was ich gehört habe, zutrifft – schon mal etwas Gold gemacht. Das hat zweifellos etwas mit Geschicklichkeit oder einem chemischen Trick zu tun, der das Vergolden von Gegenständen ermöglicht.«

»Flamel hat nicht etwas Gold hergestellt«, gab Alecia zu bedenken. »Er hat eine Menge Gold gemacht. Er und seine Frau Perenelle stifteten vierzehn Hospitäler, drei Kapellen und sieben Kirchen. Kein schlechtes Ergebnis für einen

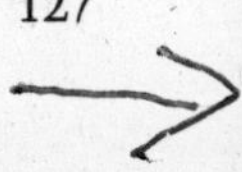

Scharlatan. Und es wird behauptet, daß sie niemals starben. Im Jahre 1761 – damals wären sie etwas mehr als vierhundert Jahre alt gewesen – besuchten sie in Paris die Oper.«

»Na gut«, sagte Indy. »Mal abgesehen davon, ob es möglich ist, Blei in Gold zu verwandeln oder ewig zu leben, Sie haben mich überzeugt, daß Voynich vielleicht dasselbe Buch besaß, das jahrhundertelang in Europa herumgegeistert ist. Aber warum sollte sich nun jemand die Mühe machen, ein Buch mit uralten Formeln zu stehlen?«

»Das ist einfach zu beantworten«, sagte Alecia. »Bei dem Geheimnis handelt es sich nicht um ein obskures alchemistisches Rezept, sondern um den Standort des Grabes von Hermes. Und vielleicht um die Macht, die Welt zu erobern.«

Indy kratzte sich am Kinn.

»Und was will Alistair erobern?« fragte er.

»Die Newtonsche Physik«, meinte Alecia. »Das ist alles.«

»Im Museum behaupteten Sie zu wissen, daß Alistair das Voynich-Manuskript nicht gestohlen habe«, sagte Indy. »Sind Sie dieser Meinung, weil Sie sich so gut kennen?«

Alecia nickte.

»Natürlich glaubt mir niemand«, sagte sie. »Er hat vor drei Tagen seinen Arbeitsplatz verlassen und ist nie wieder im Museum aufgetaucht. Als er vermißt wurde und dann das Voynich-Manuskript als gestohlen gemeldet wurde, nahm einfach jeder an, daß er sich damit auf und davon gemacht hat. Wer sonst sollte sich dafür interessieren? Aber die wissen nicht, was ich weiß.«

»Sie meinen, weil Sie ihn so gut kennen.«

»Das und noch etwas anderes«, sagte Alecia. Dann zögerte sie auf einmal. »Alistair hat mir das Versprechen abgenommen, niemandem etwas davon zu erzählen. Aber ich werde es Ihnen zeigen, damit Sie mir glauben.«

Sie ging zu der Donnerbüchse über dem Kamin. Mit spitzen Fingern zog sie eine Rolle Papier aus dem Lauf, die sie Indy reichte. »Warum«, fragte sie ihn, »sollte er das doofe Ding stehlen wollen, wenn er eine exakte Kopie besitzt?«

»Ich weiß nicht«, erwiderte Indy und überflog das Dokument. »Das hier ist eine fotografische Kopie. Vielleicht fehlt ihr etwas Lebenswichtiges, wie beispielsweise die Kolorierung des Originals.«

»Sie sind unmöglich«, fand sie.

Mit dem Rücken zu Indy stellte sie sich ans Fenster und verschränkte die Arme vor der Brust. In diesem Augenblick fiel ihm ein, daß er vorhin vergessen hatte, sie zu fragen, warum Flamel *zusammen* mit seiner Frau Gold gemacht hatte.

»Alecia –«

»Dr. Jones«, sagte sie. »Erwarten Sie Besucher?«

Die Wohnungstür wurde aufgebrochen, von einem gestiefelten Fuß aus den Angeln gerissen. Luigi Volatore – der letzte der Brüder – stürzte mit einer Mauser in der Hand in den Raum. Zwei *atlantici* begleiteten ihn.

»Durchsucht das Apartment«, rief er auf italienisch. »Findet sie.«

Die beiden Männer kämmten ein Zimmer nach dem anderen durch, schauten in Schränke und unter Betten und warfen frustriert Möbelstücke um. All das änderte nichts daran, daß die Wohnung leer war.

Luigi fluchte wild.

Er griff eine der Tassen auf dem Tischchen neben dem Sofa und trank einen Schluck. Der Tee war immer noch lauwarm. Dann ging er zum Fenster hinüber, öffnete es und schaute auf die Southampton Row. Die Straße war wie ausgestorben. Mit einem lauten Knall schloß er das Fenster wieder.

»Die können nicht weit sein«, sagte er. »Nehmt die Wohnung auseinander. Und schnappt euch alles, wofür Sarducci sich interessieren könnte.«

Die beiden machten sich sofort an die Arbeit, leerten Schubladen aus, stöberten Schriftstücke und Papiere durch. Alles, was irgendwie offiziell aussah, verstauten sie in einem Koffer aus dem Schlafzimmer.

»Wir sollten ihnen eine Überraschung bereiten, finde ich.« Luigi baute sich vor dem Schreibtisch an der Wand auf und kramte aus einer Tasse mit Bleistiften und Gummibändern eine Heftklammer raus.

Während die anderen ihrer Aufgabe nachgingen, inspizierte er die Gasleitung, die vom Herd zu einem Heizgerät im Kamin führte. Zufrieden nickend begab er sich zum Wandschalter neben der Eingangstür und knipste sie an. Erfreut stellte er fest, daß Strom zu der Lichtquelle an der Decke floß. Dann schaltete er das Licht wieder aus. Die Heftklammer schob er zwischen die Zähne, stellte sich auf einen Stuhl, trennte mit einem Metzgermesser die Fassung ab und warf sie in eine Zimmerecke, wo sie in Scherben zerbrach.

Während er arbeitete, summte er eine Arie.

Er nahm die Heftklammer aus dem Mund und zog sie auseinander, ehe er die beiden Enden um die Leitungen über der Isolierung wickelte. Dann sorgte er dafür, daß die bloßen Kupferenden der Heftklammer dicht beieinander hingen, ohne sich zu berühren.

Zufrieden mit seinem Werk stieg er vom Stuhl.

»Beeilt euch«, forderte er die beiden anderen auf.

Er ging in die Küche und schaltete alle Herdflammen an. Zischend strömte leicht entflammbares Gas in die Wohnung. Er zog eine Zigarre aus der Brusttasche und steckte sie in den Mund, lachte schallend und zog die Tür hinter sich zu, was wegen der herausgehobenen Angel nicht so einfach war.

Auf dem schmalen Sims vor dem Fenster in der dritten Etage klammerte Indy sich an der unebenen Fassade fest. Seine Finger schmerzten schon.

Alecia hatte ihre Arme um seine Taille geschlungen.

»Sind sie weg?« fragte sie.

»Ich glaube schon«, sagte Indy. »Ich hörte, wie die Tür zugeschlagen wurde. Wir müssen eine Möglichkeit finden, wieder in die Wohnung zu gelangen, bevor sie unten auf dem Gehweg auftauchen und uns hier oben entdecken. Kann man das Fenster von innen verriegeln?«

»Ja«, sagte Alecia.

»Wir haben keine Zeit, es aufzubrechen«, meinte er. »Ist das Fenster auf der anderen Seite von Ihnen offen?«

»Ja, einen Spaltbreit.«

»Dann arbeiten Sie sich langsam und vorsichtig dorthin vor.«

»Ich habe Angst, mich von der Stelle zu rühren«, gestand sie ihm.

»Aber die Waffen sollten Ihnen eigentlich noch mehr angst machen«, fand Indy.

Alecia kroch über den Sims, machte einen winzigen Schritt nach dem anderen, bis sie dicht genug am Fenster war, um reingreifen zu können. Das Fenster stand nur ein paar Zentimeter weit offen. Sie streckte die Hand aus, um es hochzuschieben. In dieser Sekunde gab der Sims unter ihr nach, und sie fiel. Glücklicherweise konnte sie sich am Fensterbrett festhalten.

Indy nahm ihre Hand und zog sie nach oben. Als sie mit beiden Beinen quasi wieder festen Boden unter den Füßen hatte, öffnete er das Fenster, damit sie hineinsteigen konnte. Als er ihr in das angrenzende Apartment folgte, fiel sein Blick auf Luigis Kopf unten auf dem Bürgersteig.

»Tut mir leid«, entschuldigte Alecia sich bei dem Ehepaar in der Wohnung, das gerade Toast verspeiste und einer BBC-Übertragung lauschte. »Wir haben die Tauben gefüttert und uns ausgeschlossen.«

»Keine Ursache«, sagte der Mann. »Ist mir auch schon passiert.«

»Ist doch nicht wahr!« wies ihn die Frau zurecht. »Warum lügst du andauernd? Hören Sie nicht auf das, was der alte Narr sagt«, bat sie und machte eine abfällige Kopfbewegung. »Möchten Sie vielleicht ein Toast mit Marmelade?«

»Sieht köstlich aus«, antwortete Alecia höflich, »aber nein, vielen Dank. Bleiben Sie nur sitzen, wir finden allein den Weg nach draußen.«

Sie liefen den Flur hinunter, und Alecia kramte nach ihren Schlüsseln.

»Die brauchen Sie nicht«, sagte Indy mit einem Blick auf den zerborstenen Türrahmen. Er schob die Tür auf. Zusammen betraten sie das dunkle Apartment. Alecia streckte die Hand nach dem Lichtschalter aus.

Geistesgegenwärtig packte Indy ihr Handgelenk.

»Tun Sie das nicht«, wies er sie an und deutete mit dem Kinn auf die bloßliegende Stromleitung, die von der Decke baumelte. »Hier strömt Gas aus.«

Indy atmete tief durch und ging in das Zimmer. Er schritt über den Haufen Papier, der auf dem Boden ausgebreitet lag, und begab sich zum Kamin, wo er vor dem Heizgerät niederkniete und die gekappte Leitung genauer untersuchte. Er schaltete die Gaszufuhr ab. Das Zischen verstummte. Danach trat er in die Küche und drehte alle Herdflammen aus. Als er zur Eingangstür zurückkehrte, war ihm schwindelig, und seine Lungen brannten. Er mußte dringend Luft schnappen.

»Sie haben die Wohnung auf den Kopf gestellt«, sagte er und riß den Mund auf.

Alecia nickte und preßte die Lippen zusammen. Sie schwitzte, neigte den Kopf nach vorn, packte einen Schwall roter Haare und hob sie hinten hoch. Ihr wunderschöner graziler Nacken und die zarten, beinah elfenhaften Ohren brachten Indy kurz auf andere Gedanken. In diesem Moment fiel sein Blick auf ihren Halsansatz, wo ein kleines, aber ausgefeiltes Muster aus ineinander verschlungenen roten und schwarzen Kreisen zu erkennen war. Er glaubte, seinen Augen nicht trauen zu können. Die Tätowierung begann direkt unter dem Haaransatz und schlängelte sich weiter nach unten, um unter dem Stoff ihrer Bluse zu verschwinden. Das Muster war keltisch, wie Indy wußte. Als sie sah, daß er sie anstarrte, ließ sie das Haar wieder fallen.

»Was nun?« fragte sie ihn.

»Sie werden mit einer Explosion rechnen. Das heißt, sie warten irgendwo in einer Straße ganz in der Nähe«, äußerte er seine Vermutung.

»Dann werden sie zurückkehren«, stellte Alecia fest.

Indy nickte.

»Ich dachte, ich hätte noch ein paar Tage, weil das Fluggeschwader noch mitten über dem Atlantik ist. Bestimmt haben sie per Funk eine Nachricht durchgegeben.«

Sie holte tief Luft und ging in ihre Wohnung, schnappte

ihre Handtasche, die achtlos auf dem Boden lag, und trat dann an den Kamin. Den Rücken Indy zugewandt, nahm sie den Obsidian vom Kaminsims und legte ihn in die Tasche, ehe sie die Voynichkopie aus der Donnerbüchse fischte. Zu Indys Überraschung gab sie ihm das kopierte Manuskript.

Er verstaute es in seinem Sack.

»Wohin gehen wir jetzt?« wollte sie wissen.

»Wir?« fragte er. »*Ich* mache mich auf den Weg nach Rom. Und Sie sollten an einem sicheren Ort Unterschlupf suchen. Vielleicht bei Verwandten auf dem Land.«

»Einmal abgesehen von Alistair habe ich keine Verwandten«, sagte sie. »Wir müssen zusammen gehen.«

»Das ist zu gefährlich.«

Alecias Augen verengten sich zu schmalen Schlitzen.

»Es war mein Apartment, das sie in die Luft jagen wollten«, sagte sie. »In dieser Sache sind wir Partner, ob es Ihnen nun paßt oder nicht. Ich werde Sie auf jeden Fall nach Rom begleiten.«

Indy zögerte. Sie trat dicht an ihn heran und legte die Hände auf seine Arme. Ihre Lippen streiften seine.

»Sie brauchen mich, Dr. Jones.«

»Jetzt machen Sie aber mal halblang –«

»Sie können Voynich nicht lesen«, gab sie zu bedenken. »*Ich* hingegen schon. Alistair hat es mich gelehrt. Es ist eigentlich ganz einfach, wenn man erst mal ein Gefühl dafür entwickelt hat. Und wenn man im Besitz von *diesem* hier ist.«

Sie holte den Obsidian aus ihrer Tasche.

»Der Vorhersagestein.«

Sie eilten die Treppe hinunter, verließen das Wohnhaus durch den Hintereingang und schlichen durch die kurvenreiche Gasse. Einmal glaubte Indy, daß sie verfolgt wurden, aber nachdem sie eine Viertelstunde in einer dunklen Nische ausgeharrt und nichts Auffälliges bemerkt hatten, gingen sie weiter.

»Wir sind in Sicherheit«, sagte Alecia. »Dort hinten ist niemand.«

»Vielleicht«, sagte Indy und trat ins Licht hinaus. Er rieb sich die Augen. »Hören Sie, ich habe heute noch nicht gegessen. Ich muß unbedingt was zu mir nehmen. Gibt es in der Nähe ein Restaurant?«

»Um die Ecke ist ein Pub.«

»Sie wissen, wo wir sind?« staunte er. »Das scheint mir eine ziemlich finstere Gegend zu sein.«

»Das hier ist London, Dr. Jones. An jeder Ecke gibt es einen Pub.«

Und sie hatte sich nicht geirrt. Ein paar Minuten später stießen sie auf ein Schild mit dem Namen *dark horse.* Sie nahmen auf einer der Holzbänke Platz, tranken lauwarmes Bier und ertrugen die unverhohlen neugierigen, manchmal feindseligen Blicke der Arbeiter, während sie auf Indys Essen warteten.

»Kommt mir vor, als seien wir Goldfische in einem Glas«, beklagte er sich.

»Wir fallen nicht auf«, entgegnete Alecia und wischte mit dem Handrücken den Bierschaum aus dem Mundwinkel. »Sondern nur Sie.«

»Sind Sie schon mal hier gewesen?«

»Nein, noch nie. Aber ich füge mich nahtlos ins Bild ein. Sie nicht. Diese Menschen haben einen ausgeprägten Sinn für ihr Revier. Und Außenseiter können sie nun mal nicht leiden.«

»Prima.«

»Sie sagten, Sie möchten essen.«

»Ich hänge aber auch sehr an meinen Zähnen, zumal ich sie zum Essen brauche«, meinte er.

»Sie benehmen sich wie ein kleines Kind«, sagte Alecia. Sie lächelte wissend den finster dreinblickenden Männern an der Bar zu, als würden sie zusammen über einen Witz lachen, dessen Pointe nur sie verstanden. Damit stellte sie so etwas wie eine unausgesprochene Vereinbarung mit den anderen Gästen her, vor allem mit einem besonders rüde aussehenden Kerl in einem ausgeleierten Wollpulli und mit grauer Kappe, der sie mißmutig beäugte.

»Da gibt es etwas, das mich neugierig macht«, verriet Indy.

»Noch mehr Fragen?«

»Ja. Warum braucht es beide, Flamel und seine Frau, um Gold zu machen?« Indy brach ab, weil ihm von einem Barmädchen ein Teller mit dampfendem Fleisch und Kartoffeln gebracht wurde. Auch die junge Frau schien von seiner Anwesenheit nicht sehr erfreut zu sein. »War er allein nicht dazu in der Lage?«

»Das ist schwer zu beantworten«, sagte Alecia vorsichtig.

Indy stach seine Gabel in das Fleisch.

»Sie müßten mehr über Alchemie wissen, um solch eine komplexe Materie begreifen zu können«, meinte sie.

»Stellen Sie mich auf die Probe«, schlug Indy vor, obwohl er sich ganz und gar auf seine Mahlzeit konzentrierte.

»Na gut. Aber dann müssen Sie mich schon ansehen, Dr. Jones.«

Ihre Blicke trafen sich.

»Nein«, sagte er, den Blick abwendend. »Ich werde es nicht zulassen, daß Sie wieder diesen Trick mit Ihren Augen machen. Obwohl ich zu wissen vermute, wie Sie das anstellen. Die Verwandlung erfordert die Hilfe einer *soror mystica,* nicht wahr?«

Alecia lief rot an.

»Das dachte ich mir schon«, sagte er. »Nun, geheimnisvolle Schwester, sprechen Sie zu mir.«

Der Mann mit der grauen Kappe knallte sein Bier auf die Theke. Mit verschränkten Armen schlenderte er durch den Raum und baute sich breitbeinig vor ihnen auf. Er wog sicherlich an die zweihundertfünfzig Pfund, und wenn es auch so aussah, als wollten die Knöpfe in der Bauchregion jeden Moment von der Jacke platzen, sahen seine Arme und Schultern muskulös und durchtrainiert aus. Indy hielt ihn für einen Schmied, zumal seine Fäuste die Größe von Ambossen hatten.

»Fällt Ihnen dieser Yank auf die Nerven, Miss?« fragte der große Mann.

»Nein«, entgegnete Alecia. »Aber danke, daß Sie nachgefragt haben.«

»Ich kann Yankees nicht ausstehen«, sagte der Mann. »Und schon gar nicht solche, die ihren Hut in Gegenwart von Damen aufbehalten. Am liebsten würde ich dir die Fresse polieren.«

»Entschuldigen Sie, mein Freund«, sagte Indy. Freundlich lächelnd legte er den Fedora auf den Tisch. »Ist es so besser?«

»Entschuldige dich bei der Lady.«

»Okay. Nun, Miss Dunstin, ich möchte mich bei Ihnen entschuldigen. Sind wir nun fertig?«

»Noch nicht ganz«, erwiderte der große Mann. »Dein schiefes Grinsen gefällt mir nicht. Ich bin noch unentschlossen. Ich glaube, ich werde dir trotzdem die Fresse polieren.«

»Nun, mit einer Sache liegen Sie ganz richtig. Mehr als Unentschlossenheit ist bei Ihrem Verstand nicht drin«, sagte Indy.

Der Mann packte Indy am Kragen und zog ihn mit einer Leichtigkeit von der Holzbank, als trage er einen Sack Kartoffeln. Indy ballte die Hand zur Faust, doch bevor er zuschlagen konnte, klatschte Alecia in die Hände und begann in einer Sprache zu reden, die vage an Rumänisch erinnerte und die Indy nicht verstand.

Der große Mann schaute auf einmal völlig verdutzt. Er ließ Indy los, so daß er hinfiel. Dann setzte er seine Kappe ab und sprach mit Alecia kurz in dieser fremden Sprache.

»Tut mir leid«, wandte er sich an Indy, bevor er zur Theke zurückkehrte.

»Was haben Sie denn gesagt, Himmel noch mal?« Indy stand auf und klopfte den Staub aus seinen Kleidern. »Und was für eine Sprache war das? Ich habe das noch nie zuvor gehört.«

»Das ist Shelta Thari. Die Sprache der Kesselflicker. Es ist die alte Sprache der Kelten und wird immer noch von denen gesprochen, die die Geheimnisse des Metalls kennen.«

»Und das hat auch etwas mit dieser Tätowierung auf Ihrem Hals zu tun, nicht wahr?«

»Ja«, antwortete sie knapp.

»Sie haben mir noch nicht alles gesagt, meine Liebe.«

Alecia wandte den Blick ab.

»Sie sind noch etwas anderes als nur Alistairs Schwester, vermute ich«, sagte Indy und beugte sich über den Tisch. »Sie sind seine *soror mystica,* seine geheimnisvolle Schwester. Alistair braucht Sie – allein kann er kein Gold machen. Was natürlich nicht heißen soll, daß ich Ihnen etwas von diesem Geschwafel abkaufe. Ich weiß nur, daß Sie bis zu Ihrem hübschen, tätowierten Hals in dieser Sache drinstecken. Vielleicht hatten Sarduccis Schläger gar nicht vor, uns beide zu töten – möglicherweise waren sie wirklich nur hinter *mir* her. Weil sie Sie brauchen.«

Alecia schüttelte energisch den Kopf und schaute ihm tief in die Augen.

»Dr. Jones, Sie müssen mir glauben.«

Indy schaute weg.

»Nein«, sagte er, »das muß ich nicht. Aber die eigentliche Frage lautet: An was glauben *Sie,* Miss Dunstin?«

»Meine Loyalität gilt ausschließlich Alistair.«

»Und wie steht es mit *seiner* Loyalität?« fragte er nach.

Alecia kaute nervös auf ihrer Unterlippe.

»Ich weiß es nicht«, sagte sie. »Und ich kann es Ihnen nicht übelnehmen, daß Sie mir nicht vertrauen. Sie haben ganz recht, ich habe Ihnen nicht alles erzählt. Aber nicht aus dem Grund, weil ich Sie hintergehen wollte. Ich ... nun, ich hatte Angst, daß Sie mich dann weniger achten würden. Ich habe ein paar Dinge in meinem Leben gemacht, auf die ich nicht sonderlich stolz bin. Alistair und ich sind nicht wie normale Menschen, müssen Sie wissen. Seit unserer Kindheit lastet ein schwerer Fluch auf unseren Schultern.«

Indy spießte ein Kartoffelstück auf und schob es in den Mund. Es schmeckte köstlich. Dann kostete er von dem Fleisch. Hervorragend. Wärme breitete sich in seinem Magen aus, und er spürte ganz deutlich, wie er langsam wieder zu Kräften kam.

»Ist nicht einfach, das zu erklären«, fand Alecia.

»Ich bin ein guter Zuhörer«, behauptete Indy.

»Die Tätowierung«, begann sie. »Die habe ich, seit ich sieben war. Sie beginnt hinten im Nacken, breitet sich über die Schulterblätter und das Rückgrat aus und endet oberhalb des Gesäßes.«

»Und weiter?« drängte Indy.

»Das ist das Zeichen der Thari, der alten Druidenkaste der Metallarbeiter. Es stammt aus einer Zeit, als das Wissen über die Metallverarbeitung, das Schmieden von Schwertern, mehr Respekt einflößte als andere Wissenschaften. Shelta Thari ist die Geheimsprache der Barden, Priester und Zauberer. Es ist eine sehr alte Sprache – möglicherweise prähistorisch. Vielleicht geht sie sogar bis ins Bronzealter zurück. Alistair und ich sind die Überlebenden einer aussterbenden Rasse.«

»Und der Mann, der mir die Fresse polieren wollte«, meinte Indy. »Ist er Schmied?«

»Ja. Die Sprache hat überlebt. Vor allem Schmiede und Bettler und Zigeuner kennen noch ein paar wichtige Sätze. *Nus a dhabjan dhuilsa* zum Beispiel. ›Der Segen Gottes über dich.‹ Einige Gelehrte haben den Versuch unternommen, die Sprache zu transkribieren, aber das ist keinem gelungen. Die Thari haben die Angewohnheit, die Existenz dieser Sprache entweder zu verleugnen oder dem Fragenden irgendeinen Unsinn vorzutragen.«

»Das darf ich nicht vergessen.«

»Als unsere Eltern starben, haben die Thari für Alistair und mich gesorgt. Und sie haben uns weisgemacht, daß wir von königlichem Blut sind, daß ich die letzte, nun ... *Priesterin* bin.«

»Und Alistair?« fragte Indy. »Ist er auch ein Priester? Hat auch er eine Tätowierung im Nacken?«

»Nein. Thari ist eine ... matriarchalische Gesellschaft. Meine Mutter war –« Unvermittelt brach sie ab und blickte über Indys Schulter.

»Stimmt was nicht?«

»Drehen Sie sich nicht um«, flüsterte sie. »Da sind wieder diese Männer. Drei Männer. Der mit der Zigarre scheint der Boss zu sein.«

»Und was tun sie?«

»Sie stehen einfach nur im Türrahmen. Ihre Augen haben sich noch nicht an die Dunkelheit hier drinnen gewöhnt. Nun werfen sie einen Blick in den Pub. Wir müssen verschwinden.«

»Die Hintertür«, schlug Indy vor.

Er stand auf und zog eine Geldscheinrolle aus der Tasche, zupfte ein paar Pfundnoten heraus, wußte aber nicht, wieviel er zurücklassen sollte. Alecia nahm ihm die Entscheidung ab und legte eine Fünfpfundnote auf den Tisch.

»Sehr großzügig, ich weiß. Aber damit bezahlen wir den Schaden.«

»Was für einen Schaden?« staunte Indy.

Alecia begab sich an die Theke und unterhielt sich in Shelta mit dem Schmied. Er nickte. Dann nahm sie Indy an der Hand und zog ihn ins Hinterzimmer.

Einer der *atlantici* entdeckte sie.

»Halt!« rief er und rannte ihnen hinterher.

Als er an der Theke vorbeikam, drehte der Schmied sich um und schlug dem Mann die Faust ins Gesicht. Er fiel rücklings auf einen Tisch und schüttete das Bier über die Gäste, die dort Platz genommen hatten. Einer der Gäste hob ihn auf und schlug mit der Hand zu, so daß er gegen die Theke polterte.

Indy hörte, wie Gläser umfielen und zerbrachen, hörte das wohlvertraute Geräusch von Fäusten, die auf Fleisch trafen, während er und Alecia durch die Küche liefen. Die Hintertür war abgeschlossen. Indy nahm Anlauf und warf sich mit der Schulter gegen die Holztür, die keinen Millimeter nachgab.

»Amerikaner«, höhnte Alecia. »Los, lassen Sie mich mal ran.«

»Bitte sehr«, sagte Indy und massierte seine Schulter.

Die junge Frau fuhr mit der Hand über den Türrahmen und fand den Schlüssel, der dort versteckt war. Sie schob ihn ins Schloß, drehte ihn mit Leichtigkeit um und stieß die Tür auf.

»Jesus«, entfuhr es Indy.

Sie traten in die schmale Gasse.

Das helle Sonnenlicht ließ ihn blinzeln.

Sie folgten der Gasse auf die Straße, hatten aber erst ein paar Schritte zurückgelegt, als die drei Männer in den dunklen Uniformen an der Straßenecke auftauchten. Hinter ihnen endete die Sackgasse vor einer rußgeschwärzten Backsteinmauer.

Äußerst zielgerichtet und betont langsam kamen die drei Italiener auf sie zu. Luigi zog an seiner Zigarre. Die beiden anderen fischten Waffen aus ihren Mänteln.

»Das ging aber schnell«, meinte Indy.

»Und was nun?« fragte Alecia ihn.

Indy zerrte sie zu dem Holzzaun, der die Privatgrundstücke von der Gasse trennte, stapelte ein paar Mülltonnen auf und balancierte – vorsichtig wie eine Katze, die die Zähne fletscht und schreit, ehe sie sich davonmacht – auf der wackeligen Konstruktion. Alecia schlang den Riemen ihrer Handtasche über den Kopf, damit sie sie nicht verlor. Indy zog sie zu sich hoch, bat dann um Entschuldigung, als er ihr die Hand auf das Gesäß legte und sie zuerst über den Zaun hievte.

»Ihr da!« rief eine englische Stimme. »Halt!«

Indy und Alecia blieben einen Augenblick lang stehen. Ein Polizist hatte sich am Anfang der Gasse aufgebaut und blies energisch in seine Trillerpfeife.

»Gut«, meinte Indy.

Alecia schüttelte den Kopf.

»Er hat keine Waffe. Bobbies sind nur mit Schlagstöcken ausgestattet«, klärte sie ihn auf.

Die drei dunkelgekleideten Männer drehten sich langsam um. Die Mündungen ihrer Waffen zeigten nach oben. Angewidert betrachteten sie ihren Widersacher. Dem Bobby fiel die Trillerpfeife aus dem Mund, um dann lose an der Silberkette zu baumeln.

Zuerst zögerte er noch. Und dann ergriff er die Flucht.

Indy und Alecia landeten auf der anderen Seite des Zauns in aufgeweichter Erde. Das Grundstück gehörte einem Schrotthändler. Überall lagen Metallplatten, Motorenteile und anderer Schrottabfall herum. Neben dem Zaun war eine Pyramide aus leeren Öldosen und Benzinkanistern aufgetürmt.

»Falls wir das hier überstehen sollten«, sagte Indy, »werden wir getrennte Wege gehen. Einverstanden?«

»Einverstanden. Aber was machen wir nun?«

Das blecherne Klappern der Mülltonnen verriet ihnen, daß die dunklen Männer im Begriff waren, ebenfalls über den Zaun zu steigen.

»Dorthin«, sagte Indy und zeigte auf den rostenden Korpus eines Baggers mitten auf dem Schrottplatz. Die Schaufel war auf den Zaun ausgerichtet. Alecia ging in Deckung, während Indy seinen Revolver aus dem Sack holte, vom Zaun zurückwich und auf den ersten Kopf feuerte, der sich über den verwitterten Holzplanken abzeichnete. Die Kugel prallte von der Backsteinwand des Pubs ab. Vom Knall aufgeschreckt, stimmten alle Hunde in der Nachbarschaft in aufgeregtes Gebell ein.

Grinsend spazierte Indy zum Bagger.

»Indy!« kreischte Alecia. »Sind Sie verrückt? Sie können doch nicht mitten in London eine Schießerei anzetteln!«

Indy zuckte mit den Achseln.

»Die haben doch Waffen«, sagte er. »Und außerdem würden sie es nicht wa –«

Maschinenpistolenfeuer unterbrach ihn. Mit einem Satz ging er hinter dem Bagger in Deckung. Während die großen Kugeln gegen die Schaufel prasselten, knieten er und Alecia mit eingezogenen Köpfen auf dem Boden.

Indy schüttelte den Kopf und legte schützend die Hände auf die Ohren. Der Lärm war kaum zu ertragen.

»Würden es nicht wagen, hm?« spottete Alecia erzürnt.

»Was?« fragte er.

»Ich sagte, ich halte Sie für einen dickköpfigen verblendeten amerikanischen Dummkopf!«

»Was?« fragte er.

Wieder donnerte eine Salve gegen die Schaufel.

»Es dauert nicht mehr lange, bis die uns fertigmachen. Und zwar bevor uns jemand zu Hilfe eilt«, schätzte Indy ihre Situation ein.

Alecias Augen funkelten wütend.

»Wer kann sie aufhalten?« fragte Indy. »Ich habe noch fünf Schuß Munition übrig und die haben – wieviel? – vielleicht ein paar hundert.«

»Das nenne ich hohl«, beschwerte sie sich lautstark. »Sie sind dumm. Kapiert? Hohl!«

»Hohl? Was ist hohl? Fässer?« fragte er. Seine Augen leuchteten auf. »Glauben Sie, daß in denen noch was drin ist?«

Indy kroch um die Schaufel herum und gab zwei Schüsse auf den Haufen entsorgter Fässer ab. Als die anderen zurückschossen, kehrte er schnell zu Alecia zurück.

»Nichts«, murmelte er. »Die können doch nicht *alle* leer sein, oder?«

»Was?« fragte Alecia.

Indy wartete, bis sich das Maschinenpistolenfeuer legte und holte dann tief Luft.

Er hob den Kopf und gab einen Schuß ab.

Nichts passierte.

»Tut mir leid. Jetzt haben sie uns. Und ich habe nur noch zwei Kugeln übrig. Wenn ich Ihnen ein Zeichen gebe, rennen Sie weg und zwar schnell. Ich kann sie nur für ein paar Sekunden in Schach halten.«

Alecia packte ihn am Kragen seiner Lederjacke, zog ihn ganz dicht heran und küßte ihn heftig auf den Mund. Ihre Lippen waren warm und feucht, und er konnte ihr Parfüm riechen – es erinnerte ihn an Honigblüten – und ihren Schweiß und ihre Angst. Indy wäre beinah die Waffe aus der Hand gefallen.

Doch dann ließ sie ihn los.

»Ich werde bei Ihnen bleiben.«

Der Mann mit der Zigarre kletterte über den Zaun. Seine Begleiter mit den Maschinenpistolen warteten schon auf der anderen Seite. Mit einem Zeichen gab er ihnen zu verstehen, daß sie vorrücken und der Sache ein Ende bereiten sollten, ehe Hilfe von außen kam.

Luigi nahm einen letzten Zug von seiner Zigarre, bevor er sie gedankenverloren wegwarf. Als er seinen Fehler erkannte, blieb er abrupt stehen und beobachtete gebannt, wie die glühende Zigarre wie im Zeitlupentempo in eine Pfütze neben einem lecken Benzinkanister fiel.

Luigi rannte los und sprang über den Zaun.

Unter lautem Getöse explodierten die anderen Fässer und tauchten die Männer mit den Maschinenpistolen in die schwarzgeäderte Blüte einer orangenen Stichflamme. Geistesgegenwärtig zog Indy den Kopf ein. Er spürte, wie die Hitze der Explosion über die Baggerschaufel wogte.

Alecia riß vor Angst die Augen weit auf.

»Kopf runter«, ermahnte Indy sie. »Und nun los – schnell!«

Mit gesenktem Blick hetzten sie durch den Schutt auf dem Schrottplatz, quer über den Hof in Richtung Eingang. Mit einem kurzen Metallrohr brach Indy die Eisenkette auf, die das Tor zusammenhielt. Hinter ihnen loderte das Feuer, doch von den Mauern begrenzt, konnte es sich nicht weiter ausbreiten. In der Ferne hörte man Sirenen.

Bevor er das Tor öffnete, hielt Indy kurz inne.

»Ich denke, jetzt heißt es Abschied nehmen. Sie müssen gehen«, sagte er.

»Ich denke auch«, meinte sie.

»Es sei denn ...«, begann er.

»Nein. So ist es vernünftiger. Was dort hinten geschehen ist –«

»Der Kuß –«

»Richtig«, sagte sie und strich sich das Haar aus den Augen. Das Gewicht des Vorhersagesteins in ihrer Handtasche spürte sie ganz deutlich. »Hören Sie, das hat nichts bedeutet. Das war impulsiv, dumm. Vergessen Sie's.«

»Ja.«

Er öffnete den Sack. »Sie möchten bestimmt Ihre Voynich-Kopie zurückhaben.«

»Nein. Behalten Sie sie. Sie werden sie noch brauchen.«

Er machte das Tor auf.

Zusammen schlichen sie unter dem handgemalten Schild durch, dem keiner der beiden Beachtung schenkte. Darauf stand die Warnung: JONES' SCHROTTPLATZ – DURCHGANG VERBOTEN – BETRETEN AUF EIGENE GEFAHR.

Indy wandte sich nach Osten. Alecia zögerte einen Augenblick und starrte verloren auf seinen Rücken. Ihr Gesicht war leicht gerötet, was nicht allein der Hitze der Explosion zuzuschreiben war. Indy marschierte davon, ohne einen Blick nach hinten zu werfen. Alecia hängte ihre Handtasche um, machte auf dem Absatz kehrt und verschwand in Richtung Westen.

Ein Feuerwehrauto jagte die Straße hinunter.

»Verfluchter Yankee«, flüsterte sie mit sanfter Stimme.

An der nächsten Ecke blieb sie unentschlossen stehen. In welche Richtung sollte sie gehen? In ihre Wohnung zurückzukehren, stand außer Frage. Wieder ihre Arbeit im British Museum zu verrichten, kam ihr absurd vor, zumal die Faschisten sie dort zuerst suchen würden. Nach kurzer Überlegung kam sie zu dem Ergebnis, daß sie sie doch finden würden, egal, wohin sie ging. Ihr blieb nichts anderes übrig, als die Flucht nach vorn anzutreten und dorthin zu gehen, wo man sie am wenigsten vermutete: nach Rom. Dort konnte sie sich wenigstens auf die Suche nach Alistair machen.

Und dann ging sie zur Themse.

KAPITEL FÜNF

Menschliches Treibgut

Die Lichter Londons glitten bedächtig am Müllkahn vorbei, der weiter in Richtung auf das Meer zuhielt. Vor einer Viertelstunde war die Sonne hinter dem Horizont versunken. Der Himmel im Westen war goldgetönt, und die Themse schimmerte in der Farbe einer matten Bleiplatte. Alecia, die es sich auf dem Heck des Schiffes bequem gemacht hatte und beobachtete, wie die Stadt in der Ferne kleiner wurde, erschauderte.

»Ist Ihnen kalt, Miss?« fragte der Kapitän sie. In den verwitterten Händen hielt er einen dunklen Wollmantel.

»Vielen herzlichen Dank«, sagte sie.

Der Mann legte ihr den Mantel um die Schultern.

»Leider haben wir nicht viel zu essen auf der *Mary Reilly*«, verriet er ihr. »Aber Sie sind eingeladen, mit uns zu schmausen. Kaffee, Brot. Etwas Käse.«

Alecia nickte dankbar.

»Ich weiß ja, daß es mich eigentlich nichts angeht, aber falls Sie mir meine Frage verzeihen, wovor hatten Sie dort hinten Angst? Laufen Sie vor irgend etwas davon? Verfolgt Sie jemand?«

»So was in der Art«, antwortete Alecia.

»Ich könnte wetten, daß es sich um einen Mann handelt«, spekulierte der Kapitän und räusperte sich laut. »Ich selbst habe drei Töchter, darum weiß ich, wovon ich spreche. Sieht fast so aus, als wolle Gott mich für die Ausschweifungen meiner Jugendtage bestrafen.«

Alecia mußte lächeln.

»Das Leben wird weitergehen«, spendete er sanft Trost und klopfte ihr auf die Schulter. »Ich bin oben im Steuerhaus, falls Sie was brauchen sollten. Machen Sie sich keine Sorgen, Miss – es ist egal, wovor Sie weglaufen oder wohin. Solange Sie meinem Kommando unterstehen, sind Sie in Sicherheit. Auch wenn das hier nur ein alter Müllkahn ist.«

»Das ist sehr nett von Ihnen.«

Ein Paar sich auf dem Fluß fortbewegender Lichter kam näher, und je näher sie kamen, desto deutlicher konnte sie das insektenartige Dröhnen eines Außenbordmotors hören, der voll aufgedreht war. Alecia begab sich in das Steuerhaus.

»Erwarten Sie Besuch?« fragte sie den Kapitän.

»Nein.«

»Kann ich mich irgendwo verstecken?«

»Keine Angst«, sagte der Mann. »Ich werde nicht zulassen, daß Ihnen etwas zustößt.«

»Sie kennen leider nicht die Sorte Mensch, mit der ich in letzter Zeit zu tun gehabt habe«, sagte sie. »Die werden Sie töten.«

Wieder räusperte sich der Kapitän. Ohne den linken Arm vom Steuerrad zu nehmen, griff er in ein Kästchen an der Wand und zog einen Revolver hervor. Die Waffe steckte er dann in seine Tasche.

Das Motorboot fuhr neben den Müllkahn und drosselte die Geschwindigkeit.

»Snopes«, rief er. »Laß deine Arbeit liegen und komm hier rauf. Du mußt das Steuer übernehmen.«

Der Kapitän vertraute den Kahn seinem ersten – und einzigen – Maat an. Alecia schenkte er ein vertrauensvolles Lächeln. »Sie bleiben besser hier, Miss«, riet er ihr.

Ein Mann sprang vom Deck des Motorboots auf die *Mary Reilly.* Dabei hätte er fast seinen Hut verloren. Er erwischte ihn gerade noch, bevor er ins dreckige Flußwasser fiel.

»Sie kehren besser dorthin zurück, von wo Sie gekommen sind, mein Sohn.« Der Kapitän richtete die Revolvermündung auf den Brustkorb des Fremden. »Sie will Sie nicht sehen!«

»Jones!« rief Alecia aus dem Steuerhaus.

Indy strahlte und breitete die Arme aus.

»Ist schon in Ordnung, Kapitän«, sagte Alecia und kam nach unten.

»Wollen Sie ihn hier haben?«

»Er gehört nicht zu den Männern, vor denen ich mich fürchte«, verriet sie ihm. »Bitte, lassen Sie ihn an Bord des Schiffes bleiben.«

Indy grinste und winkte zum Motorboot hinüber, das wendete und auf dem Rückweg nach London das Flußwasser am Kiel aufschäumte.

»Da sieh einer an«, meinte der Kapitän. »Sehe ich vielleicht so aus, als ob ich ein Passagierschiff für Arme betreibe? Es hat mir nichts ausgemacht, die junge Dame mitzunehmen, aber –«

»Ich kann Sie bezahlen«, erwähnte Indy.

Der Kapitän räusperte sich.

»Tja, das ändert natürlich die Situation.«

»Jones«, sagte Alecia. Sie schlang den Arm um seine Taille und drückte ihn an sich. »Sie haben Ihre Meinung geändert. Ich nahm nicht an, daß ich Sie noch mal wiedersehen würde. Wie haben Sie mich gefunden?«

Indys Grinsen bekam etwas Verschlagenes.

»Ich brauche Sie«, gestand er.

»O nein!« rief Alecia. Sie ließ ihn los und wich zurück. »Sie gemeiner Kerl! Sie sind mir gefolgt, nicht wahr?«

»Ich konnte Sie wohl kaum allein ziehen lassen«, fand Indy. »Ich mußte sichergehen, daß *Sie* nicht verfolgt werden. Und außerdem bin ich auf Ihre Hilfe angewiesen, wenn ich Alistair finden soll.«

»Dazu brauchen Sie mich?« fragte sie. »Das ist alles? Sie haben mich auf dem Gehweg stehenlassen wie ein Stück Kaugummi, das Sie von Ihrer Schuhsohle abgekratzt haben, und jetzt tauchen Sie hier einfach auf, weil Sie meine Hilfe brauchen?«

»Aber Sie sagten doch, ich solle vergessen –«

»Und Sie haben mir geglaubt?«

»Nun –«

Der Kapitän trat zwischen die beiden.

»Möchten Sie, daß ich ihn ins Wasser schmeiße, Miss?« fragte der Mann. »Er sieht gesund aus. Er könnte es bis ans Ufer schaffen.«

»Ja«, stimmte sie seinem Vorschlag zu. »Werfen Sie ihn über Bord wie stinkenden Müll.«

»Alecia«, flehte Indy. Sehnsüchtig blickte er dem Motorboot hinterher, das schon außer Sicht war.

»Nein«, sagte sie. »Tun Sie das nicht. Das wäre noch zu gut für ihn. Überlassen Sie ihn mir – das wird Strafe genug sein. Und um ehrlich zu sein, ich brauche ihn auch, um meinen Bruder zu finden. Von nun an werden wir uns wie Geschäftspartner verhalten, haben Sie verstanden, Dr. Jones?«

»Ich dachte, das sei alles –«

»Ach, halten Sie den Mund«, schimpfte Alecia und ließ ihn stehen.

Der Kapitän verstaute seine Waffe wieder in der Tasche.

»Wäre besser, Sie bezahlten mich jetzt gleich, mein Sohn. Schließlich kann ich nicht absehen, wie lange Sie bei uns bleiben werden.«

In der winzigen Kabine unter Deck breitete Indy die Kopie des Voynich-Manuskripts auf dem Tisch aus. Dann nahm er das Gummiband ab, das sein Notizbuch zusammenhielt, strich die Seiten glatt und spitzte seinen Bleistift.

Alecia kam die Treppe hinunter, hielt aber inne, als sie Indy entdeckte.

»Tut mir leid«, sagte sie. »Ich möchte Sie nicht stören, ich suche nur die Toilette.«

»Es gibt keine«, verriet er ihr. »Ich habe schon gefragt.«

»Dann ...«

»Über Bord«, schlug er vor.

Alecia rümpfte die Nase.

»Es gibt nichts, das nicht warten kann«, verkündete sie philosophisch. »Womit sind Sie beschäftigt?«

»Ich suche nach Hinweisen.«

»Aber Sie können es doch nicht lesen«, meinte sie selbstgefällig.

»Schon, aber vielleicht sagen mir die Zeichnungen was.«

»Brauchen Sie Hilfe?«

»Ist das ein Angebot?«

»Wir haben eine zweckorientierte Übereinkunft getroffen«, sagte sie. »Und ich bin durchaus bereit, meinen Anteil einzubringen.«

»Gut. Nehmen Sie Platz. Wenn es Ihnen nichts ausmacht, könnten Sie mir ja verraten, was all das zu bedeuten hat. Sie haben doch Alistair dabei geholfen, einen Teil des Manuskripts zu entziffern, oder?«

»Ich kann mich nicht daran erinnern«, sagte sie. »Ich meine, als ich ihm bei der Übersetzung zur Hand gegangen bin, habe ich mich in einer Art Trancezustand befunden. Er war derjenige, der die Transkription aufgeschrieben hat. Und ich habe leider nicht die geringste Ahnung, was ich damals gesagt habe.«

Indy seufzte. »Wie steht es mit den Zeichnungen?«

Alecia blätterte die Seiten durch.

»Tut mir leid. Die sagen mir wirklich gar nichts. Das echte Manuskript ist natürlich farbig. Vielleicht ist das ein wichtiger Teil der Übersetzung.«

»Daran habe ich auch schon gedacht«, sagte Indy. »Wir sind im Nachteil, weil wir nicht mit dem Original arbeiten. Trotzdem dürfen wir nichts unversucht lassen. Es muß doch eine Möglichkeit geben, aus dem hier eine Bedeutung abzuleiten oder den Sinn all dessen herauszufinden.«

Alecia nickte, nahm den Vorhersagestein aus der Tasche und stellte ihn auf den Tisch.

»Was haben Sie vor?«

»Nun, Sie sagten, wir müßten es versuchen. Und genau das will ich tun. Da es mit Alistair funktioniert hat, könnte es ja durchaus sein, daß es auch mit mir allein klappt.«

»Ich muß Ihnen sagen, Alecia, das hier erinnert mich ganz stark an diese Geschichte mit Arthur Conan Doyle und den Feen.«

»Es ist nicht notwendig, daß Sie daran glauben«, meinte sie. »Sie sollen sich Notizen machen, das ist alles. Und außerdem reden Sie nur so, weil Sie Ihren Ruf als Wissenschaftler nicht gefährden wollen. Ich glaube nämlich, daß s nicht nur für Unsinn oder Scharlatanerie halten, Dr. Jones. Aber Sie sind nicht bereit, das offen zuzugeben.«

Indy schüttelte den Kopf.

»Alles Unsinn«, sagte er. »Aber bitte, fangen Sie an.«

Alecia legte den Stein auf die Manuskriptkopie. Sie hüstelte, strich sich die Haare aus dem Gesicht und holte tief Luft. Den Stein fixierend, atmete sie aus.

»Reicht das Licht?«

Mit einem Seufzer schloß Alecia die Augen.

»Sie müssen still sein.«

Dann neigte sie den Kopf, öffnete die Augen wieder und starrte den Obsidianbrocken an. In den ersten zehn Minuten schien nichts zu passieren. Dann glättete sich ihre durch die Konzentration in Falten gelegte Stirn. Ihr Atem ging gleichmäßiger und langsamer, ihre Augen wurden matt und blickten ins Leere. Sie beugte sich über die Kopie. Das Haar fiel ihr ins Gesicht, während sie mit der rechten Hand den Stein über die verschlüsselten Zeilen rückte.

Gesegnet sei der Herr dafür, daß er uns ständig mit Geschenken überschüttet. Etwas später folgen unsere Gebete für den Propheten Abraham und seine Familie, dem dieses Buch ergebenst gewidmet ist. Friede sei mit ihnen!

Indy hatte es die Sprache verschlagen. Alecia sprach mit der Stimme eines Mannes, eines sehr alten Mannes. Er griff nach seinem Bleistift und begann zu schreiben.

Das hier ist die Geschichte von al-Jabir ibn-Hayyan, dessen Weisheit mir dargeboten wurde, nachdem ich das Grab von Hermes verlassen habe und in den Besitz der Tabula Smaragdina gekommen bin. Ich erkläre hiermit: Die-

jenigen, die das Grab betreten und nicht reinen Herzens sind, sollen erkranken und innerhalb von vierzehn Tagen sterben, und diejenigen, die so rücksichtslos sind und das goldene Faß öffnen, in dem der Stein liegt, sollen dort, wo sie stehen, erschlagen werden.

Indy begann, schneller zu schreiben.

Hier sind die Enthüllungen des Hermes:

Sage keine Unwahrheiten, sondern nur das, was sicher und wahr ist; das, was unten liegt, ist gleich dem, was oben liegt, und was oben liegt, ist gleich dem, was unten liegt.

Wie alle Dinge durch ein einziges Wort von Gott erschaffen wurden, so werden alle Dinge, die hierdurch entstehen, durch Adaption geschaffen. Suchet die prima materia, denn dadurch wird euch der Ruhm der ganzen Welt zuteil, und ihr werdet niemals der Dunkelheit erliegen. Das ist der erste Schritt zum Stein.

Er wurde vom Wasser geboren, vom Feuer geschmiedet, durch den Wind vom Himmel herabgebracht und von der Erde genährt. Und es gibt ihn überall: Hausfrauen werfen ihn hinaus, Kinder spielen damit.

Seid frei von Begierde, Heuchelei und Sünde. Ein schlechter Mensch wird niemals etwas erreichen.

Alecias Kopf fiel vornüber. Sie schwankte auf ihrem Stuhl.

Indy ließ den Bleistift fallen, streckte beide Hände über den Tisch und hielt sie an den Schultern fest. Mit flatternden Lidern betrachtete sie ihn. Noch kurzzeitig verwirrt, blickte sie sich um, schluckte und setzte sich aufrecht hin.

»Es geht mir gut«, sagte sie.

»So sieht es aber nicht aus«, entgegnete Indy.

»Doch, es geht mir gut«, wiederholte sie. »Haben Sie etwas erfahren?«

»Ja.« Indy schob ihr das Notizbuch hin. »Aber ich fürchte, daß dadurch mehr Fragen aufgetaucht als beantwortet worden sind.«

Sie blätterte die Seiten des Notizbuches durch.

»Ihre Handschrift ist unlesbar«, meinte sie. »Was bringt man euch in Amerika bei? Sie müssen es mir schon vorlesen. Was bedeutet dieses Wort hier?«

»Ich hatte es schließlich eilig«, verteidigte Indy sich und richtete den Blick auf die Zeile, auf der ihr Finger lag. »›*Prima materia*‹. Die erste Materie.«

»Oh, das sind zwei Worte. Das konnte ich nicht erkennen. Und das hier?«

Indy las das Wort. »Tabula Smaragdina.«

»Die smaragdgrüne Tafel«, übersetzte sie.

Alecia lehnte sich zurück.

»Das ist al-Jabir«, meinte sie. »Falls mich mein Erinnerungsvermögen nicht im Stich läßt, ist er jener arabische Mystiker und Mathematiker, dem wir die moderne Algebra zu verdanken haben, oder?«

»Ja«, stimmte Indy ihr zu. »Aber sein Name steht auch für die lateinische Wurzel unseres Wortes Kauderwelsch. Und genau das scheinen wir hier zu haben – eine lange Liste sinnloser Rätsel.«

Alecia stand vom Tisch auf.

»Ich bin erschöpft«, sagte sie. »Falls es Ihnen nichts ausmacht, werde ich mich ein bißchen hinlegen. Bitte, wecken Sie mich auf, bevor wir den Kanal erreichen. Dort werden sie den Müll abladen und bis dahin müssen wir ein anderes Schiff aufgetrieben haben.«

Alecia legte sich in die Koje an der gegenüberliegenden Wand. Eine Minute später war sie eingeschlafen. Indy fand eine alte abgewetzte Decke, mit der er sie behutsam zudeckte. Danach kehrte er an den Tisch zurück, überflog die Übersetzung und legte das Notizbuch beiseite.

Er beobachtete Alecia beim Schlafen.

Nach einer Weile nahm er seinen Bleistift in die Hand und begann mit einer Skizze auf einer leeren Seite seines Notizbuches. Er zeichnete Alecia mit ihren roten, um den Kopf drapierten Haaren, mit ihrem leicht geöffneten Mund und den entspannten Gesichtszügen. Ihrer feinen, nach oben gebogenen Nase und ihren Ohren schenkte er besondere Aufmerksamkeit – sie waren besonders zart und schienen leicht spitz auszulaufen.

Ihr herzförmiges Gesicht mutete im Moment geradezu kindlich an. Er wünschte sich, ihr ihre Geschichte abnehmen zu können. Zumal es ihm leichtfiel, sie sich als Siebenjährige vorzustellen, der gesagt wird, daß sie die Letzte einer ganz besonderen Rasse ist und die man auffordert, sich in einem Tätowierungsstudio mit dem Gesicht nach unten auf einen Tisch zu legen, ehe die Nadeln ein jahrhundertealtes Muster in ihre Haut malen. In Indys Augen setzte die Tätowierung ihre Schönheit nicht herab, sondern unterstrich sie eher nur. Er hatte den Wunsch, den Rest der Tätowierung sehen zu dürfen. Er stellte sich vor, daß sie sich wie ein Paar zarter Schwingen über ihren bloßen Rükken zog.

Erschöpft legte er den Bleistift weg und rieb sich die Augen. Obwohl er ihr nicht über den Weg traute, fiel ihm auf, daß er anfing, sie zu mögen. Er bettete den Kopf auf die gekreuzten Arme und fiel in einen tiefen, traumlosen Schlaf.

Das Klappern von Absatzstiefeln und erboste Stimmen weckten Indy auf. Er nahm seine Notizen und die Manuskriptkopie und verstaute sie in seinem Sack, zusammen mit einer halbvollen Schachtel .38er Munition, die auf dem Regal in der Kajüte lag. Die Waffe des Kapitäns verlangte nach den gleichen Patronen wie seine Webley. Dann kniete er sich neben Alecia und weckte sie auf.

»Wo sind wir?« fragte sie schlaftrunken.

»Pst«, sagte er. »Wir haben Gesellschaft.«

Indy nahm sie an der Hand und ging mit ihr die Stufen zur Kajütentür hoch. Draußen war es immer noch dunkel. Er konnte die Lichtkegel von Taschenlampen ausmachen, die über den Schiffsbug wanderten. Ein Stück weiter vorn unterhielt sich der Kapitän mit einer Gruppe Soldaten. Er hörte, wie der alte Mann vor Wut lauter wurde und sich zornig erkundigte, warum die anderen an Bord seines Schiffes gekommen waren. Zwei Männer hielten von hinten seine Arme fest, während ein dritter ihm mit einem Wollschal den Mund stopfte. Hinter ihnen zeichnete sich der vertraute Umriß eines Flugbootes ab, das ganz still auf dem Wasser wartete.

»Wie haben die uns gefunden?« fragte Alecia.

»Kann ich nicht sagen«, antwortete Indy. »Wir müssen uns unbedingt verstecken.«

»Wo denn? Auf einem Schiff von dieser Größe kann man nicht mal einen Yorkshire Terrier verstecken. Da sie uns sowieso kriegen werden, können wir genausogut jetzt gegen sie vorgehen. Es mit ihnen aufnehmen.«

»Kommen Sie, Prinzessin.« Er nahm seinen Hut und zerrte sie aus der Kajüte. »Ich bin noch nicht bereit, jetzt aufzugeben. Wäre das hier die Schlacht zwischen Custer und den Indianern, stünde ich auf der Seite der Indianer.«

»Das Boot durchsuchen«, ordnete Luigi an und machte eine Bewegung mit seinen bandagierten Händen, was sich als schmerzhaft erwies. Ein halbes Dutzend *atlanticis* schwärmte aus, kämpfte sich durch die Müllberge hinüber zur Kajüte. »Wir wissen, daß sie hier sind. Seid vorsichtig. Der Amerikaner ist bewaffnet, aber ein ziemlich schlechter Schütze.«

»Bei deinen Zigarren mußte er ja anscheinend auch nicht gut zielen können«, lautete Sarduccis Kommentar.

Luigi zuckte mit den Achseln.

»Ich hatte eh vor, das Rauchen aufzugeben.«

»Bist du sicher, daß der Bootsbesitzer dir die Wahrheit gesagt hat?«

»Die letzten Worte eines Todgeweihten sind fast immer wahr«, erwiderte Luigi.

Während die Soldaten die einzige Kajüte auf dem Schiff umzingelten, schloß der Kapitän die Augen.

»Die Kajüte ist leer«, rief einer der Soldaten auf italienisch. »Aber wir haben das hier gefunden.« Er hielt Alecias Handtasche hoch.

»Bring sie her«, sagte Sarducci.

»Dann befindet sich also keine Frau an Bord, hm?« fragte Luigi. »Ich nehme mal an, daß man als Frau immer eine Handtasche mitnimmt, wenn man eine Seereise antritt. Und da frage ich mich natürlich, was man da reinstopft.« Luigi suchte in seinen Taschen nach seiner Waffe.

»Rechnen Sie mit Schwierigkeiten?« fragte er. Umständlich schüttelte er mit seinen bandagierten Händen die Revolvertrommel auf und inspizierte die sechs glänzenden Patronenhülsen.

Sarducci durchsuchte die Handtasche.

»Ach, ich kann den Kram nicht leiden, den Frauen immer

mit sich rumschleppen«, beklagte er sich und warf Lippenstift, Rouge und eine Haarbürste über Bord. »Aber das hier, das ist selbstverständlich was anderes.« Er holte den Vorhersagestein raus und hielt ihn in die Höhe. »Sie sind hier.«

Mit einer ausladenden Handbewegung klappte Luigi die Trommel wieder zu, ehe er sich dicht über das Gesicht des alten Mannes beugte. »Du hast mich angelogen. Und Lügner kann ich auf den Tod nicht ausstehen.«

Damit zog er dem Kapitän den Griff der Waffe durchs Gesicht, und zwar so fest, daß die Männer, die ihn hielten, fast umfielen. Snopes, der im Steuerhaus noch mit seinen Widersachern kämpfte, gab alle Gegenwehr auf, als ihm jemand die Mündung einer Maschinenpistole in den Rücken drückte.

Luigi befreite den Kapitän von seinem Wollknebel. Der alte Mann bombardierte ihn mit zornigen Blicken, obwohl ihm das Blut zwischen den Augen hinunterlief.

»Wo sind sie?« wollte Luigi wissen.

Der Kapitän sagte kein Wort.

»Durchsucht dieses stinkende Wrack von einem Boot«, befahl Luigi auf italienisch. »Irgendwo müssen sie ja stekken. Aber tut dem Mädchen nicht weh. Krümmt ihr kein Haar, wir brauchen sie unbeschädigt. Wenn ihr den Amerikaner findet, bringt ihn zu mir – ich möchte ihn eigenhändig töten. Nur so kann ich meinen Brüdern Respekt erweisen.«

Zehn Minuten später hatten die Soldaten jeden Zentimeter auf und unter Deck durchsucht. Wütend schritt Luigi auf dem Deck auf und ab und bellte seinen Männern den Befehl zu, das Schiff zum zweiten Mal zu durchsuchen.

»Immer mit der Ruhe«, versuchte Sarducci ihn zu beschwichtigen. »Wir haben noch nicht jeden Winkel abgesucht. Es gibt noch eine Stelle, wo sie sich verstecken könnten – und das ist eigentlich die offensichtlichste Möglichkeit.«

»Was meinen Sie?« fragte Luigi, wie üblich schwer von Begriff. »Wo sonst sollen wir suchen? Ach, der Müll. Aber das sind ja riesige Müllberge. Müssen wir jeden von denen durchkämmen?«

Sarducci wandte sich an den Kapitän.

»Sie entsorgen Ihren Müll hier im Kanal, nicht wahr? Nun, dann machen Sie sich mal an Ihre Arbeit.«

Der alte Mann schüttelte den Kopf.

»Siehst du?« sagte Sarducci zu Luigi. »Ich habe recht. Aber schließlich habe ich ja immer recht, nicht wahr? Der Mann im Steuerhaus – sag ihm, daß er den Müll abladen soll. Wenn er das nicht tut, wird er es bereuen.«

»Aber das Mädchen«, protestierte Luigi. »Wir dürfen ihr doch nichts antun.«

»Wir tun unser Bestes«, fand Sarducci. »Und Jones muß sterben, daran führt kein Weg vorbei. Falls er das Mädchen mitnimmt, können wir das wohl kaum verhindern. Außerdem können wir den Leichnam aus dem Wasser fischen. Mehr brauchen wir nicht. Sag ihm, daß er den Müll abladen soll.«

Snopes weigerte sich beharrlich.

Daraufhin stieß sein Häscher ihm die Pistolenmündung tiefer ins Kreuz. Er hörte deutlich das Klicken, als die Waffe entsichert wurde.

»Noch eins«, sagte Sarducci. »Starten Sie die Maschine, lassen Sie die Schiffsschraube laufen. Eine langsame Drehung dürfte genügen. Und drehen Sie einen weiten Kreis um unser Flugzeug.«

»Kapitän?« rief Snopes.

»Machen Sie schon«, rief der alte Mann zurück. »Gott wird Verständnis haben.«

Snopes drückte auf den Startknopf. Der Dieselmotor sprang an. Dann drückte er den Hebel für den ersten Behälter hinunter, woraufhin die hydraulischen Türen auf dem Deck nach innen schwangen. Zahlreiche Tonnen Abfall rutschten unter dem Geschrei von Ratten ins kalte Meer.

Mit gezückten Maschinenpistolen spähten die *atlantici* ins Wasser. Eine Wolke dampfenden Mülls verteilte sich hinten am Schiffsende bei den Schrauben.

»Ist was zu sehen?« fragte Sarducci.

»Nur Ratten«, kam die Antwort. »Unmengen von Ratten.«

»Jetzt den Rest«, ordnete Sarducci an.

Snopes bekreuzigte sich und drückte die beiden anderen Hebel hinunter.

In der dritten Ladung, unter einem Berg von Kaffeesatz, Eierschalen und Zeitungen, in die Fish and Chips und unzählige andere übelriechende Dinge eingewickelt gewesen waren, preßte Indy die um sich schlagende Alecia an sich.

»Wir werden ertrinken«, keuchte sie.

»Nein, das werden wir nicht«, meinte er. Er schüttelte eine Ratte ab, die sich an seinem Fuß festklammerte. »Bleiben Sie locker. Sparen Sie Ihre Kraft.«

Ihr Müllhaufen kam in Bewegung, als die zweite Klappe aufging und der dazugehörige Müllberg in die See gekippt wurde.

»Wenn wir im Wasser sind, tauchen Sie unter und schwimmen Sie unter Wasser, so weit Sie können, weg von den Schiffsschrauben. Tauchen Sie erst auf der anderen Seite wieder auf. So lautet der Plan.«

»Das nennen Sie einen Plan?« höhnte Alecia. »Ich kann nicht schwimmen!«

»Oh«, sagte Indy, als die Klappen unter ihnen zu stöhnen anfingen. Er hielt Alecias Hand fest. »Das ändert die Situation grundlegend. Holen Sie tief Luft und verhalten Sie sich ruhig –«

Auf einmal rutschten sie zusammen mit dem Müll nach unten. Das Wasser im Kanal war eiskalt. Indy versuchte, die Augen aufzumachen, trotz des salzigen Wassers, das auf seinen Netzhäuten brannte. Sehen konnte er nichts. Aber er spürte, wie ein Dutzend Ratten Halt suchte.

Er ließ Alecias Hand los, drehte sie unter Wasser um, schob dann seinen linken Arm unter ihre Achseln und drückte sie fest an sich.

Zusammen mit seiner Last tauchte er, so tief er konnte, strampelte mit den Beinen, schob mit der freien Hand die Wassermassen weg. Alecia bäumte sich auf und stieß ihm die Fingernägel in die Hand, aber er ließ sie nicht los. Er schwamm so lange, bis er glaubte, seine Lungen würden bersten, aber er zwang sich, nicht aufzugeben. Er hörte ein Klingelgeräusch. Grelle Blitze explodierten in seinem Kopf.

Auf einmal konnte er nicht mehr unterscheiden, wo oben und unten war. Er hatte keine Luft mehr. Das eiskalte Wasser legte seine Muskeln lahm. Seine Lungen brannten wie Feuer, und er wußte nicht, wohin er schwimmen mußte, um an die Oberfläche zu gelangen.

Da preßte er den letzten Schwall Luft aus seinen schmerzenden Lungen. Die Luftblasen stiegen nach oben, und als sie seine Wangen streiften, wußte er, welche Richtung er einschlagen mußte.

Sie durchbrachen die Wasseroberfläche. Unendlich dankbar atmete Indy die kühle Nachtluft ein. Alecia keuchte, verschluckte Wasser und erstickte beinah. Nachdem sie sich endlich beruhigt und Luft geschöpft hatte, mußte Indy ihr schnell die Hand auf den Mund legen und energisch den Kopf schütteln, um zu verhindern, daß sie schrie. Mit einem Blick gab sie ihm zu verstehen, daß sie begriffen hatte, und er nahm die Hand von ihren Lippen.

Um sie beide über Wasser zu halten, strampelte er wie wild mit den Beinen.

Sie befanden sich ein paar Meter neben der Backbordseite des Kahns. Sarducci und seine Leute hatten sich auf der anderen Seite aufgebaut und beobachteten, wie der Müll von den Schiffsschrauben durchgewirbelt wurde. Synchron zum monotonen Singsang stieß der Dieselmotor Rauchwolken aus.

Der Kapitän stand an der Reling und tupfte seine blutende Wunde mit dem Schal ab. Aus dem Augenwinkel heraus erspähte er Indy und Alecia im Wasser. Indy legte den Zeigefinger auf den Mund und schüttelte beharrlich den Kopf.

Der Kahn schwamm langsam weg.

Indys Beine waren schwer wie Blei. Erschöpft wie er war, konnte er nicht mehr lange durchhalten.

Das Flugboot wartete hinter ihnen. Im Cockpit zwischen den Tragflächen brannte Licht. Indy sah, daß der Pilot mit einem Klemmbrett vor dem Instrumentenpult stand. Alle anderen waren an Bord des Müllkahns. Wenigstens hoffte er das.

»Ich halte Sie«, flüsterte Indy Alecia ins Ohr. »Wir werden ganz leise schwimmen, Prinzessin. Aber ich bin auf Ihre Mithilfe angewiesen – Sie müssen sich entspannen und sich treiben lassen.«

»Wohin wollen wir?« fragte sie ihn, ohne den langsam

wegtreibenden Müllkahn aus den Augen zu lassen. Das Flugboot hinter ihnen konnte sie nicht sehen.

»Wir müssen unser Flugzeug kriegen«, sagte er.

Sie befanden sich in einer Höhe von sechzehntausend Fuß an Bord der Savoia-Marchetti 55. Alecia zitterte vor Kälte und hielt sich in der Dunkelheit hinter einer Kiste mit losen Ersatzteilen versteckt.

»Jones«, preßte sie zwischen klappernden Zähnen hervor. »Ich erfriere. Eiszapfen bilden sich in meinem Haar.«

»Wir sind wahrscheinlich drei Meilen hoch am Himmel«, meinte Indy. »Wir müssen unsere nassen Klamotten ausziehen.«

»Das w-w-würde Ihnen so passen«, erwiderte sie.

»Keine Sorge«, sagte Indy und gab sich betont fröhlich. »Nur zu, ziehen Sie sich aus. Hier drinnen ist es stockdunkel. Da bin ich schon stark auf meine Phantasie angewiesen.«

»Ich könnte wetten, daß Sie – was das betrifft – ein M-M-Meister sind.«

»Irgendwo muß eine Abdeckplane oder so etwas in der Richtung herumliegen. Damit können Sie sich zudecken«, schlug Indy vor. Er tastete sich an den Kisten und Schachteln vorbei zum Schott, wo sich das Werkzeug befand. Mit steifen Fingern riß er einen Schraubenschlüssel vom Haken und schnitt eine Grimasse, als er klirrend auf dem Boden landete.

»Tut mir leid«, flüsterte er.

Seine Hände fuhren über das übrige Werkzeug, bis sie ein Regal fanden. Auf dem obersten Einlegeboden stand ein Metallbehälter. Seine Fingerspitzen spürten Wolle. Ein Stapel Decken. Daneben eine kleine Metallkiste, deren Deckel er hochhob. Eine Kerze und eine Schachtel Streichhölzer.

»Ich werde ein Streichholz anreißen«, sagte er. »Und ich werde nicht gucken.«

»Mir ist zu kalt. Davon lasse ich mich nicht abhalten«, gestand Alecia ihm.

Er zündete das Streichholz an und inspizierte durch seinen von der Kälte weißgefärbten Atem hindurch den Inhalt der Metallschachtel. Dabei handelte es sich um einen Erste-Hilfe-Kasten mit Verbandszeug, Lebensmittelkonserven, einer Leuchtfeuerpistole und einer Wasserflasche. Neben dem Regal stand ein Umkleideschrank mit Kleidungsstücken.

»Jackpot«, rief Indy leise.

Er blies das Streichholz aus.

Indy klemmte sich die Overalls und die Decken unter den Arm und tastete sich mit dem Erste-Hilfe-Kasten zurück zu der Stelle, wo Alecia sich versteckt hielt. Als er die Decke auseinanderfaltete und sie ihr um die Schultern legen wollte, entlud sich eine statische Ladung, so daß er einen kurzen Blick auf ihren tätowierten Rücken erhaschte.

»Sehr erfindungsreich, Jones«, lobte sie ihn und wickelte sich in die Decke ein. »Ich nehme an, als nächstes werden Sie stolpern und gegen mich fallen – natürlich nur aus Versehen.«

»Aber sicher. Hier, ich habe was zu essen gefunden. Sie dürfen hiermit anfangen. *Fühlt* sich wie eine Schachtel Cracker an.«

»Ist mir egal, was es ist. Hauptsache, ich kann es essen.«

Er reichte ihr die Schachtel.

»Jetzt bin ich an der Reihe, mich umzuziehen«, meinte er. Steif schälte er sich aus seinen Klamotten und zog einen Mechanikeroverall an, den er im Umkleideschrank gefunden hatte, bevor er mit zittrigen Fingern eine der Kerzen anzündete und ein paar Tropfen Wachs auf den Boden zwischen ihnen tropfte.

»Ist das nicht gefährlich?« fragte sie ihn.

»Ich kann hier hinten keinen Treibstoff riechen«, sagte er, während er die Kerze ins weiche Wachs drückte. »Andererseits ist meine Nase eingefroren, was heißt, daß ich eh nichts riechen kann.«

Alecia nahm eine zweite Decke und schüttelte das Eis aus ihrem Haar. »Das ist ein beschissener Tag gewesen«, fand sie. »Man hat auf mich geschossen, mich beinah in die Luft gejagt, und dem Flammentod bin ich nur knapp entgangen. Ich wurde von charmanten Herren in Schwarz gejagt und mit einer Ladung Müll ins Meer geworfen, damit ich dort ertrinke. Doch damit nicht genug – ich bin dabei zu erfrieren, im Bauch eines faschistischen Flugzeugs, das nach Gott-weiß-wohin unterwegs ist. Und das alles hat sich innerhalb von vierundzwanzig Stunden, nachdem ich Ihnen begegnet bin, zugetragen, Jones. Spielt sich Ihr Leben immer so ab?«

»Nein«, entgegnete er. »Manchmal ist es aufregend.« Er riß den Deckel von einer Dose, tauchte den Zeigefinger hinein und leckte ihn ab. »Sardinen«, beklagte er sich.

»Ich liebe Sardinen«, verriet sie ihm.

»Dann nehmen Sie sie.« Er nahm eine andere Dose aus dem Kasten und zog den Deckel ab. »Können Sie Italienisch lesen? Ich auch nicht. Es heißt, daß dem Reisen im Flugzeug die Zukunft gehört. Wenn es so ist, müssen sie dringend die Mahlzeiten verbessern. Ah, das schmeckt besser.«

»Was ist es?«

»Irgendwelches gekochtes Fleisch«, sagte er.

Während des Essens begann Indy, seinen Revolver auf der Wolldecke zu trocknen. Als er die Trommel öffnete, um die

Patronen zu überprüfen, rutschte ein Eiszapfen aus dem Lauf, der auf dem Boden zerbarst.

»Meine Armbanduhr funktioniert auch nicht.« Er schüttelte sie und hielt sie an sein Ohr. »Aber ich schätze, daß wir seit ungefähr einer Stunde in der Luft sind und uns höchstwahrscheinlich auf dem Weg nach Rom befinden.«

»Wie lange wird der Flug dauern?«

»Die Luftlinie zwischen London und Rom beträgt grob geschätzt zweitausend Meilen. Dann dürften wir noch zehn, zwölf Stunden unterwegs sein. Falls wir Glück haben, kontrollieren sie diesen Raum nicht, bevor wir landen.«

»Und falls wir kein Glück haben?«

Indy antwortete mit einem Achselzucken.

»Das hier ist immer noch besser als ertrinken, Prinzessin.«

Alecia aß die Sardinen auf und stellte die Dose weg, ehe sie die Decke enger um sich schlang und zu Indy hinüberrutschte.

»Jones«, sagte sie.

»Ja?«

»Ich möchte mich bei Ihnen bedanken. Heute ist zwar der schrecklichste Tag meines Lebens gewesen, aber ich habe mich niemals lebendiger gefühlt. Und ich weiß, daß ich wegen Alistair in diese Sache verwickelt bin und nicht Ihretwegen.«

Indy gab vor, seine Webley zu kontrollieren. Alecia legte die Hand auf den Lauf und nahm ihm die Waffe ab.

»Sehen Sie mich an«, sagte sie. »Ganz egal, was passieren wird – ob ich das hier überlebe oder nicht –, ich möchte Sie wissen lassen, daß ich keine einzige Minute bereue.«

»Gott, hilf mir«, flehte er und schaute ihr in die Augen.

Er küßte sie. Trotz des Geruchs von Müll, Meerwasser und Sardinen war das ein wundervolles Erlebnis. Die Decke rutschte ihr von den Schultern, und obwohl es ziemlich kalt war, unternahm sie keinen Versuch, sich wieder einzuhüllen. Als sich ihre Lippen öffneten, fand er sich zum wiederholten Mal an diesem Tag atemlos.

»Alecia«, keuchte er.

»Hör mal, Jones, wir könnten innerhalb der nächsten fünfzehn Minuten sterben. Einer dieser schwarzgewandeten Schläger könnte durch diese Luke treten, und das wäre unser beider Ende. Niemand, und ich meine wirklich niemand, würde jemals erfahren, was uns zugestoßen ist. Nun, ich versuche dir zu sagen, daß ich –«

Indy schloß ihre Lippen mit einem Kuß.

»Sag es nicht«, bat er sie. »Falls du es sagst, muß ich es sagen, und dann bist du garantiert verloren. Ich kann es nicht erklären, vertrau mir einfach. Vier- oder fünfmal warst du heute in einer Situation, wo dein Leben bedroht war, und da dachte ich, daß ich dich nicht leiden kann.«

»Wovon, zur Hölle, redest du?« Sie fischte einen Overall aus dem Berg Kleider, die er herangeschleppt hatte, und zog sich an. Indy drehte den Kopf. »Falls du mich unattraktiv findest, brauchst du es nur zu sagen. Ich bin mir bewußt, daß ich nur eine Bibliothekarin bin, Dr. Jones – aber ich meine es wenigstens ernst. Du brauchst dir keine Ausreden einfallen lassen.«

»Ich habe nur versucht, es dir zu erklären«, begann er.

»Was erklären?« Sie knöpfte den Overall zu, wischte eine Träne von der Wange und wickelte sich in die warme Decke ein.

»Daß ich es mir nicht erlauben kann, etwas für dich zu empfinden«, sprach er weiter. »Als ich vor ein paar Wochen im Dschungel war, kam ich in Kontakt mit diesem, diesem *Artefakt*, und darauf lastete ein besonders böser Fluch.«

»Ein Fluch?«

Indys Kopf wippte auf und ab. Das Wippen rührte nicht von einem Zittern her, war auch kein Nicken, sondern irgend etwas dazwischen.

»Verzeih mir, aber du hättest dir etwas Besseres einfallen lassen sollen«, meinte Alecia. »Ich hätte erwartet, daß du mir gestehst, du seist verheiratet, oder daß deine Verlobte an einer schrecklichen Krankheit leidet und im Sterben liegt, oder daß du eine Kriegsverletzung hast. Aber ein Fluch? Das ist eine ziemlich billige Ausrede, finde ich.«

Indy schluckte schwer.

»Nicht nur, daß du mich nicht attraktiv findest, du vertraust mir auch nicht. Warum fällt es dir so schwer, jemandem Vertrauen zu schenken? Nein, antworte mir nicht, das macht keinen Unterschied. Es ist das beste, wenn ich mich daran erinnere, daß ich mich nur auf dieses ... *Abenteuer* eingelassen habe, um meinen Bruder zu finden.«

»Alecia«, warf Indy ein. »Ich möchte einfach nicht, daß irgend etwas geschieht.«

»Das hast du mir verdammt deutlich zu verstehen gegeben«, sagte sie. »Falls es dir nichts ausmacht, werde ich mich jetzt etwas ausruhen. Sollte ich in ein paar Stunden erschossen werden, wäre ich gern ausgeruht.«

Als das Dröhnen der Motoren leiser wurde, wachte Indy auf. Strahlen gebündelten Sonnenlichts fielen durch die runden Steuerbordfenster in den Laderaum ein, als das Flugboot an Höhe verlor. Offenbar setzte der Pilot zum Landeanflug in Ostia, einem Flugbootstützpunkt in der Nähe von Rom, an.

Balbos Geschwader war, wie Indy vom Fenster aus erkennen konnte, schon an den Docks festgezurrt. Die Flugzeuge erinnerten ihn an eine Schar gigantischer kanadischer Gänse. Im Hafen lagen Schiffe unterschiedlichster Größe und Bauart, und Kanonenboote schossen Wasserfontänen in die Luft, um den Triumph gebührend zu feiern.

»Alecia«, sagte Indy. »Es ist Zeit.«

»Nein«, murmelte sie. »Laß mich noch ein wenig schlafen.«

»Okay, aber dann wirst du deine Exekution verpassen«, scherzte er mit ihr.

Da schlug sie die Augen auf.

»Ich dachte, das alles sei nur ein Traum gewesen«, flüsterte sie verschlafen.

Sie setzte sich auf und rieb ihre müden Augen. »Mein Gott, ich bin also immer noch in diesem gräßlichen Flugboot. Aber es ist wenigstens wieder warm. Gehst du wirklich davon aus, daß sie uns erschießen werden?«

»Ja, es sei denn, sie finden uns nicht«, meinte Indy. »Hilf mir, dieses Durcheinander zu beseitigen. Möglicherweise können wir uns in den Umkleideschränken verstecken und dort warten, bis die anderen verschwunden sind und wir in aller Ruhe fliehen können.«

KAPITEL SECHS

Turm der Winde

Lange nachdem die Motoren verstummt und die SM.55 fest vertäut war, entstieg ein ungleiches Mechanikerpärchen der vorderen Luke auf der Steuerbordseite des Flugschiffes und lief mit wackeligen Knien die Gehplanke zum Dock hinunter. Der größere von beiden hatte einen roten Werkzeugkasten bei sich, während der kleinere, dessen Gesicht unter der weiten Pilotenkappe kaum zu erkennen war, ein paar Schritte Abstand hielt. Am Ende der Planke wartete ein auf sein Gewehr gestützter faschistischer Soldat und rauchte eine Zigarette. Er beäugte das näher kommende Paar skeptisch.

Indy nickte, als sie an ihm vorbeikamen.

»*Uno momento*«, rief der Soldat, schob die Waffe in die Armbeuge und kramte in seiner Brusttasche nach einem Blatt Papier, das er gewissenhaft auffaltete und mit der Zigarette im Mundwinkel überflog.

Indy grinste.

»Mozzarella«, murmelte er.

»*Che ha detto?*« fragte der Soldat, ohne von der Liste aufzublicken. Er zog ein letztes Mal an der Zigarette, bevor er sie ins Wasser warf.

Indy zeigte mit dem Daumen auf Alecia.

»Ravioli.«

Alecia nickte, was sie besser unterlassen hätte, weil eine Strähne ihres roten Haars aus der Kappe rutschte und über ihr rechtes Auge fiel. Der Soldat war im ersten Moment verblüfft. Doch dann ließ er die Liste fallen und versuchte, das Gewehr zu ziehen.

Indy schlug ihm den roten Werkzeugkasten an die Schläfe. Das Gewehr landete klappernd auf der Planke, und der Soldat fiel rücklings über die Brüstung ins Wasser.

Mit einer Kopfdrehung vergewisserte Indy sich, ob jemand etwas gesehen hatte. Glücklicherweise waren sie allein auf dem Dock. Mit dem Rand seines Schuhs katapultierte er das Gewehr ins Wasser.

Hinter einem Lagerschuppen entledigten sie sich ihrer Overalls. Darunter trugen sie ihre eigene, inzwischen getrocknete Kleidung.

Indy öffnete den Werkzeugkasten, holte seinen Ledersack raus und machte sich schwerfällig daran, seine Lederjacke anzuziehen.

»Mozzarella und Ravioli?« fragte Alecia. Die Pilotenkappe warf sie ins Wasser. Mit den Fingern kämmte sie provisorisch ihr Haar. »Mehr ist dir für uns nicht eingefallen? Warum nicht Botticelli und Raphael, oder Polo und Columbus? Und was hast du gegen Marconi einzuwenden? Ich *mag* ihn.«

Indy setzte den verknautschten, von Wasserflecken verunstalteten Fedora auf und versuchte, den welligen Rand wieder in Form zu bringen.

»Ich bin immer noch hungrig«, lautete seine Erklärung.

Der Fahrer, der sich nur mit Höchstgeschwindigkeit fortbewegte, sprach kein Wort Englisch, setzte aber nichtsdestotrotz zu einem Monolog an, der nur durch kurzes, heftiges Hupen und lautes Schimpfen über die Dummheit der anderen Autofahrer unterbrochen wurde. Nach kurzer Fahrt erreichten Indy und Alecia Rom. Die Räder des alten gelben Fiats hielten nur ein einziges Mal – vor dem *Inghilterra* in der Via Bocca di Leone.

»Ich nehme mal an, daß er davon ausgeht, daß alle Englisch sprechenden Menschen auch im Hotel England übernachten«, meinte Alecia, als Indy dem Fahrer ein paar Lire in die ausgestreckte Hand drückte. »Ich habe schon so viele Geschichten über dieses Hotel gehört, aber natürlich nie gedacht, daß ich selbst einmal hier absteigen würde. Wie wunderbar wird es sein, zu baden und die Kleider zu wechseln.«

»Falsch gedacht, Prinzessin.« Indy schaute dem Fiat hinterher, der blitzschnell im Dunkel der Nacht verschwand. »Falls er davon ausgeht, daß alle Englisch sprechenden Ausländer hier übernachten, dann weiß das auch Mussolinis Geheimpolizei, und das bedeutet, daß wir nicht hier übernachten werden.«

Sie marschierten los.

Einen Tag zuvor war die glorreiche Luftstreitmacht in die Heimat zurückgekehrt, und die ewige Stadt war immer noch ganz benommen von den Feiern zu Ehren von Balbo und seinen *atlantici.* Mussolini hatte Balbo zum Empfang umarmt und ihm Bruderküsse auf beide Wangen gedrückt. Der Atlantik, verkündete er, war ein italienisches Meer geworden. In schneeweißen Ausgehuniformen waren die Männer der Lüfte triumphierend durch den Konstantin-Bogen geschritten, gerade so, als gehörten sie einer nach Rom zurückkehrenden Legion an.

Im *Royal des Ètrangers* unweit der Piazza Colonna trat Indy an das Empfangspult des Hotels. Alecia machte es sich derweil in einem Sessel im Foyer bequem, ohne die Eingangstür auch nur für eine Sekunde aus den Augen zu lassen.

»Sprechen Sie Englisch?« erkundigte sich Indy.

»Aber gewiß doch!« rief der Besitzer, ein kahlköpfiger Mann mit einem dicken Seehundschnauzbart. »Ich beherrsche die Grammatik perfekt! Wie geht es Ihnen? Mein Name ist Guiseppe Rinaldi.«

»Hören Sie, Rinaldi«, sagte Indy und beugte sich über das Pult. »Dieses Hotel – ist es diskret?«

»Aber sicher«, erwiderte Rinaldi. »Der Duce und seine Geliebte sind einmal hier abgestiegen, und Rinaldi hat niemandem etwas davon erzählt. Rinaldi nimmt seine Geheimnisse mit ins Grab.«

»Wunderbar«, meinte Indy.

»Sie sind Liebende, nicht wahr?« vermutete er und hielt die Faust vor den Mund. »Handelt es sich vielleicht um eine Affäre? Möglicherweise gehört sie zu einem anderen Mann – ist gar dessen Ehefrau! – und nun sind Sie in dieses Hotel gekommen, um Ihre verbotene Liebe zu genießen in der schönsten Stadt der Welt? Das bricht mir das Herz! Aber Rinaldi versteht.«

»Nein, Sie verstehen nicht«, entgegnete Indy. »Wir sind nicht ineinander verliebt.«

»Ach – selbstverständlich nicht«, ging der Hotelier geistesgegenwärtig auf seine Erklärung ein und zwinkerte verschwörerisch.

»Getrennte Zimmer«, bat Indy.

»Gewiß doch!« Rinaldi schob ein Paar Messingschlüssel über das Pult. »Sechs amerikanische Dollars.«

»Und wieviel kostet es, wenn unsere Namen nicht im Gästebuch auftauchen und unser Geheimnis niemals über Rinaldis Lippen kommt?«

»Ach, das macht dann acht amerikanische Dollars.«

»Ich hoffe nur, daß Rinaldi auch die Wahrheit spricht«, drohte Indy sanft. »Ich werde für zwei Nächte bezahlen und zwar im voraus. Und falls uns niemand stört, wird dieser reiche Amerikaner hier Rinaldi ein üppiges Trinkgeld geben, wenn er abreist. Haben Sie verstanden?«

»Aber gewiß doch!«

Indy bezahlte in Lire. Rinaldi rechnete den Wechselkurs aus – und rundete den Betrag großzügig auf einen Tausenderbetrag auf, während er dem reichen Amerikaner ein Kompliment für die kluge Wahl des Hotels machte.

»Meinen Sie, daß Rinaldi ein paar Kleidungsstücke auftreiben könnte, die dem reichen Amerikaner und der Lady passen?« fragte Indy. »Und könnten Sie dafür sorgen, daß unsere Kleidung gereinigt wird, während wir das Abendessen einnehmen?«

»Aber gewiß doch! Ich werde Ihnen gleich etwas nach oben schicken.«

Indy nickte zufrieden und steckte die Schlüssel ein.

»Wir werden unsere Sachen vor die Tür legen«, sagte er zu Rinaldi.

»Das wird allerdings eine kleine Gebühr kosten«, verriet der Hotelier. »Unser Restaurant ist *buono.* Sehr gut! Es ist gleich nebenan und bietet einen herrlichen Ausblick auf die Piazza.«

Indy drehte sich um und war im Begriff wegzugehen.

»Chef«, rief Rinaldi. Indy blieb stehen. »Die Zimmer sind miteinander verbunden. Durch eine Tür, Sie verstehen? Viel Spaß!«

In einem Straßencafé trank Indy einen Kaffee, so dick wie Motoröl, und blätterte die *New York Herald Tribune* durch, während Alecia ein Bad nahm. Über der Piazza Colonna hing ein riesiges Schild, auf dem Mussolini in der Uniform eines Fliegers und eine Karte der Flugroute abgebildet waren. Eine Reihe weißer Glühbirnen zeichnete den Flug über den Atlantik nach, rote Glühbirnen die Heimreise.

»Man könnte meinen, Mussolini hätte am Steuerhebel gesessen«, lautete Alecias Kommentar, als sie neben Indy Platz nahm. Sie trug ein bodenlanges, smaragdgrünes Abendkleid, das mehr zeigte, als Indy lieb war. Mit einem Kloß im Hals schaute er in die andere Richtung und tippte auf die Zeitung.

»Hier steht, daß Mussolini Balbo zum Hauptmann der Lüfte ernannt hat – was immer das sein mag«, erzählte er. »Beim Start in Ponta Delgada haben sie ein Flugzeug verloren. Dabei ist einer ihrer Piloten ums Leben gekommen.«

»Ich bin froh, daß ich das erst jetzt erfahre«, sagte Alecia.

»Sie hatten auf dem Flug mit einem Verlust von wenigstens vier der fünfundzwanzig Flugzeuge gerechnet. Das war bislang der Durchschnitt auf den Langstreckenflügen. Kannst du dir vorstellen, daß du losfliegst und weißt, daß die Chance sechs zu eins steht, daß du nicht wieder heimkehrst?«

»Dafür gibt es einen Namen«, meinte Alecia. »Russisch Roulette. Diese Flieger sind Wahnsinnige, die eine geladene Waffe in Händen halten. Bei solch einer Verlustrate darf man davon ausgehen, daß das Reisen mit dem Flugzeug sich niemals durchsetzen wird. Ich ziehe jedenfalls Schiffe und Züge vor, Jones.«

»Fühlst du dich besser?« fragte er. »Ich habe schon angefangen, mir Sorgen zu machen.«

»Tut mir leid. Ich bin in der Badewanne eingeschlafen. Und ich hatte ganz vergessen, wie prima es sich anfühlt, sauber zu sein.«

»Du siehst toll aus«, platzte es aus Indy raus. »Rinaldi hat offenbar ein gutes Augenmaß, was Damengrößen anbelangt.«

»Um ehrlich zu sein, es ist ein bißchen eng.«

Abwesend griff Indy nach seiner Kaffeetasse und tauchte dabei den Ärmel seines schlecht sitzenden Nadelstreifenanzuges in die Butterdose.

»Gütiger Gott, wo haben sie denn diesen Anzug aufgetrieben?« fragte Alecia, während Indy den Ärmel mit einer Papierserviette abtupfte. »Du siehst gerade so aus, als ob du einem Gangsterfilm entsprungen seist.«

»Rinaldi scheint sich seinen Geschmack, was Mode betrifft, im Kino zu bilden«, vermutete Indy.

»Sei nicht zu hart mit ihm«, rügte Alecia ihn. »Ihr Amerikaner glorifiziert doch Gangster. So geheimnisvoll, wie du dich am Empfangspult gegeben hast, muß er dich ja für John Dillinger halten, der mit seiner Gangsterbraut durch die Lande zieht.«

»Ich könnte schwören, daß er diese Begebenheit im nächsten Reiseprospekt erwähnt.« Indy krempelte die Ärmel seines Anzugs hoch. »Bei diesem Anzug hat man keine Probleme, eine Knarre zu verstecken.«

»Aber aus deiner Knarre kommen nur Eiszapfen geflogen«, erinnerte sie ihn.

Indy räusperte sich verlegen.

»Tut mir leid, Jones. Ich finde einfach, daß du in diesem doofen Anzug hervorragend aussiehst, und das behagt mir nicht. Ich führe mich wie ein kleines Kind auf, und dafür möchte ich mich entschuldigen.«

»Du verstehst nicht«, sagte er.

»Der Fluch?« fragte Alecia.

»Wenn ich mich nicht so ... stark zu dir hingezogen fühlen würde, wäre das alles kein Problem. Ich weiß, daß es verrückt klingt, aber ich hatte genug mit diesen Weissagungen zu tun, um zu wissen, daß sie manchmal in Erfüllung gehen. Und ich bin einfach nicht bereit, dieses Risiko einzugehen.«

»Ja?« fragte Alecia. »Warum versuchst du dann nicht, mich zu hassen? Das wäre wenigstens ein intensives Gefühl. Du hast schon gesagt, daß du mir nicht über den Weg traust. Und da dürfte es dir eigentlich nicht schwerfallen, mich richtiggehend abstoßend zu finden.«

Indy wandte den Blick ab.

Alecia beugte sich über den Tisch.

»Versuch es, Jones«, flüsterte sie. »Schau mir in die Augen und sag mir, daß du mich haßt. Sag mir, daß du bisher noch niemanden so gehaßt hast, daß du dich niemals so unbeherrscht gefühlt hast in Gegenwart eines Menschen, daß ich dich dazu bringe, laut aufzuschreien.«

Indy spürte ihren Atem im Nacken.

»Sag es«, murmelte sie und nahm sein Gesicht in die Hände. »Sag mir, daß du mich auf den Tod nicht ausstehen kannst.«

Als der Kellner nahte, berührten sich ihre Lippen.

Indy hüstelte und stellte den Jackettkragen auf. Alecia verschränkte die Arme vor der Brust und starrte an die Dekke. Insgeheim verfluchte sie das schlechte Timing des Obers.

»Dann laß uns mal zum geschäftlichen Teil zurückkehren«, schlug sie vor, nachdem der Kellner verschwunden war. »Bis hierher haben wir es geschafft. Jetzt ist es kurz nach zehn. Heute nacht können wir nichts mehr unternehmen, das liegt auf der Hand. Das heißt, wir können uns erst morgen früh in die Startlöcher begeben. Wie lautet dein Plan, Jones?«

»Ich habe mir vorgenommen, Sarducci aufzuspüren. Er ist quasi die Hauptperson in diesem Verwirrspiel. Er trägt die Verantwortung für den Diebstahl des Manuskripts, für das Verschwinden Alistairs, für die Anschläge auf dich.« Er wagte es nicht, den Kristallschädel anzusprechen.

»Sarducci muß wissen, wo Alistair steckt«, meinte Alecia. »Er hat bestimmt nicht nur aus Spaß versucht, uns zu töten.«

»So weit würde ich nicht gehen«, sagte Indy. »Meiner Ansicht nach ist der Mann zu fast allem fähig.«

»Ironie des Schicksals, nicht wahr?« behauptete Alecia. »Wir waren mit diesem Verrückten an Bord desselben Flugzeugs, mußten Angst haben, jeden Augenblick zu sterben, und nun werden wir uns auf die Suche nach ihm machen. Aber wie wollen wir das anstellen?«

»Das ist ganz einfach«, sagte Indy. »Er ist der Kurator irgendeines Museums für Altertum und – nicht zu vergessen – ein ziemlich wichtiges Mitglied von Mussolinis Geheimpolizei. Wir müssen ihn allerdings allein erwischen. Die eigentliche Frage lautet: Was stellen wir mit ihm an, wenn wir ihn haben?«

Die Glockenuhren der Stadt schlugen neun Uhr, als Alecia und Indy am darauffolgenden Morgen zusammen durch die bronzenen Türen des Museums für Altertum schritten. Auf jedem Türflügel prangte ein Fasces, das Symbol des alten Rom: ein Rutenbündel mit Beil als Zeichen der unbeugbaren Macht des Staates.

Alecia trug eine Sonnenbrille und hatte ein Tuch um den Kopf gewickelt. Indy hatte den Fedora tief in die Stirn gezogen.

»Du hättest nicht mitkommen sollen«, sagte Indy, als sie Seite an Seite durch die Eingangshalle gingen und – ohne sich lange aufzuhalten – einen Führer kauften. »Hier ist es viel zu gefährlich für dich.«

»Nichts tun«, höhnte Alecia. »Ich denke nicht im Traum daran, allein in einem Hotelzimmer zu sitzen und zu warten. Ich bin hier, um meinen Bruder zu suchen. Und außerdem, was können die uns schon in einem Museum anhaben?«

Indy versagte sich eine Antwort. Sie kamen an einem funktionstüchtigen Modell einer Guillotine aus der Zeit der Französischen Revolution vorbei. Das Beil war ziemlich realgetreu mit dem Blut von Intellektuellen und Aristokraten verschmiert.

»Ziemlich blutrünstig, findest du nicht?« fragte Alecia ihn.

»Faschismus beruht auf Gewalt«, dozierte Indy. »Der Staat ist erhaben, und der einzige Zweck des Staates ist die Kriegsführung. Mussolini höchstpersönlich vertritt diese These, das ist sein Beitrag zum zwanzigsten Jahrhundert. Hast du die Karte?«

Alecia schlug den Führer auf.

»Hier gibt es einen Lageplan«, sagte sie. »Ich gebe dir mein Wort, in diesem Museum ist es wie in den Katakomben. Fällt dir etwas auf, wo sich Sarduccis Büro verstecken könnte?«

»Ach hier«, fuhr sie fort. *»Maestro di archeologia.«*

»Das müßte es sein«, vermutete Indy. »Hier entlang.«

Sie bogen in einen langen Korridor ein, auf dessen Marmorboden ihre Schritte widerhallten. Schließlich gelangten sie zu einer schweren Eichentür mit einem Messingschild: LEONARDO SARDUCCI.

»Vielleicht ist er nicht da«, hoffte Alecia.

»Der ist da«, sagte Indy. »Ich kann ihn riechen.«

»Und nun, klopfen wir an, oder was?«

Indy streckte die Hand nach der Türklinke aus, aber ehe er sie erwischte, ging die Tür nach innen auf. Ein dunkelhaariges italienisches Mädchen in einer weißen Bluse und einem grauen Rock lächelte sie an.

»Dottore Jones?« fragte sie. »Signorina Dunstin. Bitte, treten Sie ein. Der Maestro erwartet Sie schon.«

»Himmel«, entfuhr es Indy.

»Großartiger Plan, Jones«, merkte Alecia an.

»Es ist schon in Ordnung«, sagte die Sekretärin. »Kommen Sie herein. Dottore Sarducci wird gleich zu Ihnen stoßen. Möchten Sie etwas trinken? Vielleicht einen Kaffee? Oder Tee?«

Sie traten in den Vorraum. Die Sekretärin führte sie zu einem Sofa und servierte ihnen Tee und Kaffee auf einem silbernen Tablett. Sie schenkte ein.

»Mein Name ist Caramia«, stellte sie sich höflich vor. »Gefällt Ihnen bislang Ihr Aufenthalt in Rom?«

»Sehr gut«, antwortete Indy mit einem Lächeln.

Alecia stieß ihm den Ellbogen in die Rippen.

»Tut mir leid«, sagte Indy.

»Vergiß nicht, daß es diese Leute waren, die uns zu töten versucht haben«, erinnerte sie ihn. »Und woher sollen wir wissen, daß diese Tassenränder nicht mit Zyanid bestrichen sind?«

»O nein, da brauchen Sie sich keine Gedanken zu machen«, wandte die Sekretärin ein. »Das Büro eines Menschen ist – wie sagt man noch im Englischen – ein Refugium. Der *dottore* meint, daß man niemals das eigene Nest mit Blut besudeln darf. Es gibt Orte, an denen man sich wie ein wildes Tier aufführt, und Orte, wo man sich wie ein Mensch verhält, nicht wahr?«

»Ihr Doktor ist sehr klug«, bemerkte Indy. »Verrückt, aber klug.«

»Vielleicht«, sagte sie. Caramia schenkte sich eine Tasse Kaffee ein und gab einen Teelöffel Zucker dazu. »Im Alter von sechzehn Jahren wurde ich von meinen Eltern in eine Irrenanstalt gesteckt, weil ich ihnen den Gehorsam verweigerte. Ich wollte nicht den Mann heiraten, den sie für mich ausgesucht hatten, weil ich ihn nicht liebte. Ich kam mir wie eine Prostituierte vor. Dabei ging es um eine geschäftliche Vereinbarung – meine Eltern hatten meine Mitgift ausgegeben. Sie behaupteten, ich würde diesen Mann noch lieben lernen, aber das war unmöglich für mich. Er schlug seine Tiere, und er schlug mich. Also lief ich weg, und sie steckten mich in die Anstalt. Damit ich wieder zur Vernunft komme, meinten sie. Nun, der *dottore* hat mich gerettet. Er hat mir meine Würde zurückgegeben, und dafür werde ich ihm für immer dankbar sein.«

»Er bringt Menschen um«, gab Indy zu bedenken.

Caramia zuckte mit den Achseln.

»Das ist nur ein Wort«, meinte sie. »Zum Vergnügen töten, das ist Mord. Für das eigene Land zu töten ist heldenhaft.«

»Haben Sie keine Angst vor der Polizei?« fragte Alecia das Mädchen.

»Der *dottore ist* die Polizei.« Und dann lächelte Caramia wie Mona Lisa über den Rand ihrer Tasse hinweg.

Eine Klingel auf ihrem Schreibtisch ertönte.

»Er wird Sie nun empfangen.« Sie stellte ihre Tasse auf dem Tisch ab. »Bevor Sie reingehen«, sagte sie. »Ihre Pistole. Die Peitsche dürfen Sie behalten.«

Seufzend zog Indy die Webley aus dem Hosenbund.

Angewidert inspizierte Caramia die Waffe. Auf dem feinen blauen Stahl hatten sich Rostschlieren gebildet, und sie mußte der Trommel einen Schlag versetzen, um sie zu öffnen. Die Patronen fielen auf die Schreibtischplatte.

»Sie sollten Ihre Waffe wirklich besser warten«, riet Caramia ihm und gab ihm den Revolver zurück. »Eines Tages könnte Ihr Leben davon abhängen.«

»Sie haben ganz recht«, sagte Indy. »Ich habe – seit Ihr Chef und seine Schlägertypen uns auf dem Kanal mit einer Mülladung ins Wasser geworfen haben – noch keine Zeit für die Reinigung gefunden.«

Caramia schnalzte mit der Zunge.

»Sie sollten sich nun die Zeit nehmen«, riet sie ihm.

Sie trat vor eine große Flügeltür und öffnete sie für die Besucher. Nachdem Alecia und Indy eingetreten waren, schloß sie die Tür. Indy hörte das Klicken des Bolzens.

Der Raum barg ein atemberaubendes Eckbüro, und alles – angefangen von dem Teppich auf dem Boden bis zu den Büchern in den Regalen und den an der Wand hängenden Schwertern – stammte aus dem Zeitalter der Renaissance. Mit dem Rücken zum Raum saß Sarducci auf einem Drehsessel hinter einem massiven Holzschreibtisch und blickte auf die Stadt hinaus. Die Morgensonne spiegelte sich auf seiner Glatze.

Alecia und Indy bauten sich vor dem Schreibtisch auf und warteten dann in unbequemer Haltung. Indy zog ein Schwert aus einem Korb neben dem Schreibtisch und fuhr mit dem Daumen über die Klinge.

»Das ist echt«, sagte Sarducci, ohne sich umzudrehen. »Wurde vor ungefähr sechshundert Jahren in Toledo gearbeitet. Und ist immer noch so todbringend wie am ersten Tag. Spielen Sie in Gedanken mit der Idee, es mir ins Herz zu stoßen?«

Indy verrieb einen Tropfen Blut mit dem Daumen und dem Zeigefinger.

»Würde ich«, erwiderte er, »wenn ich glaubte, daß Sie eins hätten.«

Sarducci lachte und drehte sich endlich zu ihnen herum.

»Ich habe Ihren Witz vermißt, Dr. Jones«, gestand er. »Und ich fürchte, ich habe Sie während unserer ersten Begegnung unterschätzt. Gott, in den Berichten kommen Sie wie ein Clown rüber, wie ein leicht wahnsinniger Pfadfinder mit einer Schaufel in der Hand. Stellen Sie sich meine Freude vor, als ich erkannte, daß Ihr Kopf zu mehr fähig ist als diesen scheußlichen Hut zu tragen.«

»Ich mag meinen Hut«, sagte Indy, setzte ihn ab und betrachtete die Wasserflecken. »Sicher, er ist ein bißchen aus der Form, aber wenn man ihn erst mal gedämpft hat, ist er wieder so gut wie neu.«

»Der ewige Optimist«, sagte Sarducci. »Es war wirklich ziemlich ausgefuchst, wie Sie sich gerettet haben. Sich einfach an Bord des Flugzeuges zu schleichen. Auf diese Idee wäre ich nie gekommen, aber als wir den Soldaten fanden, den Sie bewußtlos geschlagen haben, wußte ich Bescheid.«

»Geht es ihm gut?« erkundigte sich Indy und setzte den Hut wieder auf.

»Ich fürchte nicht«, gab Sarducci Auskunft. »Nachdem wir ihn aus dem Wasser gezogen haben, war ich gezwungen, ihn zu erschießen, weil er sich wie ein Trottel verhalten hat.«

»Haben Sie keine Stühle für Ihre Besucher?« fragte Alecia.

»Es ist mir lieber, wenn Sie stehen«, gestand Sarducci. »Die Psychologie der Macht, verstehen Sie.«

»Aber gewiß doch.«

»Vergeben Sie mir, wir sind uns ja noch nicht vorgestellt worden. Sehr ungehobelt von mir, daß ich einfach so mit Dr. Jones plaudere, als ob wir alte Freunde seien. Ich bin Leonardo Sarducci und Sie, nehme ich an, sind Miss Alecia Dunstin.«

»Sie wissen verdammt gut, wer ich bin«, rief Alecia. »Wo steckt Alistair?«

»Geduld, Geduld«, bat Sarducci. »Eins nach dem anderen. Es ist mir eine Freude, Ihre Bekanntschaft zu machen, Miss Dunstin. Bitte, hätten Sie die Freundlichkeit, Tuch und Brille abzunehmen, damit ich Sie mir genauer ansehen kann? Bislang ist mir diese Möglichkeit verwehrt geblieben.«

»Nein«, sagte Alecia störrisch. »Warum schließen Sie die Tür nicht wieder auf?«

»Sie werden doch wohl nicht erwarten, daß ich Sie hier einfach so hinausspazieren lasse?« fragte Sarducci. »Nein, die Tür wird verschlossen bleiben, bis wir das hier ausdiskutiert haben und zu einer Art … Resolution gekommen sind. Hat Ihnen Caramia nicht die Regeln erklärt?«

»Sie sagte, Sie würden uns nichts antun«, sagte Alecia.

»Oh, das werde ich nicht – jedenfalls nicht hier.« Sarducci stand auf und kam um den Schreibtisch.

»Ich wußte, daß Sie kommen würden«, sagte er. »Sie konnten nicht wegbleiben. Die Verbindung war zu offensichtlich, da konnten Sie einfach nicht widerstehen. Ein erhabener Verstand hätte die Möglichkeit gehabt, auf jede andere Lösung zu kommen. Aber Sie nicht, mein amerikanischer Cowboy.«

»Western mochte ich schon immer«, räumte Indy ein.

»Aber ich bin froh, daß Sie hier sind. Sie haben sich als fähiger Gegner erwiesen und mir eine Herausforderung der Sorte geboten, die mir bislang fremd gewesen ist. Es wäre eine Schande, diese Gewitztheit zu verschwenden. Da Sie am Ende doch verlieren werden, wäre es da nicht sinnvoller, sich jetzt schon geschlagen zu geben und sich mir anzuschließen?«

»Sie haben zu oft Macchiavelli gelesen.«

»Ah, aber der Meister hatte recht. Man sollte seinem fähigsten Opponenten immer die Möglichkeit einräumen, sich der eigenen Sache anzuschließen. Und falls er sich weigert, vernichtet man ihn eben.«

Sarducci verharrte einen Augenblick vor Alecia. Er war im Begriff, ihr Gesicht mit seinen schwarz-behandschuhten Fingern zu berühren.

Indy packte sein Handgelenk.

»Fassen Sie sie nicht an«, quetschte er zwischen zusammengebissenen Zähnen hervor.

»Bedeutet sie Ihnen etwas?« fragte Sarducci, während Indy ihn immer noch festhielt. »Empfinden Sie etwas für diese junge Frau, Dr. Jones?«

»Nein.« Er ließ ihn los.

»Ach, Sie dürfen den Fluch nicht vergessen«, höhnte Sarducci. »Wie gut war es, daß Sie den Kristallschädel mit bloßen Fingern berührt und ihn aus der Nische herausgehoben haben. So haben Sie um meinetwillen die Last der Jahrhunderte auf Ihre Schultern geladen. Interessant, nicht wahr, wie sich alles entwickelt hat?«

»Sie glauben also immer noch an Märchen, hm?«

»Ach, kommen Sie, Dr. Jones«, entgegnete Sarducci. »Märchen, in der Tat. Die arme Miss Dunstin hat sich nicht in Gefahr befunden, bis Sie auftauchten und den Draufgänger spielten. Wie oft durften Sie sie bisher retten? Und wie lange werden Sie dazu – Ihrer Einschätzung nach – noch in der Lage sein? Sobald Sie aus dieser Tür spazieren – ich nehme mal an, daß Sie diese Wahl treffen – wird alles wieder von vorn losgehen. Sie werden andauernd einen Blick über die Schulter werfen müssen, bei jedem Geräusch in der Nacht aufschrecken, bis zu jenem unausweichlichen Moment, wo Ihre Wachsamkeit nachläßt und Sie einen kleinen Fehler machen.«

»Hören Sie auf«, mischte Alecia sich ein.

Sarducci lachte.

»Ich hoffe inständig, Sie haben nicht mit ihr geschlafen«, fuhr er fort. »Das würde ihr Schicksal besiegeln, nicht wahr? Ihre Liebe auszuleben, käme der sicheren Katastrophe gleich. Vielleicht ist es Ihnen ja nur gelungen, mit ihr bis hierherzukommen, nach Rom, weil Sie der Anziehungskraft der jungen Dame widerstanden, weil Sie gegen Ihre Gefühle angekämpft haben, weil Sie sich zusammengenommen haben. Aber wie lange noch? Früher oder später wird Ihre Achtsamkeit nachlassen, Dr. Jones, vielleicht sogar heute nacht, unter dem Einfluß unseres wunderschönen Mondes. Und Sie werden auf stimmige Erklärungen verfallen, über Mythen und Aberglaube nachdenken, und dann werden Sie das verlieren, was Sie am meisten auf der Welt lieben.«

»Gehen Sie zum Teufel«, schimpfte Indy.

»Aber sicher«, sagte Sarducci. »Nur wird das noch eine ganze Weile dauern. Wie Faust habe ich einen Handel abgeschlossen und warte nur darauf, daß der Teufel meinen Teil der Abmachung einfordert. Aber Sie, mein Freund, sind jetzt schon soweit.«

»Und dennoch gibt es eine Alternative«, schlug er vor. »Schließen Sie sich mir an, dann können Sie alle Liebe in Ihrem Herzen ausradieren. Liebe ist eine mitleidserregende menschliche Gefühlsregung. Sie ermutigt uns zur Schwäche, zu Opfern, dazu, daß man das Wohlergehen anderer höher schätzt als das eigene. Im krassen Widerspruch zu den Regeln des Überlebens. Miss Dunstins Bruder hat erkannt, daß Wahrheit in meinen Worten liegt. Zuerst verhielt er sich widerspenstig, aber jetzt wartet die Welt auf ihn. Wählen Sie den dunklen Pfad, Dr. Jones. Dann können Sie sich an ihr erfreuen und müssen nicht ein einziges Mal zurückblicken.«

»Sie sind krank«, sagte Indy. »Ich meine, wirklich krank. Sie tun mir leid, Leonardo, denn ich weiß, daß Sie früher einmal lieben konnten. Begreifen Sie denn nicht, daß Sie krank sind, daß es an der Kopfverletzung liegt –«

»Halt«, rief Sarducci und verzog vor Schmerzen das Gesicht. Er legte die Hand auf die Stirn. »Es ist überall dokumentiert, daß der Manifestation eines Genies oftmals ein gewalttätiges Trauma vorangeht.« Er holte tief Luft und lächelte. »Wenn Sie nun die Freundlichkeit hätten«, wandte er sich an Alecia.

»Sie sind geisteskrank«, behauptete sie. Alecia nahm das Kopftuch und die Sonnenbrille ab. »Hier. Sind Sie nun zufrieden? Jetzt können Sie sich vorstellen, wie ich aussehen werde, wenn ich tot, tot, tot bin! Und nun verraten Sie mir, wo mein Bruder ist!«

Sarducci stand einen Moment wie gebannt da. Schockiert versuchte er, ihren Anblick zu verkraften. Er legte die Hand auf den Mund, taumelte nach hinten und lehnte sich mit wackeligen Knien an seinen Schreibtisch.

»Mona«, keuchte er.

Alecia warf Indy einen fragenden Blick zu.

»Mona«, wiederholte Sarducci.

Indy nahm Alecia am Arm und ging mit ihr zur Tür.

»Aber wir wissen nicht, wo Alistair steckt«, protestierte sie.

»Doch, das wissen wir. Er gehört zu ihnen. Mehr brauchen wir nicht zu wissen«, sagte Indy. »Bitte ihn, die Tür aufzuschließen.«

Sarducci schien sich langsam zu erholen.

»Ich werde Sie gehen lassen«, murmelte er mit zittriger Stimme. »Um meiner Mona willen. Aber sobald Sie über die Türschwelle schreiten, beginnt das Spiel von vorn. Miss Dunstin, wir werden uns wiedersehen. Das kann ich traurigerweise von Ihnen nicht behaupten, Dr. Jones. Wie sagte einer Ihrer Dichter: Sie sind derjenige, dessen Name auf dem Wasser geschrieben steht. Auf Wiedersehen.« Sarducci hielt inne.

»Noch eine letzte Sache«, sagte er, »damit Sie hier nicht mit leeren Händen weggehen müssen. Ich weiß, daß der kleinste Hoffnungsschimmer den Verzweifelten Mut machen kann. Und diesen Hoffnungsschimmer möchte ich Ihnen schenken, nicht aus Freundschaft, sondern in der Hoffnung, Ihr Leid zu verlängern. Alistair ist unter der roten Sonne.« Dann drückte er auf einen Knopf auf der Gegensprechanlage.

»Caramia. Schließen Sie die Tür auf.«

Indy zog Alecia durch den Vorraum auf den Flur hinaus. Der Marmor unter ihren Füßen war spiegelglatt.

»Auf Wiedersehen«, rief Caramia ihnen hinterher.

»Das war ein formidabler Plan, Jones«, schnaubte Alecia

vor Wut. »Und er hat wirklich gut funktioniert. Er hat alles, was er braucht – das Element der Überraschung, Einfallsreichtum, absolute Dummheit. *Was hast du dir dabei nur gedacht?*«

Sie stürmten in die Haupthalle, vorbei an der Guillotine, und hatten schon fast die Lobby erreicht, als das Telefon auf dem Empfangspult klingelte. Der Wächter nahm den Hörer ab.

»Nicht da entlang«, sagte Indy und zog sie in einen anderen Korridor. Ihre Schritte hallten auf dem Steinfußboden wider.

»Zieh deine Schuhe aus«, ordnete er an.

»Was?«

»Zieh sie aus!«

In Strumpfsocken liefen sie einen Gang hinunter, eine Treppe hoch und durch eine Ausstellung über das alte Rom. Einen römischen Legionär aus Wachs erleichterte Indy um sein Schwert.

»Weißt du, wie man damit umgeht?«

»Theoretisch ja«, antwortete Indy.

»Wie gut tanzt du?« wollte Alecia wissen.

»Was hat das damit zu tun?«

»In einem alten keltischen Sprichwort heißt es: Gib niemals einem Mann ein Schwert, der nicht tanzen kann«, sagte sie. »Nun, kannst du tanzen?«

»Du kannst nicht schwimmen«, verteidigte er sich. »Jeder hat *etwas*, das er nicht kann.«

»Gib mir das Schwert«, forderte sie.

Am Ende des Flurs tauchte ein Wächter auf und versperrte ihnen den Weg. Wegen des rutschigen Marmorbodens dauerte es eine Weile, bis sie kehrtmachen konnten.

»*Fermata!*« rief der Wächter. In Händen hielt er ein

kurzläufiges Maschinengewehr mit großem Munitionsclip.

»Die haben hier aber wirklich einen Narren an Maschinengewehren gefressen«, fand Indy, während sie im Laufschritt um die Ecke bogen. Alecia packte ihn beim Kragen und drückte ihn gegen die Wand.

Sie legte einen Finger auf den Mund.

Das Absatzklacken des Wächters kam auf sie zu. Alecia hielt das Schwert über der rechten Schulter. Als der Gewehrlauf um die Ecke kam, führte Alecia das Schwert nach unten. Funken stoben, als die schwere Klinge dem Mann die Waffe aus der Hand riß.

Verblüfft blieb der Wächter vor ihr stehen. Alecia schlug zum zweiten Mal zu und haute ihm die flache Seite der Klinge auf die Stirn. Bewußtlos ging er zu Boden.

Indy nahm das Gewehr.

»Ich nehme an, das willst du auch für dich haben?« fragte er.

»Schußwaffen kann ich nicht leiden«, entgegnete sie.

Mit einem großen Schritt stiegen sie über die bewußtlose Wache und begaben sich in eine andere Halle. Der große Raum war den Kulturen Zentral- und Südamerikas gewidmet. Alecia zupfte an Indys Ärmel und zeigte auf eine Reihe Fenster auf der gegenüberliegenden Seite. Jenseits der Glasscheiben konnte Indy die Steinbalustrade eines Balkons ausmachen, der auf die Straße hinausging.

Aus dem Stockwerk unter ihnen drang Geschrei hoch. Sie rannten an Glasvitrinen mit Kunstgegenständen der Inkas, Mayas und Azteken vorbei. »Nicht schlecht«, rief Indy, als sie unter einem rekonstruierten, in Tulúm ausgegrabenen Steinbogen durchrannten.

Und dann blieb Indy ganz unvermittelt stehen.

»Was ist denn?« rief Alecia. »Laß uns weitergehen.«

Auf einem Steinsockel – umschlossen von einem Würfel aus dickem Glas – lag der Kristallschädel. Durch eine von unten angebrachte Lampe leuchteten die Augenhöhlen in einem unirdischen Licht.

Alecia stellte sich neben ihn.

»Das ist er, nicht wahr?« fragte sie.

Indy machte sich an dem Glaswürfel zu schaffen, versuchte, den Sockel umzustoßen, aber er gab keinen Millimeter nach. Nun hieb er mit dem Gewehrgriff auf das Glas ein, dem er trotz aller Anstrengung nicht einmal einen Riß zufügte.

»Jones, sie kommen«, warnte Alecia ihn.

»Aber ich muß ihn haben. Das ist unsere einzige Chance.«

»Wir haben keine Zeit.«

Indy trat ein paar Schritte zurück, entsicherte das Maschinengewehr und zielte auf das obere Drittel des Würfels. Insgeheim hoffte er, Glück zu haben und nicht aus Versehen auch noch den Kristallschädel zum Bersten zu bringen.

»Geh zurück«, rief er Alecia zu.

Sie suchte hinter einer Säule Deckung. Indy drückte ab. Das Stakkato des Maschinengewehrfeuers war ohrenbetäubend. Jammernd und pfeifend prallten die Kugeln vom Glas ab.

Der Schädel wackelte leicht auf dem Sockel, wodurch der fein herausgearbeitete Unterkiefer in Bewegung gesetzt wurde und auf und zu und auf und zu klappte, als würde er über Indy lachen.

»Das Glas ist kugelsicher!« schrie Indy.

»Jetzt wissen die anderen garantiert, wo wir sind«, beschwerte Alecia sich.

»Das hat Sarducci absichtlich gemacht«, kochte Indy vor Wut. »Er wußte, daß das passieren würde. Er zieht mich auf. Ich hasse Sie! Hören Sie mich, Sarducci, Sie glatzköpfiges Unge –«

Berstendes Glas erstickte seine Worte. Alecia hatte das Schwert durch eine der Fensterscheiben geworfen, ehe sie Indy am Ärmel packte und vom Kristallschädel wegzog. Im Vorbeigehen gelang es ihm noch, das Schild abzureißen und in seine Tasche zu stopfen.

Zwei Wachen stürmten auf der anderen Seite des Raumes durch die Tür. Indy zielte auf die Decke über ihren Köpfen und feuerte eine Salve ab. Im Holzsplitter- und Putzregen zogen die Männer sich in den Flur zurück.

»Komm schon«, sagte Alecia und stieg durch den Fensterrahmen auf den Balkon hinaus. Zusammen traten sie an die Steinbrüstung und warfen einen Blick auf die Straße.

Bis unten auf den Gehweg waren es gute zehn Meter. Unter ihnen lag das zum Museum gehörige Straßencafé, und an der Ecke parkte ein Lieferwagen mit frischem Obst und Gemüse vom Land.

»Wir müssen springen«, meinte Indy.

»Spinnst du?«

Eine Kugel prallte auf die Steinbrüstung.

»Vergiß es«, sagte Alecia. »Natürlich springen wir.«

Indy warf die Waffe weg. Hand in Hand sprangen sie in die Tiefe und landeten auf den Gemüsekartons auf der Ladefläche des Lieferwagens.

»In der italienischen Küche verwendet man eine Menge Tomaten«, sagte Indy mit einem Blick auf die roten Spritzer auf seiner Hose. Schnell kletterten sie von der Ladefläche und versteckten sich hinter dem Laster. Hoch über ihren Köpfen schauten die Wachen über die Brüstung. Die Männer, die den Laster abluden, riefen auf einmal laut und zeigten auf die andere Seite des Wagens.

»Prima. Jetzt sind die in einer Minute bei uns hier unten. Und ich habe die einzige Waffe weggeworfen, die funktionierte. Und du hast dein Schwert auch nicht mehr.«

Eine alte schwarze Limousine rollte langsam neben den Lieferwagen und blieb stehen. Der Fahrer stieg aus, öffnete die hintere Tür und gab ihnen mit einer Handbewegung zu verstehen, daß sie einsteigen sollten.

»Was soll das?« rief Indy erstaunt.

»Wir sind nicht in der Position, Fragen zu stellen«, fand Alecia und zog ihn zur offenstehenden Wagentür. »Wann wirst du endlich aufhören, einem geschenkten Gaul ins Maul zu schauen?«

So stiegen sie ein. Der Fahrer machte die Tür zu, kehrte hinters Steuer zurück, setzte den Blinker und rollte vorsichtig auf die Straße.

Hinter ihnen stürmten die Wachen aus dem Museum auf den Bürgersteig.

»Ich hätte beinah den Schädel gekriegt«, sagte Indy. »War ganz dicht davor. So dicht.« Er hielt Daumen und Zeigefinger einen Zentimeter auseinander. »Wenn du mir etwas mehr Zeit gelassen hättest, wäre mir was eingefallen, wie ich ihn kriege.«

»Jones«, sagte Alecia. »Willst du dich nicht bei unseren Rettern bedanken?«

Mit einem »Dankeschön« wandte Indy sich an das alte Ehepaar, das ihnen gegenübersaß. »Aber ich war dicht dran«, wiederholte er. »Wieso haben Sie eigentlich unseretwegen angehalten?«

»Wir helfen denen, die sich in Not befinden, immer gern«, sagte der alte Mann mit französischem Akzent und zuckte mit den Achseln, als ob das keine große Sache sei. »Und Sie beide sahen aus, als ob Sie in Not wären.«

Der Mann und die Frau hatten schlohweiße Haare und hellblaue Augen. Sie trugen Kleider, die ungefähr vor einem Jahrzehnt modisch gewesen waren. Der alte Mann hielt mit den Knien einen Gehstock, auf dem er sich abstützte, während die Frau die Hände im Schoß gefaltet hatte.

»Das mit Ihren Sitzen tut mir leid«, entschuldigte Indy sich für die abfärbenden Tomatenflecken.

»Keine Sorge«, meinte die Frau. »Sebastian kriegt sie wieder sauber, da bin ich mir sicher. Er wurde in der Vergangenheit schon mit viel schwierigeren Dingen fertig.«

»Sebastian?« fragte Indy. »Ist das Ihr Mann?«

»O nein, unser Fahrer«, antwortete ihm der Mann. »Obwohl er für uns mehr ein Sohn als ein Dienstbote ist. Ich bin Nicholas, und das hier ist Perenelle. Oh, es ist nicht nötig, daß Sie sich uns vorstellen. Wir wissen, wer Sie sind.«

Indys Miene hellte sich auf.

»Dann haben Sie von mir gehört?«

»Um ehrlich zu sein, wir haben Ihre Karriere genauestens verfolgt«, gestand er mit einem Augenzwinkern. »Und da mußten wir einfach anhalten, als wir Sie auf der Straße entdeckten. Und diese charmante junge Dame, Dr. Jones. Sie muß Ihre Verlobte sein, denn ich kann mich nicht erinnern, etwas über eine Hochzeit gelesen zu haben.«

Alecia stellte sich ihnen vor.

»Wir sind nicht verlobt«, erzählte sie. »Wir kennen uns erst seit ein paar Tagen. Mir kommt es allerdings wie mehrere Jahre vor. Ich denke, man könnte uns als Freunde bezeichnen.«

»Das ist gut«, fand die alte Frau. »Die Welt braucht mehr Freunde, meinen Sie nicht? Bleiben Sie Freunde, und der Rest wird sich wie von selbst ergeben.«

»Ja«, sagte Alecia. »Das denke ich auch.«

»Ihre Arbeit interessiert mich sehr, müssen Sie wissen«, wandte sich der alte Mann an Indy. »Je mehr wir über unsere Vergangenheit erfahren, desto mehr lernen wir über uns selbst. In Wirklichkeit gibt es nichts Neues. Alles ist schon mal dagewesen, zu der einen oder anderen Zeit. Stimmen Sie mir zu?«

»Bis zu einem gewissen Grad«, sagte Indy vorsichtig.

»Nein, nicht nur bis zu einem bestimmten Grad«, entgegnete der Mann hartnäckig. »Imperien stürzen, Städte gehen unter. Die Jugend ist vergänglich und verblaßt schnell. Aber die menschliche Seele ist immer die gleiche. Das Wichtige ist nicht das Ziel, sondern die Reise. Reichtum ist nur dann von Wert, wenn man ihn einsetzt, um anderen Gutes zu tun. Wie es schon in der Bibel steht, welchen Sinn macht es, wenn ein Mann die ganze Welt erobert, nur um die eigene Seele zu verlieren?«

Indy warf Alecia einen Blick von der Seite zu.

»Die Welt sieht sich mit einer schrecklichen Macht konfrontiert, die sie nicht versteht«, sagte der alte Herr, während seine blauen Augen plötzlich leuchteten. Je länger er sprach, desto jünger schien er zu werden. »Gott hat uns erschaffen. Wir sind keine Engel, aber in jedem von uns steckt ein Funken Göttliches. Doch mit der Macht kommt die Verantwortung. Wir haben die freie Wahl. Wir können aus dieser Welt ein Paradies machen oder sie in eine Hölle auf Erden verwandeln.«

»Sir«, fragte Indy, »wovon genau sprechen Sie eigentlich?«

»Von nichts«, erwiderte der alte Mann. »Von allem. Mit jeder Entscheidung, die wir fällen, neigt sich die Waagschale ein wenig in die eine oder in die andere Richtung.«

»Nicholas«, ermahnte die Frau ihren Gatten.

»Verzeihung«, sagte er und wirkte auf einen Schlag wieder uralt. »Ich hatte nicht vor, Sie mit dem Geschwätz eines närrischen alten Mannes zu behelligen.«

»Sie behelligen mich nicht«, sagte Indy.

Da streckte der alte Herr unvermittelt seine Hand aus und klopfte Indy väterlich aufs Knie. »Ich weiß, Sie tun Ihr Bestes«, sagte er. »Bleiben Sie nur mit beiden Beinen auf dem Boden, dann wird es Ihnen immer gutgehen. Und das wertvollste Gut auf dieser Welt ist nicht Gold, auch nicht Macht oder Ruhm, sondern die Liebe. Ist es nicht so?«

Die Limousine hielt an.

»Wir sind da«, rief die Frau.

»Wo denn?« fragte Alecia.

»Was ... im Vatikan natürlich«, verriet ihr die Frau. »Sie sagten doch, Sie möchten Ihren Freund aus Amerika besuchen, nicht wahr? Nun, er verbringt hier einen Großteil seiner Zeit damit, über verstaubten Akten zu brüten. Richten Sie ihm bitte von uns aus, daß er öfter mal nach draußen gehen sollte, ja?«

»Aber sicher«, versprach Indy.

Sebastian öffnete den Wagenschlag.

»Auf Wiedersehen«, verabschiedete sich der alte Mann. »Und gehen Sie mit Gott.«

»An Ihrer Stelle würde ich mir ein Paar Schuhe zulegen«, riet ihm die alte Frau. »Sie werden sich noch erkälten, wenn Sie in dieser Kälte nur in Strümpfen herumlaufen.«

Und schon war die Limousine verschwunden.

Indy und Alecia betraten Vatikan-Stadt durch das Tor der Heiligen Anna und gingen die kurvige Straße zum Belvedere-Hof hinunter. Am Fuß der Treppe, die zur Bibliothek des Vatikans hochführte, neben der Statue des Gegenpapstes Hippolytus aus dem 3. Jahrhundert, erkundigte sich ein Mitglied der Schweizer Garde in blau-gelber Uniform nach dem Grund ihres Kommens.

»Wir möchten Professor Morey sehen«, sagte Indy. »Ich bin ein Kollege von der Princeton University.«

»Er befindet sich in den Geheimarchiven«, erwiderte der Guard in makellosem Englisch. »Sie sind im Turm der Winde untergebracht. Aber dafür brauchen Sie eine Erlaubnis vom Präfekten.«

»Nein«, sagte Alecia. Sie strich eine Haarlocke aus den Augen und fixierte ihn mit ihrem Blick. »Wir haben keinen Ausweis. Aber falls Dr. Morey eine Erlaubnis erhalten hat, ist es uns doch sicherlich gestattet, ihn dort zu besuchen.«

Der Guard blinzelte, als hätte er gerade etwas Wichtiges vergessen.

»Der Turm der Winde«, wiederholte er.

»Ja, danke«, sagte Alecia.

Zusammen mit Indy stieg sie die Stufen hoch. Der Wachposten regte sich nicht von der Stelle.

»Wie hast du das angestellt?« wollte Indy wissen.

»Was angestellt?« fragte sie unschuldig. »Warum nennt man es Geheimarchiv, wenn man Besuchern Ausweise gibt und die Erlaubnis erteilt, darin herumzustöbern?«

»Das Archiv war jahrhundertelang geheim«, führte Indy aus. »Darin untergebracht sind die persönlichen Archive der Päpste, die erst im Jahre 1881 der Öffentlichkeit zugänglich gemacht wurden. Journalisten und Fotografen dürfen immer noch nicht hinein.«

»Wieviel Material liegt da?«

»Das kann niemand mit Sicherheit sagen. Das Archiv hat kein vernünftiges Schlagwortregister. Ich weiß nur, daß es dort siebeneinhalb Meilen Regal mit Tonnen von Material gibt. Morey ist seit Jahren damit beschäftigt, die Sammlung früher Christenkunst für den Vatikan aufzubereiten.«

Nachdem sie an einem zweiten Wächter der Schweizer Garde vorbeikamen, der momentan etwas verwirrt war, was seine Pflicht betraf, fanden sie Charles Rufus Morey im Meridian-Raum unter einem riesigen Gemälde, auf dem ein Sturm über dem Galiläischen Meer dargestellt war. Mit hochgeschobener Brille versuchte er gerade, einen schweren Lederband vom obersten Regalbrett zu ziehen.

»Lassen Sie mich Ihnen helfen«, schlug Indy vor, nahm ihm das Buch ab und packte es auf den Tisch.

»Danke, Jones. Jones!« rief Morey. Die Brille rutschte auf die Nase zurück, und er warf einen Blick auf seine Armbanduhr. »Was machen Sie denn hier? Sie müssen in einer Stunde zum Unterricht, falls Sie es vergessen haben. Sie werden es niemals schaffen, rechtzeitig zurück zu sein.«

»Machen Sie sich keine Sorgen, Sir«, sagte Indy. »Das ist eine lange Geschichte, aber man kümmert sich um meine Studenten. Das hier ist Alecia Dunstin. Wir sind gerade mit einer ziemlich wichtigen – nun, *Recherche* – beschäftigt und sind gekommen, um Ihre Hilfe zu erbitten.«

»Hilfe? Was für Hilfe brauchen Sie?«

Indy zog einen Stuhl heran und setzte sich neben Morey. »Was sagt Ihnen der Name Voynich?« fragte er.

Zwei Stunden später zog Charles Rufus Morey ein Taschentuch heraus und putzte seine Brille. »In der Tat ein besonders kniffliges Problem«, sagte er. »Und das wird nicht nur in der akademischen Welt Konsequenzen nach sich ziehen. Sagen Sie mir, Jones, ist immer auf Sie geschossen worden, während Sie in Princeton gewesen sind?«

»Nein, Sir.«

»Das will ich hoffen. Nun, lassen Sie mich sehen, ob ich Ihnen behilflich sein kann. Es wird nichts bringen, der Villa Mondragone in Frascati einen Besuch abzustatten, wo das Manuskript gefunden wurde, denn die Archive dort sind verlegt worden. Außerdem habe ich den Eindruck, daß es eh nur aus Zufall dorthin gelangt ist. Ich mag falsch liegen, da mein Steckenpferd die Kunstgeschichte ist, aber ich halte es durchaus für möglich, daß die Farben im Manuskript der Schlüssel sind. Suchen Sie nach der Antwort nicht in einem Buch, suchen Sie sie in der Kunst.«

»Was wollen Sie damit sagen?«

»In früheren Jahrhunderten war es nichts Ungewöhnliches, geheime Informationen beispielsweise in einem Gemälde oder in einer Buchillustration oder gar in den Buntglasfenstern von Kathedralen unterzubringen. Versteckt und doch ohne Schwierigkeiten zu sehen. Schauen Sie sich das einmal an.« Morey suchte eines der Bücher auf dem Schreibtisch heraus und schlug die erste Seite auf, wo ein illustriertes Manuskript aus dem 12. Jahrhundert abgebildet war.

»Sehen Sie diese hübschen Umrandungen?« fragte er. »Die sind nicht nur schön, sondern bieten dem geübten Auge auch eine Fülle an Informationen. Ich bin gerade dabei, sie zu verstehen.«

»Und wonach soll ich dann suchen?«

»Wie soll ich das wissen?« fragte Morey. »Aber die Farben, die Sie in Zusammenhang mit dem Manuskript erwähnten – schwarz, rot, grün und gold – sind auch die

Farben der alchemistischen Progression. Suchen Sie nach etwas, in dem diese Farben dominieren.«

Indy legte den Zeigefinger auf die Lippen, als versuche er, sich an etwas überaus Wichtiges zu erinnern. Es lag ihm auf der Zunge, als Alecia ihn aus seinen Überlegungen riß.

»Was ist das?« wollte sie wissen.

Sie zeigte nach oben. An der Decke war ein Pfeil, der einer Kompaßnadel ähnlich sah.

»Das, meine Liebe, ist ein Anemoskop«, sagte Morey. »Darum nennt man diesen Ort hier Turm der Winde. Die Meßnadel ist mit einem Windrad draußen verbunden, und so wie der Wind sich verhält, bewegt sich auch diese Nadel. Wurde im 16. Jahrhundert von Papst Gregorus XIII. erbaut, als Teil eines astrologischen Observatoriums. Es sollte helfen, die Daten für einen neuen Kalender zu erstellen. Das Konzil von Trent, wissen Sie, hatte entschieden, daß mit dem alten Kalender etwas nicht stimmte, weil die Frühlings-Tagundnachtgleiche Jahr um Jahr früher stattfand.«

Morey trat vor das Gemälde, auf dem der Sturm abgebildet war.

»Sehen Sie hier«, sagte er. »Hier gibt es eine Mundöffnung bei der Figur, die für den Südwind steht. Dadurch fiel Sonnenlicht ein, und zu den verschiedenen Jahreszeiten markierte ein Jesuitenpriester die Stelle am Boden, auf die der Sonnenstrahl fiel. Auf diese Weise bestimmten sie die wahre Länge eines Jahres mit der minimalen Abweichung von einem Tag alle dreitausend Jahre. Auf diesen Berechnungen basiert der Kalender, den wir heute benutzen. Der gregorianische Kalender.«

Während Indy das Gemälde mit dem Sturm über dem Meer betrachtete und die Öffnung, durch die die Sonnenstrahlen eingefallen waren, ergab auf einmal alles einen Sinn.

»Professor«, fragte er. »Wo scheint die rote Sonne?«

»Über dem Roten Meer.«

»Richtig«, sagte Indy. »Und wo an der Küste des Roten Meeres findet man italienische Erde?«

»In Libyen«, sagte Alecia.

KAPITEL SIEBEN

Sandwüste

Als die silberne Sichel des abnehmenden Mondes hinter den Sturmwolken verschwand, verblaßte die Silhouette der *Ayesha Maru,* die gerade hinter den heimtückischen Felsen geankert hatte, die die verlassene Küste im Nordosten von Libyen kennzeichneten.

Zwei Barkassen kämpften sich vorsichtig durch die dicht stehenden Felsen. Unweit der Küste wurden die Ruder eingeholt, und die Männer im Bug sprangen ins taillenhohe Wasser, um die fragilen Holzboote ganz ans Ufer zu ziehen, bis sie am Sandstrand auf Kiel lagen.

»Gut gemacht«, lobte der angeheuerte Kapitän, Mordecai Marlow, seine Mannschaft. »Die sieben erzürnten Götter der See waren heute nacht wohlwollend und haben auf uns hinabgelächelt. Jetzt macht schnell und schafft diese Kisten an Land, bevor die Wolken sich verziehen und die stinkenden Faschisten uns sehen können.«

Indiana Jones sprang ins Wasser und half Alecia Dunstin aus dem Boot.

»Soll ich meine Schuhe ausziehen?« fragte sie ihn.

»Nein«, meinte Indy. »Dieser Strand ist mit spitzen Steinen und Geröll übersät. Du würdest dir die Füße in Windeseile blutig laufen. Wickle deinen Rock um die Beine, dann werde ich dich rübertragen. Das heißt, falls du nichts dagegen einzuwenden hast.«

»Es geht auch ohne«, erwiderte Alecia und hüpfte mit den Schuhen in der Hand ins Wasser. Eine Welle traf sie von hinten. Auf dem Weg zum Strand bauschte sich ihr Rock zu einem Ballon auf.

»Siehst du?« Selbstgefällig stand sie abwechselnd auf einem Fuß und zog erst den einen, dann den anderen Schuh an. »Ich weiß schon, wo ich hintreten muß.«

»Ich hoffe nur, daß du immer so viel Glück haben wirst«, sagte Indy.

Die Männer der *Ayesha Maru* schleppten die fünf langen Kisten hoch und stellten sie nebeneinander aufgereiht am Strand ab. Indy fand, daß sie in der Dunkelheit fast an schlichte alte Särge erinnerten.

»Nun, wo sind sie?« fragte er.

»Sie sind hier«, sagte Marlow. »Sie beobachten uns, um sicherzugehen, daß es sich nicht um eine Falle handelt. Stehen Sie still und halten Sie Ihre Hände so, daß sie sie sehen können.«

»Wie oft haben Sie das hier schon gemacht?« wollte Indy erfahren.

»In diesem Geschäft«, gab Marlow Auskunft, »zählt man nicht mit.«

Ein schriller Pfiff ertönte. Am Fuß der nächsten Düne wurden vierzig Reiter sichtbar. Wie ein Wüstensturm flogen sie auf ihren Pferden zum Strand hinunter. Mit Ausnahme des gedämpften Aufsetzens der Hufe und dem Knirschen von Leder war nichts zu hören. Die Männer stiegen ab, ließen die Zügel in den Sand fallen und machten sich eilig daran, mit Messern die Deckel der Kisten zu öffnen. Ihr Anführer, eine hohe, weißgewandete Gestalt, mit einer unsäglich großen Muskete bewaffnet, schritt von einer Kiste zur anderen und inspizierte den Inhalt. Dann händigte er seinem Hauptmann die Waffe aus und holte aus der letzten Kiste eine in Amerika hergestellte Thompson-Maschinenpistole.

»Ihre Hoheit«, erbot Marlow sich. »Lassen Sie mich Ihnen zeigen, wie sie funktioniert.«

Der Prinz tat sein Angebot mit einem Achselzucken ab und suchte in der Kiste nach einem Magazin, das er – wie ein Experte – in die Thompson schob, ehe er den Bolzen oben auf der Waffe zurückzog und den Verschluß öffnete. Eine funkelnde Patrone Kaliber .45 rutschte in Position. Er ließ den Bolzen los und feuerte.

Die Waffe spuckte Kugeln und Flammen in die dunkle Nacht.

Marlow kniff die Augen zusammen.

In einer Geste des Triumphes riß der Prinz die Thompson hoch über den Kopf, während seine Männer unter lautem Geschrei und Dankesbezeugungen an Allah ihre alten Waffen wegwarfen und gegen die modernen amerikanischen austauschten.

Der Prinz warf die Thompson über die Schulter, schnappte sein altes Steinschloßgewehr und lief zu Marlow hinüber. Die reich verzierte Muskete hielt er dem Kapitän entgegen.

»Für Sie«, sagte er. »Ist im Besitz meiner Familie seit meines Urgroßvaters Zeiten. Jetzt gehört es Ihnen. Gehen Sie sorgsam mit ihm um und machen Sie damit den römischen Schweinen das Leben schwer.«

»Danke«, sagte Marlow. »Ich werde es über meine Koje in meiner Kajüte hängen, dann ist es immer in Reichweite.

Prince Farqhuar, ich möchte Ihnen Indiana Jones vorstellen. Er ist gekommen, um gegen die Faschisten zu kämpfen.«

Erstaunt riß Indy die Augen auf.

»Ein Amerikaner?« rief der Prinz enthusiastisch aus. »Ich habe über Euch Amerikaner gelesen. Der Autor Jules Verne behauptet, daß Ihr Volk die besten Waffen auf der ganzen Welt herstellt. Er hat davon berichtet, wie Ihr eine riesige Kanone gemacht und damit drei Menschen auf den Mond geschossen habt. Verraten Sie mir, haben Sie diesen Franzosen kennengelernt, der so wundervolle Bücher schreibt?«

»Ich fürchte, nein, Eure Hoheit«, sagte Indy. »Monsieur Verne verstarb vor einigen Jahren. Und ich fürchte auch, daß er ein wenig übertrieben hat, vor allem was die Geschichte mit dem Mond anbelangt.«

Der Prinz faßte sich ans Herz.

»Was für ein Verlust!« klagte er. »Welche Freude hätte es mir bereitet, ihn meinem Volk vorzustellen. Und der große Jules Verne soll lügen? Niemals! Nein, nein. Er hat bestimmt die Wahrheit geschrieben. Wie sehr habe ich mir gewünscht, solch eine Kanone wie die, die er beschrieben hat, zu besitzen. Damit hätte ich die Römer über das Mittelmeer zurückdrängen können.«

»Das ist ein schöner Gedanke«, fand Indy.

»Und Sie, mein Kapitän«, fragte der Prinz. »Welches Land ist Ihre Heimat?«

»Ah«, begann Marlow. »Ich bin der Diener aller freien Völker und gehöre keinem an. Ich bin ein Pirat und stelle mich in den Dienst derer, die für eine gerechte Sache kämpfen und etwas Unterstützung brauchen. Aber ich fühle mich geehrt, Ihnen zu Diensten zu stehen, mein Prinz und Führer des großartigsten Volkes der Welt.«

Der Prinz grinste wissend und zog einen schweren Sack

unter seinem Gewand hervor. »Solange der Preis stimmt, nicht wahr?« fragte er und warf Marlow den Sack vor die Füße.

Marlow legte die Finger an den Mund und stieß einen Pfiff aus.

»Los«, rief er. »Wir haben bekommen, was wir wollten.«

»Begleiten Sie uns und kämpfen Sie gegen die Römer«, drängte der Prinz Indy. »Das ist ein verzweifelter Kampf, aber die Vorsehung ist auf unserer Seite. Es gibt keine größere Ehre, als für den Ruhm Allahs zu sterben.«

»Ich kämpfe allein«, sagte Indy.

»Das ist eine Schande«, sagte der Prinz. »Ich hatte mich schon darauf gefreut, mich mit Ihnen in vielen wunderbaren Nächten über die amerikanischen Schriftsteller zu unterhalten. Über den famosen Mark Twain –« Der Prinz warf seine Hände hoch. »Ach, erzählen Sie mir nicht, daß er auch tot ist. Das könnte mein armes Herz nicht verkraften.«

Der Prinz stieg auf sein Pferd, und die Nomaden verschwanden so schnell, wie sie aufgetaucht waren.

Marlow warf den Goldsack über seine Schulter und wandte sich an Indy.

»Auf Wiedersehen, Dr. Jones«, sagte er. »Ich hoffe, Sie finden, was Sie suchen. Haben Sie Ihren Kompaß und die Karte? Das Lager der Faschisten liegt zehn Kilometer die Küste hinunter, in Richtung der aufgehenden Sonne. Mag der Gott, zu dem Sie beten, Gnade walten lassen.«

»Danke.« Indy schüttelte ihm die Hand, dann wandte er sich an Alecia. »Das ist deine letzte Chance. Marlow kann dich nach Kairo bringen. Dort könntest du bei meinem Freund Sallah unterkommen. Das wäre wirklich das Beste.«

»Kommt nicht in Frage«, entgegnete Alecia. »Auf gar keinen Fall.«

Die Barkassen ließen die Ruder zu Wasser. Marlow machte sich auf den Weg und sprang in das erste Boot.

»Auf Wiedersehen«, rief er. »Passen Sie auf den Rotschopf auf. Und zähmen Sie sie, bevor sie Sie zähmt.«

Alecia verschränkte die Arme vor der Brust.

»Für wen hält sich dieser Pirat?« Sie rümpfte die Nase. »Mich zähmen, hah.«

Indy schulterte seinen Seesack und drückte Alecia die Wasserflasche in die Hand.

»Keine Chance«, sagte er und marschierte in Richtung Osten.

»Ich meine immer noch, daß wir auch ein paar Waffen gebraucht hätten«, sagte sie, hinter ihm herstapfend.

»Ich meinte von dir gehört zu haben, daß du Waffen nicht ausstehen kannst.«

»Tu' ich auch nicht. Nur entwickle ich langsam so etwas wie eine gesunde Ehrfurcht vor diesen Dingern, weißt du? Die Faschisten werden Waffen haben, große Waffen, und Gott weiß, was noch.«

»Vielleicht solltest du dich mit dem Prinzen zusammentun«, schlug Indy vor. »Ihr könntet Kaliber vergleichen, über all diese Dinge reden. Und von Kanonen träumen, die groß genug sind, um damit ein Loch in den Mond zu schießen.«

»Jones, du bist unerträglich«, sagte Alecia. » Ich habe ja nur darüber nachgedacht, die Chancen ein wenig zu unseren Gunsten zu verändern, das ist alles. Falls wir dort kämpfen müssen, um Alistair zu befreien, bin ich mehr als gewillt, das zu tun.«

»Wir werden ihn nicht rausholen, es sei denn, wir gehen

ganz vorsichtig vor. Und das auch nur, falls er überhaupt Lust hat, mit uns zu kommen«, sagte Indy. »Mussolini hat alles in seiner Macht Stehende unternommen, um Libyen zu erobern. Falls wir unser Ziel erreichen möchten, müssen wir unsere Köpfe anstrengen und nicht den Abzugshahn drücken.«

Indy lag auf dem Bauch am Fuß einer kleinen Düne und beobachtete das Lager der Faschisten durch ein Fernglas. Sie hatten ihren Standort am Strand einer geschützten Bucht aufgeschlagen. Zwei Flugboote lagen im Wasser vor Anker.

»Genauso wie Marlow es gesagt hat.«

»Was meinst du, woher wußte er Bescheid?« fragte Alecia.

Indy grinste.

»Oh, natürlich«, sagte sie. »Er ist ein Pirat. Er verkauft an beide Seiten. Aber wozu brauchen die Italiener amerikanische Waffen? Haben die denn nicht genug eigene?«

»Das hier ist ein Elitecamp«, sagte er. »Balbo nutzt es als Trainingsstützpunkt für seine *atlantici.* Die Offiziere dürfen ihre Waffen selbst wählen, und ich könnte wetten, daß sie nur mit den besten Materialien ausgestattet sind.«

»Wieviel Uhr ist es?«

Indy gab Alecia das Fernglas und sah auf den Sternenhimmel.

»Drei Uhr, würde ich sagen. Vielleicht halb vier.«

»Sieht dort unten ziemlich ruhig aus«, fand Alecia.

»Eigentlich ist es zu dunkel, um etwas erkennen zu können«, wandte Indy ein. Der Mond näherte sich dem westlichen Horizont. »Aber das Lager ist durch Stacheldraht geschützt. An jeder Ecke steht ein Wachturm. Das große Zelt dient wahrscheinlich als Messe, und in dem halben

Dutzend kleineren könnten die Offiziere untergebracht sein. Die einfachen Soldaten schlafen in den kleineren Zelten im südlichen Abschnitt.«

»Und was ist mit Sarducci und Balbo?«

»Ich würde mal davon ausgehen, daß sie in den Gebäuden neben dem Fahnenmast stecken. Sieht mir ganz danach aus, als wäre das vor dem Krieg ein Fischerdorf gewesen.«

»Nun, aber es sieht nicht so aus, als ob es dort jetzt noch Fischer gibt«, sagte Alecia. Sie legte das Fernglas weg und stützte das Kinn in die gefalteten Hände.

»Wo halten sie deiner Meinung nach Alistair fest? Vielleicht in einem der Wachhäuschen? Oder in einem der Backsteinhäuser?«

»Bei einer solchen Anlage«, meinte Indy, »müssen sie ihn gar nicht einsperren, selbst wenn er gegen seinen Willen hier ist. Auch wenn ihm die Flucht gelänge, wohin sollte er denn gehen? Weit und breit nichts als das Meer, kilometerweit zerklüftete Küste und Sand, Sand und noch mal Sand im Landesinneren.«

»Und wie sollen wir dann wieder wegkommen?«

»Darauf habe ich im Moment noch keine Antwort parat«, sagte er. »Aber dieser Punkt steht auf meiner Liste. Wenn ich erst mal drinnen bin, werde ich mir sofort darüber den Kopf zerbrechen.«

»Das ist beruhigend«, spottete Alecia.

Indy drehte sich auf den Rücken und zog den Hutrand über die Augen. »In einer halben Stunde geht der Mond unter. Dann müßten wir doch eigentlich den Weg durch den Stacheldrahtzaun finden.«

»Und dann?«

»Keinen Schimmer«, murmelte Indy unter dem Hut hervor. »Eventuell ist mir bis dann was eingefallen.«

»Wann immer du anfängst, dir was einfallen zu lassen, mache ich mir Sorgen«, sagte Alecia. »Du denkst zuviel nach. Es ist in gewisser Hinsicht gerade so, als fordere man das Schicksal heraus. Genau wie beim Wünschen. Als kleines Mädchen wünschte ich mir niemals etwas zu sehr, weil ich Angst hatte, daß es dann nicht in Erfüllung geht. Solange ich nicht darüber nachdachte, konnte ich nicht allzu sehr enttäuscht werden. Mit dieser Einstellung verläuft das Leben in geordneten Bahnen. Keine Höhen und Tiefen.« Sie blickte zu Indy hinüber. »Jones?« fragte sie.

Dann nahm sie das Fernglas in die Hand und beobachtete wieder das Lager. Nichts rührte sich. Selbst die Hunde, die vorhin auf der anderen Seite des Zaunes Wache gehalten hatten, schliefen mittlerweile.

»Wie kannst du in solch einem Augenblick schlafen?« fragte sie. »Du hast Nerven, mein Lieber. Ich bin ganz aufgeregt, komme mir wie eine Feder vor, die jeden Moment hochschnellt.« Sie legte das Fernglas wieder weg.

»Alistair ist genau das Gegenteil«, fuhr sie fort. »Er wünschte sich andauernd etwas. Und schrie und zog eine Schnute und hielt den Atem an, wenn er es nicht kriegte. Es war gerade so, als würde er das Wünschen für uns beide übernehmen. Manchmal funktionierte es sogar. Und nun habe ich das Gefühl, meine andere Hälfte verloren zu haben.« Alecia bettete den Kopf auf die Arme.

»Diese Stunde der Nacht, irgendwann vor dem Morgengrauen, mochte ich schon immer ganz besonders«, sprach sie weiter. »Als kleines Mädchen blieb ich die ganze Nacht lang wach, nur weil ich wußte, daß alle anderen schliefen und mich nicht stören würden. Mit Ausnahme von Alistair, natürlich. Er wachte immer so um diese Uhrzeit in der Nacht auf und stolperte auf die Toilette und ließ die blöde Tür offen, weil er nicht wußte, daß ich wach war. Das konnte ich auf den Tod nicht ausstehen. Ich legte die Hände auf die Ohren, bis er fertig war, zählte die Sekunden, bis er das Licht ausschaltete und ins Bett zurückkehrte.«

Alecia drehte sich auf die Seite und sah Indy beim Schlafen zu.

»So gefällst du mir irgendwie«, sagte sie. »Du siehst ganz gut aus, weißt du das, Jones? Bist im Moment ein bißchen wortkarg, aber wenigstens widersprichst du mir dann nicht.«

»Was hältst du für die am wenigsten bewachte Stelle im Lager«, fragte er sie.

»Du bist wach!«

»Ist schwer zu schlafen, wenn jemand die ganze Zeit über neben dir brabbelt. Aber nun mal zur Sache: Wenn du Wache wärst, welche Stelle würdest du auslassen? Welche Stelle wäre dir unangenehm? Du weißt schon, ein Fleckchen, wo du so schnell wie möglich vorbeigehst, ein Ort, von dem du nicht glaubst, daß er den Feind interessiert. Vielleicht eine Stelle, die selbst die Hunde vernachlässigen.«

»Die Latrine«, sagte sie.

»Ja. Steht Alistair immer noch um diese Uhrzeit auf, um aufs Klo zu gehen?« wollte er von ihr erfahren.

»Gut möglich«, sagte sie. »Ich weiß es wirklich nicht. Ist lange her, seit ich die ganze Nacht aufblieb. Das habe ich nicht mehr getan, seit wir uns kennengelernt haben. Und außerdem haben wir jetzt andere Zimmer als früher, als wir Kinder waren. Ich denke nicht, daß es mir auffallen würde, falls er diese Gewohnheit beibehalten hat.«

Alecia schaute ein letztes Mal durchs Fernglas.

»Aber es ist einen Versuch wert«, fand sie. »Ich meine,

wir können ja schließlich nicht mitten in der Nacht an jede Tür klopfen, bis wir ihn endlich finden. Möglicherweise wäre es tatsächlich klüger, ihn zu uns kommen zu lassen.«

»Alecia, du gehst da nicht runter.«

»Wieso nicht?«

»Das ist ein Ein-Mann-Job«, sagte er.

»Vielleicht ist es aber ein Eine-Frau-Job«, entgegnete sie.

»Ich fürchte, dort unten gibt es keine Schwerter«, sagte er. Er verstaute sein Feldnotizbuch in einer Tasche, die ins Futter seiner Lederjacke genäht war. »Es ist sinnvoller, daß ich gehe. Bitte, argumentiere jetzt nicht, sonst mache ich auf dem Absatz kehrt und haue ab.«

Alecia schwieg.

»Das werte ich als Zustimmung«, sagte er und zog den Reißverschluß der Lederjacke hoch. Mit großer Geste nahm er den Fedora ab, inspizierte den Rand und setzte ihn ihr auf.

»Paß auf ihn auf«, sagte er. »Ich werde zurückkommen, um ihn zu holen. Falls ich bei Morgengrauen nicht zurück bin – oder falls du Schüsse hörst –, verschwindest du so schnell es geht. Bleib nicht hier, denn du wirst nicht in der Lage sein, Alistair oder mir zu helfen, ohne auch gefangengenommen zu werden.«

»Du hast genug Wasser für drei Tage«, fuhr er fort. »Und ich lasse dir die Webley hier – Marlow hat sie gereinigt – und eine Schachtel Patronen. In diesem Teil der Welt behandeln sie Frauen nicht sonderlich nett, also scheu dich nicht, die Waffe auch zu benutzen. Im Notfall wäre es das beste, wenn du die Küste entlang Richtung Westen gehst. Wenn du in die Zivilisation zurückkehrst, setz dich bitte mit Marcus Brody am American Museum of Natural History in Verbindung. Einverstanden?«

Alecia nickte.

»Morgendämmerung«, sagte er und legte eine Pause ein. »Wie sieht Alistair aus?«

»Stell dir mich als Mann vor«, sagte sie. »Mit kurzgestutztem Bart.«

Indy verstaute die Drahtschere aus dem Rucksack in seiner Hosentasche und stapfte die Düne hinunter. Alecia beobachtete ihn durch das Fernglas. Er bewegte sich mit eingezogenem Kopf fort, hielt sich hinter den Dünenerhebungen und aufragenden Felsen und arbeitete sich zur anderen Seite des Lagers vor.

Alecia verlor ihn aus dem Blickfeld.

Die letzten hundert Meter zum Stacheldrahtzaun robbte er auf Ellbogen und Knien weiter, die Wachtürme an den Ecken nicht aus den Augen lassend. Bei der ersten Drahtabzäunung vergewisserte er sich, daß die Hunde nicht in der Nähe lauerten, schnitt die unteren Drähte durch und krabbelte durch die Öffnung. Ein Drahtende fuhr ihm unterhalb des rechten Wangenknochens über das Gesicht und hinterließ einen langen, blutenden Schnitt. Innerlich aufstöhnend, tupfte er das Blut mit dem Ärmel seiner Jacke ab und krabbelte quer über den Hundepfad zum zweiten Zaun. Diesmal mußte er die Schere dreimal einsetzen, ehe er ins eigentliche Lager gelangte. Die Holzlatrine schützte ihn vor den potentiellen Blicken der Lagerbewohner.

»Stinkt mächtig«, murmelte er und hielt den Atem an. Er kroch um den Holzverschlag herum und rannte dann zur Tür. Drinnen war der Gestank noch unerträglicher und aufdringlicher als draußen. Der schwache Schein dreier, in regelmäßigen Abständen herunterbaumelnder Glühbirnen, die durch ein ausgefranstes Stromkabel miteinander verbunden waren, sorgte für Licht. Eine Holzbank nahm die gesamte Rückwand der Latrine ein. Im Notfall bot sie zwölf Männern die Möglichkeit, sich zu erleichtern.

»Nicht gerade sehr privat«, kommentierte Indy.

Entlang der Wände waren Trichter zu erkennen, und in der Mitte stand eine Art Waschstation, die vom auf den Deckenverstrebungen ruhenden Tank mit Wasser gespeist wurde.

Indy wickelte seine Peitsche ab, holte aus, so gut es ging, bis sich die Spitze um den mittleren Balken wickelte. Daran zog er sich hoch. Nachdem er die Peitsche aufgewickelt und an den Gürtel gehängt hatte, krabbelte er zu dem Stromkabel hinüber. Er hielt die erste Glühbirne hoch, befeuchtete die Fingerspitzen mit Speichel gegen die Hitze und drehte die heiße Birne aus der Fassung. Ein Stück weiter vorn drehte er die zweite Glühbirne heraus. Diesmal verspürte er einen leichten Stromschlag, weil die schützende Kabelummantelung aufgebrochen war.

Nun brannte nur noch das letzte Licht im hinteren Latrinenwinkel.

Indy machte es sich auf dem Balken bequem, lehnte sich an einen aufstrebenden Pfosten und wartete. Zwanzig Minuten später schwang die Tür auf, was ihn in Alarmbereitschaft versetzte. Im fahlen Licht begab sich der Mann unter ihm zum Waschstand in der Mitte der Latrine, schlug mit dem Schienbein dagegen und begann, auf italienisch zu fluchen.

Indy entspannte sich.

In den nächsten dreißig Minuten wurde die Latrine von zwei weiteren Männern aufgesucht, von denen leider keiner rotes Haar hatte. Schließlich, als der durch die Ritzen sichtbare Himmel sich langsam heller färbte und Indy sich innerlich schon auf sein Verschwinden eingestellt hatte, ging die Tür noch mal auf.

Ein bärtiger rothaariger Mann in weißem Unterhemd und Khakishorts kam herein und blieb, durch die schlechte Beleuchtung irritiert, stehen. Indy wußte auf der Stelle, daß das Alistair war.

»Man möchte meinen, daß Mussolini, bei dem die Züge den Fahrplan auf die Minute einhalten«, begann er mit englischem Akzent, »seine Leute so weit auf Vordermann gebracht hätte, daß sie kaputte Birnen auswechseln. Was für eine Schande. Hier ist es noch schlimmer als in einem Ferienlager.«

Er ging zu einem der Trichter, auf den noch etwas Licht fiel, zog den Reißverschluß seiner Hose runter und stierte beim Pinkeln mit leerem Blick auf die Wand. Indy kroch über den Balken Richtung Wand, kletterte vorsichtig hinunter, baumelte an beiden Händen und ließ sich zu Boden fallen.

Verunsichert drehte der Rothaarige sich um, um zu sehen, was sich hinter seinem Rücken abspielte.

»Himmel noch mal«, sagte er. »Sehen Sie, wozu Sie mich gebracht haben.«

»Sie pflegen alte Gewohnheiten«, sagte Indy, »aber wenigstens schließen Sie mittlerweile die Tür hinter sich.«

»Wer sind Sie?« fragte Alistair. »Mein Gott, Sie sind Amerikaner. Was haben Sie hier zu suchen?«

Indy forderte ihn auf, leiser zu sprechen.

»Ihre Schwester wartet außerhalb des Zaunes auf Sie«, erklärte er. »Und es wäre besser, wenn Sie *freiwillig* mitkommen, denn wenn nicht, so müßte ich Sie gegen Ihren Willen mitschleppen.«

»Alecia ist hier?«

»Kommen Sie, oder nicht?«

»Natürlich komme ich«, sagte er. »Warum sollte ich

denn nicht kommen wollen? Seit Tagen warte ich darauf, daß jemand auftaucht und mich hier rausholt. Aber wer sind Sie und wie sind Sie hier reingekommen?«

»Wir haben keine Zeit für ausschweifende Erklärungen«, meinte Indy.

Alistair ging zur Waschstation und wusch sich die Hände.

»Lassen Sie das«, rügte Indy ihn. Draußen erwachte das Lager zum Leben, die Männer stellten sich auf den neuen Tag ein: Maschinen liefen an, Unterhaltungen setzten ein, die Hunde jaulten in ihren Gehegen und warteten ungeduldig darauf, gefüttert zu werden. »Lassen Sie uns verschwinden. Uns bleiben nur noch ein paar Minuten, bis es hell wird.«

Alistair trocknete die Hände an einem Handtuch ab. Indy faßte ihn von hinten am Unterhemd und zerrte ihn zur Tür.

»Wir werden hier rausmarschieren, als wüßten wir ganz genau, was wir tun«, sagte Indy. »Wir werden uns ganz lässig zur Rückseite der Latrine begeben. Und dann werden wir uns mit den Bäuchen in den Staub werfen und – vorausgesetzt, die Hunde lassen uns in Ruhe – durch eine Öffnung im Zaun kriechen und zwar so schnell wie möglich. Falls Sie nur ein Wort verlieren oder wegzurennen versuchen, werde ich Ihnen das Genick brechen, bevor die Faschisten mich kriegen. Ist das klar?«

»Seien Sie nicht dumm«, sagte Alistair.

Indy studierte seinen Nacken.

»Was suchen Sie?«

»Nichts«, antwortete Indy. »Los.«

Gerade als ein Soldat die Hand nach dem Türgriff ausstreckte, machte Alistair die Latrinentür auf. Geistesgegenwärtig zog Indy sich in eine dunkle Ecke zurück.

»*Grazie*«, bedankte der Soldat sich abwesend. Als er sich über das Waschbecken beugte, schlichen Alistair und Indy nach draußen. Die Sonne war noch nicht am Horizont aufgestiegen, aber es war schon so hell, daß sich die Umrisse der Gebäude deutlich abzeichneten.

»So werden wir niemals rauskommen«, flüsterte Alistair. »Ist schon zu hell. Die Wachposten in den Türmen werden uns bemerken und uns erschießen.«

»Gehen Sie weiter«, sagte Indy und lächelte, als wäre das die normalste Sache der Welt. »Vielleicht haben sie bis in die Nacht rein gefeiert und müssen nun ihren Kater ausschlafen.«

»Die *atlantici*?« staunte Alistair.

Sie kamen zur Rückseite der Latrine. Indy drängte Alistair durch den Zaundraht. Erst dann legte Indy sich auf den Bauch und folgte ihm.

Auf dem Hundepfad, vor dem zweiten Zaun, machte Alistair eine Pause.

»Sie gehen lieber voran«, sagte er. »Ich nehme an, Sie haben eine Art Pfad durch die Minen ausgeheckt.«

»Minen?«

»Der ganze Bereich zwischen den beiden Zäunen ist ein Minenfeld«, verriet Alistair. »Wußten Sie das denn nicht?«

Indy zuckte mit den Achseln.

»Nun denn ... können Sie die Strecke erkennen, die Sie auf dem Weg nach drinnen genommen haben – vielleicht Vertiefungen im Sand, wo Ihre Knie und Ellbogen Mulden hinterlassen haben?«

»Nein«, sagte Indy. »Sieht für mich alles gleich aus.«

»Prima, wirklich prima«, meinte Alistair. »Haben Sie ein Messer bei sich?«

Indy nahm das Messer vom Gürtel und reichte es, mit dem Griff nach vorn, weiter.

»Na, dann müssen wir eben das Beste aus der Situation machen. Ich wußte immer, daß ich irgendwann in die Luft fliege, aber ich dachte eigentlich, daß sich das in meinem Labor ereignen würde.«

»Ihr Hemd«, sagte Indy. »Ziehen Sie es aus und stecken Sie es in Ihre Hosentasche. Es ist zu weiß.«

Alistair bewegte sich vorsichtig, bohrte alle paar Zentimeter die Klinge in den Sand. Mit an den Körper gepreßten Armen und kleinen Schritten folgte Indy seiner Spur.

Nach fünf Metern traf die Messerspitze auf etwas Hartes. Alistair malte mit dem Messer einen weiten Kreis, gab Indy ein Zeichen und ging weiter.

»Minen«, murrte Indy.

Auf den nächsten zwanzig Metern wiederholte sich dieser Prozeß mehrmals. Alistair schien völlig ruhig. Er arbeitete sich methodisch voran und ließ sich dabei Zeit. Schweiß tropfte von Indys Gesicht auf den Sand, und als er es nicht mehr aushalten konnte, sagte er: »Ich werde Sie ablösen.«

»Nein«, erwiderte Alistair. »Wir haben nicht mehr weit zu gehen.«

Die scharlachrote Sonne kroch über den Dünenkamm, hinter dem Indy Alecia zurückgelassen hatte. Er hoffte inständig, daß sie mittlerweile längst fort war. Das Schicksal würde ihnen ziemlich hart mitspielen, wenn es zuließe, daß sie so weit kamen, nur um dann noch auf den letzten paar Metern erwischt zu werden. Er mußte daran denken, wie Alecia über Dinge, die man sich zu fest wünschte, gesprochen hatte.

»Wir müssen jetzt losrennen«, sagte Indy. »Uns bleibt

keine Zeit mehr. Wir haben nur eine Chance, wenn wir das Risiko der Minen auf uns nehmen. Ist immer noch besser, als von einem Scharfschützen niedergestreckt zu werden.«

»Haben Sie mal gesehen, was von einem Mann übrigbleibt, der auf eine Mine getreten ist?« fragte Alistair ihn. »Dann werde ich lieber erschossen. Außerdem ... es sind nur noch ein paar Meter –«

Sand spritzte in Indys Gesicht. Einen Sekundenbruchteil später hörten sie deutlich den Schuß in der stillen Morgenluft, dessen Echo von den umliegenden Dünenkämmen widerhallte.

Hinter ihnen ertönte ein Horn.

Indy riß Alistair hoch und trieb ihn vor sich her. Sie rannten auf die nächste Düne zu.

In diesem Moment flog das Haupttor des Lagers auf. Schlingernd setzte ein großes Panzerfahrzeug zu einer Drehung an und nahm ihre Verfolgung auf. Ein Soldat bediente ein Gewehr Kaliber .30, das oben auf dem gepanzerten Fahrzeug installiert war.

Indy und Alistair steigerten ihr Tempo.

Sie hatten fast die schützenden Felsen erreicht, als das Panzerfahrzeug ihnen den Weg abschnitt. Der Lärm von drei Motorrädern verriet ihnen, daß die Flucht nach hinten unmöglich war. Die Soldaten in den Beiwagen zielten mit ihren auf Drehgelenken montierten Gewehren auf Indys Rücken.

Indy fiel auf die Knie. Sein Brustkorb hob und senkte sich in schnellen Abständen. Um nicht umzufallen, stützte Alistair sich auf seine Schulter. »Tut mir leid, alter Mann«, brachte Alistair zwischen zwei Atemzügen heraus. »Aber wir haben uns nicht schlecht gehalten.«

Die Soldaten schrien Befehle auf italienisch.

»Ich vermute, sie möchten, daß wir die Hände hochnehmen«, sagte Alistair.

Er hob vorsichtig die rechte Hand, während er die linke ausstreckte, um Indy beim Aufstehen zu helfen. Mit einem Grinsen auf den Lippen hielt Indy ihm ebenfalls die linke Hand hin und schlug ihm, als er stand, mit voller Wucht die rechte Faust aufs Kinn.

Wie ein nasser Sack ging Alistair zu Boden.

»Da war kein Minenfeld«, sagte Indy, der sich mit gegrätschten Beinen über Alistair aufbaute. »Der Panzerwagen fuhr unbehelligt durch. Während wir die letzten dreißig Minuten damit vergeudet haben, uns auf Händen und Knien fortzubewegen. Kein Wunder, daß Sie mich nicht vorgehen lassen wollten. Sie haben nur im Sand liegende Steine markiert.«

Der Schütze an der Kaliber .30-Waffe feuerte eine Salve ab, die dicht neben Indys Füßen landete.

»Ist mir doch egal, nur zu, erschießen Sie mich«, sagte Indy und zeigte mit dem Daumen auf sich. »Ich verdiene diese Strafe. Obwohl ich ihm nicht über den Weg getraut habe, habe ich ihm die Geschichte mit dem Minenfeld abgekauft.«

Alistair setzte sich auf und lachte. Blut rann aus seinem Mund.

Ein Wagen mit italienischen Flaggen auf den Kotflügeln näherte sich. Balbo und Sarducci saßen auf der Rückbank. Sarducci stand auf, als der Wagen hielt.

»Bravo«, rief der Italiener begeistert und klatschte in die behandschuhten Hände. »Eine herausragende Vorstellung haben Sie gegeben.«

»Die Latrine«, platzte Alistair kichernd heraus. »Dort hat er sich versteckt.«

»Das war wirklich ziemlich gut«, lobte Sarducci. »Der unüberhörbare Ruf der Natur und all das. Einfach, aber wirkungsvoll. Ich hätte allerdings eine etwas ... elegantere Strategie gewählt.«

Balbos Kinn ruhte in gefalteten Händen. Er sprach kein Wort und wirkte gereizt und leicht beschämt.

»Hat mich fast rausgebracht«, sagte Alistair. »Der Yankee kann ziemlich überzeugend sein. Hat gedroht, mir das Genick zu brechen, falls ich ihn verrate. Und das habe ich ihm auch abgenommen. Darum mußte ich mir was einfallen lassen, bis die Sonne aufging.«

»Sagt man Ihnen nicht nach, daß Sie bei Sonnenlicht zu Staub zerfallen?« fragte Indy ihn.

Balbo verkniff sich ein Lächeln.

»Fesselt ihn an den Handgelenken«, ordnete Sarducci an.

Einer der Motorradschützen kam mit einem Stück Seil angelaufen und band Indy die Hände auf den Rücken.

Sarducci stieg vom Wagen.

»Na, dann wollen wir mal nachsehen, wo sich Miss Dunstin versteckt hält.«

Indy lachte.

»Ach, kommen Sie, ich könnte schwören, daß sie darauf bestanden hat, sich diesem kleinen Abenteuer anzuschließen. Die Aufregung hat von ihr Besitz ergriffen wie eine Droge, und sie konnte garantiert nicht von der Vorstellung ablassen, ihren Bruder zu retten. Wo ist sie?«

»Sie ist schon lange weg, Sardi«, sagte Indy.

Sarducci senkte die Lider.

»Nennen Sie mich nicht so«, warnte er Indy. »Falls er mich noch mal so nennt, geben Sie ihm eins drauf. Ich frage Sie noch mal, Dr. Jones. Wo ist Miss Dunstin?«

»Gehen Sie fischen.«

Der Motorradschütze schlug ihm den Handrücken ins Gesicht.

Indy hustete und spuckte Blut.

»Die Wahrheit, *Indy*«, forderte Sarducci.

»Sie ist tot«, sagte er.

Alistair bekam es mit der Angst zu tun.

»Und wie ist sie gestorben?« wollte Sarducci erfahren.

»Es war ein Unfall«, sagte Indy. »Sie rutschte aus und fiel auf einen Stein, als wir von Bord des Schiffes gingen. Ich konnte nichts mehr tun. Sie hatte schwere Kopfverletzungen. Sie starb in meinen Armen.«

»Er lügt«, meinte Sarducci. »Wenn sie tot wäre, wäre er niemals hier. Schlagen Sie ihn noch mal.«

Diesmal bekam er einen Schlag in den Magen verpaßt. Indy sank auf die Knie und erbrach sich im Sand.

»Heben Sie ihn auf«, befahl Sarducci. »Wischen Sie ihm den Mund ab. Ja, so ist es besser. Noch mal von vorn, Dr. Jones. Wo ist Alecia Dunstin? Falls Sie lügen – nun, vielleicht haben Sie inzwischen begriffen, welche Konsequenzen das nach sich zieht.«

»Ja, sie war hier«, sagte Indy. »Aber sie ist vor Sonnenaufgang aufgebrochen. Sie werden sie niemals finden. Sie hat genug Vorräte für eine Woche und einen Beduinen als Führer, der das Land wie seine Westentasche kennt. Sardi, das Glück verläßt Sie.«

Sarducci nickte.

Wieder ein Faustschlag ins Gesicht.

Indy warf dem Schützen einen finsteren Blick zu. Blut lief ihm aus Mund und Nase. Nun mußten ihn zwei Soldaten auf den Beinen halten.

»Das würden Sie nicht tun, wenn mir nicht die Hände gebunden wären«, murmelte Indy undeutlich.

»Stimmt«, sagte Sarducci, »und Sie würden nicht so hartnäckig lügen, wenn Miss Dunstin nicht ganz in der Nähe wäre. Ich rate Ihnen, Dr. Jones, nicht länger den Mutigen zu spielen, solange Sie noch sprechen können.«

Balbo rief etwas aus dem Wagen.

»Ja, Italo«, sagte Sarducci. »Einen Augenblick noch.«

»Nein, jetzt gleich«, rief Balbo auf italienisch.

Sarducci runzelte die Stirn.

»Luftmarschall Balbo, der Gouverneur von Libyen ersucht um eine Unterredung mit mir«, richtete Sarducci sich an den Schützen. »Halten Sie ihn am Leben, bis ich zurück bin. Und sorgen Sie dafür, daß er nicht so rumhängt. Wie bei der Kreuzigung hat diese Haltung Einfluß auf das Zwerchfell und schneidet nach einem gewissen Zeitraum die Luftzufuhr ab.«

Sarducci trat an den Wagen und hörte sich Balbos Einwände bezüglich Indys Behandlung an. Schließlich stieg Balbo aus dem Wagen und kam zu Indy hinüber.

»Dr. Jones, es tut mir leid«, entschuldigte er sich. Er sprach Englisch mit starkem Akzent. Dann zog er ein Taschentuch aus seiner Jackentasche und wischte Indy Blut und Speichel vom Kinn. »Ich akzeptiere es nicht, wie man Sie behandelt, aber Minister Sarducci handelt im Auftrag vom Chef höchstpersönlich. Die Politik schafft eigenartige Bettgenossen, nicht wahr? Sarducci steht über den Gesetzen der Menschlichkeit oder möglicherweise darunter.«

Indy kniff die Augen zusammen, um besser sehen zu können.

»Sie sind kleiner, als ich erwartet hatte«, sagte er.

Balbo lächelte.

»Ich hatte es mit dem Chef zu tun auf dem Flug von Rom. Er tat so, als ob er das Sagen hätte. Und Sarducci hat die

Kontrolle über eines meiner Flugzeuge verloren«, beklagte er sich. »Das war unerträglich. Und was erhalte ich als Gegenleistung für meine unabdingbare Loyalität? Man verleiht mir einen bedeutungslosen Titel und schickt mich in diesen gottverlassenen Landstrich, wo es nur Sand und Felsen gibt.«

Balbo seufzte.

»Sarducci wird Sie bestimmt töten«, sagte er und faltete sein Taschentuch ordentlich zusammen. »Ich kann Sie nicht retten. Aber ich kann verhindern, daß er Sie auch weiterhin so schlecht behandelt. Ich möchte Ihnen gestehen, sozusagen von einem Soldaten zum anderen, daß ich Ihnen das höchste Maß an Respekt entgegenbringe. Sie sind für mich eine Inspiration gewesen. Und weil Sie über den Wolken gewesen sind mit der Armada, jedenfalls für kurze Zeit, würde ich Ihnen gern eine kleine Annehmlichkeit gewähren, falls Sie es gestatten.«

»Darauf können Sie wetten«, sagte Indy. Er versuchte nicht länger, etwas erkennen zu können.

Balbo nahm eine Nadel mit silbernen Adlerschwingen von seinem Uniformrevers.

»Sie sind ein *atlantici*«, verkündete er und befestigte die Nadel an Indys Hemdtasche. Dann trat er einen Schritt zurück, schlug die Hacken zusammen und salutierte vor Indy.

Balbo spazierte zum Wagen, Sarducci kehrte wieder zurück.

»Sardi«, sagte Indy. Mit der Zunge fuhr er über einen losen Schneidezahn. »Jetzt bin ich gerade mal seit zehn Sekunden ein Faschist und verspüre schon das Verlangen, jemanden zu töten.«

»Werft ihn auf das Panzerfahrzeug, dann kann sie ihn sehen«, ordnete Sarducci an. Die Motorradsoldaten zerrten

Indy auf das Fahrzeug. »Und gebt mir ein Megaphon. Ja, danke.«

Sarducci stieg auf die Motorhaube.

»Miss Dunstin«, brüllte er durch das Megaphon und drehte sich dabei im Kreis. Seine Stimme hallte von den Felsen wider. »Ich weiß, daß Sie mich hören können. Wir haben Ihren Bruder und Dr. Jones. Bitte, schauen Sie selbst.«

Sarducci zog die Pistole aus dem Gürtelholster und feuerte einen Schuß in die Luft, um dann die Mündung an Indys Schläfe zu halten.

»Falls Sie sich nicht innerhalb der nächsten Minute zu erkennen geben, wird Dr. Jones sterben«, rief er. »Aber falls Sie aus Ihrem Versteck kommen, verspreche ich Ihnen, daß ihm kein Haar gekrümmt wird. Sie haben die Wahl ... Und Sie haben jetzt noch fünfundvierzig Sekunden.«

»Alecia«, rief Indy. »Tu das –«

Der Motorradsoldat stopfte Indy ein Taschentuch in den Mund. Indy biß ihm auf die Finger. Sarducci wartete geduldig. Der Lauf seiner Waffe verrutschte nicht um einen Millimeter.

»Dreißig Sekunden.«

Die Mündung drückte fester auf Indys Schläfe.

»Zehn Sekunden.«

Indy versuchte an etwas Angenehmes zu denken.

»Töten Sie ihn nicht!« rief eine Stimme hinter den Steinen. »Sie gewinnen. Ich gebe auf. Aber schießen Sie nicht.« Mit erhobenen Händen stand Alecia auf.

Sarducci verstaute seine Pistole und sprang von der Motorhaube des Panzerfahrzeugs. Mit einem Zeichen gab er den Soldaten zu verstehen, daß sie die Frau zu ihm bringen sollten.

»Sie waren ja noch näher, als ich annahm«, sagte Sarducci. »Wie nett von Ihnen, daß Sie sich uns anschließen.«

»Ich schließe mich nichts und niemandem an«, stellte Alecia klar. Sie kämpfte mit den Soldaten, die sie an den Armen festhielten. »Und ich weiß nicht, was dich dazu veranlaßt hat, Alistair Dunstin. Jones hat sein Leben aufs Spiel gesetzt, um dich zu retten, und so sieht deine Vergeltung aus? Ich kann nicht glauben, daß ich aus dem gleichen Bauch wie du stamme.«

»Es geht um eine große Sache«, verteidigte sich Alistair.

»Schaffen Sie Dr. Jones runter ins Lager«, ordnete Sarducci an. »Ketten Sie ihn am Bett fest und kümmern Sie sich um seine Verletzungen. Falls er in der Lage ist zu essen, geben Sie ihm, was immer er haben möchte. Und waschen Sie seine Kleider, ja? Pinnen Sie ihm die Nadel mit den Adlerschwingen an die Brust. Morgen früh, bei seiner Exekution, muß er was hermachen.«

»Exekution?« schrie Alecia entsetzt.

»Aber sicher«, sagte Sarducci. »Bei Sonnenaufgang, denke ich. Diese Tageszeit hat – was das betrifft – Tradition.«

»Aber Sie haben ein Versprechen gegeben«, weinte sie.

»Meine Liebe«, erwiderte er gutgelaunt. »Wann werden Sie endlich lernen und aufhören, den Menschen zu *vertrauen*?«

Unter einem blutroten Himmelszelt mit stahlgrauen Wolken stand Indy mit auf den Rücken gefesselten Händen vor einer Backsteinmauer in einer Ecke des Lagers. Seine Kleider waren ordentlich gebügelt, seine Lederjacke eingeölt, und man hatte sogar seinen Fedora gereinigt und mit Dampf wieder in die alte Form gebracht. Die Schnitte auf seinem Gesicht waren genäht und mit Jod behandelt worden. Zwanzig Meter weiter hatten acht mit Gewehren bewaffnete Soldaten Position bezogen und warteten.

»Sie sollten die Schönheit der Prozedur schätzen«, wandte Sarducci sich an Indy. »Ich habe an die Soldaten acht Patronen ausgeteilt, die alle die gleiche Größe und das gleiche Aussehen haben. Sie werden gleichzeitig feuern und auf Ihr Herz zielen. Aber nur vier der Patronen sind echt, die anderen sind harmlose Krachmacher. Ich hoffe, daß es mir auf diese Weise gelingt, den Männern ihre Aufgabe zu erleichtern, ihnen die kleine, mitleidserregende Hoffnung zu geben, daß sie vielleicht nicht einen der tödlichen Schüsse abgegeben haben, der das Leben von einem ihrer hochdekorierten Kameraden beendet hat. Sehr menschenfreundlich, finden Sie nicht?«

»Lassen Sie Alecia gehen«, sagte Indy.

»Nicht um alles auf der Welt, wie Ihr Amerikaner zu sagen pflegt«, sagte Sarducci. »Sie ist für mich eine wertvolle Annehmlichkeit geworden, Dr. Jones. Sicherlich dürfte Ihnen die verblüffende Ähnlichkeit mit meiner verstorbenen Mona aufgefallen sein. Ich muß gestehen, daß mir das eine Zeitlang Sorgen gemacht hat, mich dazu verleitet hat, mir über die Möglichkeit der Reinkarnation und Seelenwanderung Gedanken zu machen. Aber wie immer gibt es keine einfachen Antworten auf die Fragen des Lebens, und ich denke, daß wir das Problem nur zusammen lösen können. Ach, da kommt sie ja.«

Alecia stolperte, als Luigi sie in die Mauerecke schubste. Man hatte ihr die Hände gefesselt, und sie trug ein weißes Kleid aus fließendem Tuch, das von einem goldenen Gürtel zusammengehalten wurde. Um ihren Hals war eine Lapislazuli-Kette drapiert.

Alistair war bei ihr. Auch seine Hände lagen in Fesseln.

»Wunderschön ist sie, nicht wahr?« fragte Sarducci. »Ich hielt es für eine nette Geste, wenn sie sich zu diesem Anlaß herausputzt.«

»Ja«, sagte Indy.

»Sie werden *mich* niemals bekommen, Sie Wahnsinniger«, kreischte Alecia und versuchte, Luigis eisernen Griff abzuschütteln. Ihr Kleid bauschte sich im Wind. »Egal, was Sie mit mir anstellen werden, ich werde immer weit weg sein, außerhalb Ihrer Reichweite. Und in dem Augenblick, in dem Ihre Vorsicht schwindet, werde ich Sie töten.«

»Ich nehme an, daß ein Sturm aufzieht«, sagte Sarducci und blickte zum Himmel hoch. »Aber das muß nicht mehr Ihre Sorge sein. Oh, da ist noch eine letzte Sache. Es wäre mir mehr als unangenehm, wenn Sie Ihre letzte Reise anträten, ohne hinter das Geheimnis von Voynich gekommen zu sein.«

Sarducci schnippte mit den Fingern. Ein *tenente* brachte ihm eine Dokumententasche, aus der er das Manuskript nahm. Jahrhundertealte Seiten flatterten im Wind.

»Die Farben des Manuskriptes«, begann Sarducci, »liefern den Hinweis auf das eigentliche Geheimnis und verraten den Standort des Grabes von Hermes. Aber das wissen Sie bestimmt. Was Sie jedoch nicht wissen, ist, daß die Lösung des Rätsels die ganze Zeit in unmittelbarer Reichweite gewesen ist.«

Sarducci ging zu Alecia hinüber, und als Luigi sie an den Schultern packte und umdrehte, griff er nach dem Stoff ihres Kleides, zerriß ihn mit beiden Händen und entblößte ihren Rücken. Die Tätowierung war noch viel schöner, als Indy sie sich vorgestellt hatte. Schwarz, Rot, dann Grün und Gold, Kreise und Schnörkel. Die Schnörkel innerhalb der Kreise liefen in Punkten aus.

»Der Schlüssel, von einer Generation Alchemisten an die nächste weitergereicht«, sagte Sarducci und zeigte auf Alecias tätowierten Rücken. Er entledigte sich des rechten Handschuhs. »Betrachten Sie die verschlungenen Kreise und die Farbschattierungen. Wirklich atemberaubend. Sieht gar nicht wie eine Karte aus und ist es doch. Hier, in der Mitte. Der rote Kreis mit dem schwarzen Punkt im Zentrum. Das ist Alexandria, um Punkt zwölf Uhr der Frühjahrs-Tagundnachtgleiche im ersten Jahr des 2. Jahrhunderts. Ein Stock, in die Erde gerammt, warf keine Schatten. Und das hier ist der Hinweis auf alle anderen Punkte.«

Mit dem Mittelfinger fuhr Sarducci über ihren Rücken. Sein Nagel hinterließ eine rote Linie auf ihrer Haut. Alecia erschauderte.

»Sie können jeden Punkt auf der Erde finden, wenn Ihnen dieser festgelegte Hinweis zur Verfügung steht«, sprach Sarducci weiter. »Hängt alles von der Länge der Skala ab und von Ihrer Position innerhalb des Kreises. Der hier ist zum Beispiel grün.« Er deutete auf einen Kreis mit einem kurzen, skalenförmigen Schnörkel, der auf achtundzwanzig Grad stand. »Kairo. Oder eher die präzise Darstellung eines Stocks, der um zwölf Uhr mittags desselben Tages aufrecht aus der Erde ragte. Die frühchristlichen Gnostiker wußten, daß die Welt rund war, und das viele Jahrhunderte vor dem berühmten Kolumbus.«

Sarduccis Finger fuhr über Alecias Rückgrat.

»Da gibt es natürlich noch andere Orte. Hier ist Rom. Und die Kesselflicker haben selbstverständlich ein paar neue Städte auf der Karte eingezeichnet – London und Moskau. Dabei ist es nicht von Bedeutung, in welcher Verbindung die Kreise zueinander stehen, nur die darin enthaltene Information ist von Belang.«

Sein Finger hielt auf einem goldenen Kreis oberhalb Alecias Taille inne. »Und hier ist der Hauptpreis, das Grab des Hermes. Ungefähr an der Grenze zwischen Libyen und Ägypten, wo Alexander es während seiner Pilgerfahrt nach Siwa entdeckt hat. Das Manuskript verrät uns die Zeit und das Datum des Referenzpunktes, und zusammen mit Alecias ›Topographie‹ werde ich in Kürze den exakten Längen- und Breitengrad ermittelt haben. Die Mathematik ist ein anstrengendes, aber nicht besonders kniffliges Feld. Elegant, nicht wahr?«

Sarducci grinste.

»Wie kann ich Ihnen beiden jemals danken, daß Sie sie mir gebracht haben?« fragte er.

Alistair senkte den Blick.

»Lassen Sie sie gehen«, forderte er.

»Nun, dann wollen wir mal fortfahren, nicht wahr?« sagte Sarducci. »Luigi, drehen Sie Miss Dunstin um, damit sie die Vorstellung bewundern kann.«

Tränenspuren hatten Alecias starkes Make-up zum Zerlaufen gebracht.

Sarducci zog ein Päckchen Lucky Strikes aus seiner Tasche.

»Zigarette?« fragte er Indy.

»Ich rauche nicht.«

»Ah«, sagte Sarducci. »Sehr gesund. Möchten Sie, daß man Ihnen die Augen verbindet?«

»Ich fürchte mich nicht«, sagte Indy.

»Das sollten Sie aber.« Sarducci entfernte sich. Nun stand Indy allein vor der von Einschußlöchern verunstalteten Backsteinmauer. Sarducci gesellte sich zum Exekutionskommando und zog seinen Handschuh wieder an.

»Fertig«, sagte Sarducci.

Das Exekutionskommando nahm die Waffen hoch und richtete sie aus.

Alecia schaute Indy an. Ihre Augen flehten um Vergebung.

Indy lächelte.

»Ich hasse dich, Prinzessin.«

»Oh, Indy«, rief Alecia. »Ich hasse dich auch.«

»Zielen«, befahl Sarducci.

Indy schluckte schwer und richtete den Blick nach vorn. Die Soldaten schulterten ihre Gewehre, legten die Finger auf die Abzugshähne. Die Mündungen waren auf Indys Brustkorb gerichtet.

Sarducci ließ einen Augenblick verstreichen, um die Spannung auszukosten. Dann hob er die Hand in einer ausladenden Geste. Jetzt mußte er jede Sekunde den endgültigen Befehl geben.

Luigi fuhr mit der Zunge über die Lippen.

Indy schloß die Augen.

Sarducci erteilte den Befehl zu feuern, aber das Exekutionskommando konnte ihn wegen der Explosion nicht hören, bei der einer der Wachtürme zum Einstürzen gebracht wurde. Schüsse krachten hinter dem Zaun durch die Luft. Man hörte die lang anhaltenden Salven von automatischen Waffen. Drei Soldaten wurden die Beine unter dem Körper weggerissen. Berittene Beduinen überwanden die Abzäunung. Die anderen Mitglieder des Exekutionskommandos rannten davon und warfen ihre Waffen weg.

Luigi lief ihnen hinterher.

»Nein!« kreischte Sarducci. »Kommt zurück!« Er schnappte sich eins der Gewehre, kam etwas näher, zielte auf Indys Brust und feuerte. Indy stockte der Atem, als die Wachskugel von seinem Brustbein abprallte.

»Das hat weh getan«, keuchte Indy und stieß Sarducci die Stiefelspitze zwischen die Beine. Sein Gegenüber klappte zusammen, ließ das Gewehr los und fiel auf die Knie.

»Und das hier ist für Alecia«, sagte Indy und schlug ihm das Knie ins Gesicht. Sarducci fiel rücklings in den Sand. Er war nicht mehr bei Bewußtsein.

»Ich grüße Sie«, rief Prinz Farqhuar, als er abstieg und Indys Fesseln mit einem Messer durchtrennte. »Ich nehme an, Sie freuen sich, mich zu sehen?«

»Da liegen Sie ganz richtig mit Ihrer Annahme«, sagte Indy.

Hinter Farqhuar tauchte Sallah auf. Er hielt die Zügel zweier Pferde fest.

»Indy, mein Freund«, rief Sallah erfreut und rutschte vom Sattel. »Als Kapitän Marlow mir sagte, daß er dich hier in der Nähe abgesetzt hat, machte ich mich sogleich auf den Weg, weil ich mir schon dachte, daß du Hilfe gebrauchen kannst.«

Sallah umarmte Indy und drückte ihn an seine Brust, bis dessen Füße in der Luft baumelten. Vor Freude und wegen der sich einstellenden Atemnot schlug Indy ihm auf die Schulter.

»Du kennst den Prinzen?« fragte er ungläubig.

»Aber ja doch«, entgegnete Sallah. »Er ist einer meiner Schwäger.« Dann beugte er sich zu Indy hinüber. »Aber das sage ich dir im Vertrauen, das ist eine ziemlich schwierige Angelegenheit. Du weißt schon, eine Mischehe.«

»Wie lange seid ihr schon da?« wollte Indy wissen.

»Erst seit ein paar Stunden«, antwortete Farqhuar.

»Stunden?« hakte Alecia nach. Mit den Händen auf dem Rücken bemühte sie sich, ihr Kleid zusammenzuhalten. »Sie sind seit Stunden dort draußen? Dann haben Sie sich aber, verflucht noch mal, Zeit gelassen. Ich bin vor Angst fast gestorben.«

»Ich habe Dr. Jones einen großen Dienst erwiesen, indem ich gewartet habe«, wehrte Farqhuar sich, während er Alecias Fesseln durchtrennte. »Wie oft fragen wir uns, wie wir uns wohl angesichts des Todes verhalten werden. Werden wir Schande über uns und unsere Familien bringen? Oder werden wir, wenn die Zeit kommt, uns so verhalten, daß Allah uns mit offenen Armen empfängt? Dr. Jones weiß nun Bescheid.«

»Darauf war ich gar nicht so scharf«, sagte Indy und massierte seine Handgelenke. »Allah kann gern warten.«

Farqhuar lachte.

»Allah wartet auf niemanden«, meinte er.

Alistair streckte seine gefesselten Hände aus.

Farqhuar zögerte.

Indy nahm die rasiermesserscharfe Klinge und ging zu Alistair hinüber, der blinzelte und blitzschnell die Hände vors Gesicht führte, in der Annahme, daß Indy ihm das Messer ins Herz rammen wollte.

Indy schnitt die Fessel durch.

»Sie sind frei«, sagte Indy. »Entscheiden Sie sich, auf welche Seite Sie sich schlagen möchten.«

Die Faschisten hatten sich von dem Überraschungsangriff erholt und begannen nun, sich gegen die Nomaden zur Wehr zu setzen. Kugeln pfiffen über ihre Köpfe hinweg.

»Wir müssen fliehen«, meinte Sallah.

»Es gibt nicht genug Pferde«, warnte Alecia. Panik lag in ihrem Blick.

Indy nahm Sarducci die Dokumententasche ab und zog Alecia hinter sich auf den Rücken des weißesten Pferdes.

Sallah zuckte mit den Achseln und warf Alistair die Zügel des anderen Tieres zu.

Hinter Farqhuar, der voranritt, hielten sie auf die zerstörte Umzäunung zu. Die Pferde sprangen über die Balken weg, die früher einmal ein Wachturm gewesen waren. Sallah folgte Farqhuar Richtung Westen, doch ein Ruf von Indy veranlaßte ihn, stehenzubleiben.

»Nein«, sagte er.

»Aber Indy«, protestierte Sallah.

»Wir nehmen einen anderen Weg«, sagte Indy und riß am Zügel. Das Pferd galoppierte nach Osten, in Richtung Kairo.

»Warten Sie«, rief Prinz Farqhuar ihm hinterher. Er gab drei Nomaden das Zeichen, ihm zu folgen, und schlug dann Indys Richtung ein. »Wir haben uns ja noch gar nicht über die wunderbare Autobiographie von Huckleberry Finn unterhalten!«

KAPITEL ACHT

Der Stein

Hinter ihnen markierte eine aufsteigende Staubwolke die gepanzerte Kolonne der Faschisten. Sie war im Lauf des Tages immer näher gerückt und nun dicht genug, daß Indy die Reflektion des Sonnenlichts auf den Windschutzscheiben der Panzerfahrzeuge funkeln sehen konnte.

»Unsere Rösser sind ihren eisernen Biestern nicht gewachsen«, lautete Sallahs Kommentar. Er tätschelte den Hals seines Pferdes. »Wenn wir so weitermachen, schinden wir unsere Pferde in dieser wasserlosen Wildnis zu Tode.«

»Was meinen Sie, Prinz?« fragte Indy.

»Was Sallah sagt, stimmt«, antwortete er. »Aber jetzt eine Pause zu machen, bedeutete, die Schande geradezu in Kauf zu nehmen. Wir müssen weiterreiten, ohne Rücksicht, und darauf vertrauen, daß Allah uns zur Seite steht.«

»Ich glaubte, sie würden aufgeben, als wir die Nordgrenze überquerten, weil ich dachte, daß ihnen nicht an einem Krieg mit Ägypten gelegen sein kann«, sagte Indy.

»Grenzen«, sagte Farqhuar, »sind hier draußen nicht von sonderlich großer Bedeutung. Im Sand gibt es – im Gegensatz zu Ihren Karten – keine Grenzlinien. Und außerdem, wer kriegt hier draußen schon mit, wenn die uns ausradieren? Vielleicht ein Kameltreiber irgendwann in tausend Jahren mal.«

Sie ritten weiter, und als die Schatten länger und ihre Pferde langsamer wurden, verringerte sich die Distanz zwischen ihnen und der riesigen Staubwolke. Der Himmel, der den ganzen Tag über grau gewesen war, färbte sich zusehends dunkler, und Sandschleier wehten über die Dünenkämme.

Als sie zu den Tempelruinen eines längst vergessenen Gottes gelangten, stolperte Indys Pferd und brach fast unter der doppelten Last zusammen.

»Es ist höchste Zeit, eine Pause einzulegen«, sagte der Prinz und sprang von seinem Pferd. Aus einer Wasserflasche an einem langen Lederriemen schüttete er den letzten Rest Wasser in seine Handfläche und gab seinem Pferd zu trinken. »Nur zu, Arcturus, trink. Wir halten zusammen, nicht wahr? Das ist das erste Gebot der Wüste.«

»Ich wünschte, wir hätten mehr Wasser für die Pferde«, sagte Alecia. Wegen des wehenden Sandes mußte sie die Augen zukneifen.

»Es ist gut, daß es nicht so ist«, gab Sallah zu bedenken. »Sie würden nur gierig trinken, und dann schwellen ihre Bäuche an, bis sie straucheln und sterben.«

»Ich wünschte, wir hätten mehr Wasser für uns«, sagte Indy. »Die beiden Wasserflaschen, die Sallah mitgebracht hat, haben während der Auseinandersetzung mit den Faschisten Kugeln abgekriegt. In jeder von beiden ist noch etwas übrig, aber nicht viel.«

Der Blick des Prinzen schweifte über die Tempelruinen. Er dachte angestrengt nach. »Diese Steine werden uns ein gewisses Maß an Deckung und Schutz bieten«, sagte er nach einer Weile.

»Aber nicht viel«, wandte Alistair ein. »Und außerdem können die anderen uns ohne Schwierigkeiten einkreisen.«

»Keinen Schutz vor den römischen Schweinen«, klagte Farqhuar. »Vor dem Sturm, der aus Osten heranzieht. Haben Sie ihn nicht gesehen? Wenn die Zeit kommt – und das wird so schnell passieren, wie wenn ein Blitz einschlägt – ziehen Sie Ihre Pferde mit nach unten und halten Sie sie dort fest.«

»Sie meinen einen Sandsturm?« fragte Indy.

»Sturm ist Sturm.«

Indy stellte sich auf einen zerbrochenen Pfeiler. Der Wind zerrte an seinen Kleidern und Sand kratzte über das Leder seiner Jacke.

»Möchtest du das Fernglas?« bot Sallah an.

»Ich brauche es nicht«, sagte er. »Die sind knapp eine Meile hinter uns und kommen schnell voran. Fünf Panzerfahrzeuge und ein paar Lastwagen. Ich könnte schwören, die sind bis zum Rand vollgestopft mit Soldaten.«

Farqhuar nahm seine Thompson von der Schulter und gab dem Nomadentrio ein Zeichen, hinter den Steinen Position zu beziehen.

»In ein paar Minuten wird die Entscheidung fallen«, sagte der Prinz, »ob wir uns zuerst der Natur oder den Menschen stellen müssen. Falls wir zuerst gegen die Faschisten kämpfen, wartet ab, bis sie nah genug sind. Jeder Schuß zählt. Falls es die Natur sein sollte, konzentriert euch auf eure Gebete. Das ist das erste Gebot der Wüste.«

»Und ich dachte, das erste Gebot lautet: Haltet zusammen«, sagte Indy.

Farqhuar grinste.

Der Wind wurde immer stärker, und dann – von einer Minute auf die andere – stellte sich Windstille ein.

»Seht doch«, sagte Alecia und zeigte nach Osten.

Eine dunkle Wolke wälzte sich anscheinend im Zeitlupentempo über den Wüstenboden. Aus der anderen Richtung näherte sich die Kolonne der Faschisten. Nun konnte Indy die Nummern der Einheiten lesen, die auf die Motorhauben der Wagen gepinselt waren.

Die Kolonne hielt an. Kurz darauf drehte das erste Fahrzeug, beschrieb einen Kreis und bewegte sich in die entgegengesetzte Richtung. Die anderen Fahrzeuge folgten dem Beispiel.

»Sie versuchen also, dem Sturm zu entkommen«, schloß Indy aus dem, was er sah.

»Die Pferde«, sagte Sallah. »Sorgt dafür, daß sie sich hinlegen und legt euch dann auf die Hälse.«

Farqhuar wickelte ein Tuch über Nase und Mund, griff nach Arcturus' Zaumzeug und verdrehte dem Tier vorsichtig den Hals, bis es sich in den Sand legte. So verfuhren auch die anderen, und als das letzte Tier auf dem Boden lag, fiel der Sturm mit der Gewalt eines Güterzuges über sie her.

Indy steckte seinen Hut in die Lederjacke und preßte Alecia an sich. Sie hielten sich hinter ihrem Pferd versteckt. Überall war Sand. Der Wind trieb ihnen den Sand in Augen, Mund, Nase und vor allem in die Ohren.

»Ich ersticke«, jammerte Alecia.

»Denk an etwas anderes«, riet Indy ihr. »Drück den Kopf nach unten und schiebe ihn in deine Armbeuge, dann fällt dir das Atmen leichter.«

Trotz der Tempelsteine, die einen Teil des Sturmes abhielten, wuchsen die Sandmassen schnell an und drohten, sie lebendig zu begraben. Mit den Händen schaufelte Indy Sand weg, aber das war so, als schöpfe man einen Swimmingpool mit einer Teetasse aus.

Nach sieben Minuten war der Sturm vorüber.

Indy befreite sich und half dann Alecia. Er gab ihr eine Ohrfeige, und sie schnappte nach Luft.

»Seid ihr beide in Ordnung?« fragte Sallah, der den Sand von seinen Gewändern bürstete.

»Ja, ich denke schon«, antwortete Indy.

Alecias und Indys weißes Pferd stand auf. Mehrere hundert Pfund Sand rutschten vom Rücken des Tieres. Voller Mitgefühl tätschelte Indy die Flanke der Stute.

»Wo steckt Alistair?« fragte Alecia.

»Hier«, rief er und streckte die Hand hoch. »Doch mein Pferd ist leider tot.«

Prinz Farqhuar fiel auf einen Sandhaufen und hielt die Hände vors Gesicht. »Einer meiner Männer ist tot«, klagte er. »Und die Wüste hat auch das Leben meines armen Arcturus, des Sterns des Westens, gefordert.«

»Und wie steht es mit unseren Verfolgern?« wollte Alecia erfahren.

Indy stieg wieder auf die Tempelsteine und suchte mit dem Fernglas die Wüste ab. Sallah gesellte sich zu ihm.

»Was siehst du?«

»Nichts«, sagte Indy. »Absolut gar nichts, nirgendwo eine Spur von ihnen.«

»Die Wüste«, sagte Farqhuar. Zusammen mit seinen beiden Nomaden begann er, den Leichnam des dritten auszugraben. »Sie gibt, sie nimmt. Das eine verbirgt sie, das andere legt sie frei. Und sie verändert sich fortlaufend.«

»Wenn wir nur wüßten, wo die stecken«, sagte Indy.

»Es tut mir leid, daß ich Ihnen nicht helfen kann«, entschuldigte Farqhuar sich. »In diesem Teil des Landes hält sich mein Volk nur selten auf, weil diejenigen, die hierherkommen, nur selten zurückkehren.«

»Aber Indy«, meinte Sallah, »wir befinden uns etwa zehn Kilometer hinter der ägyptischen Grenze. Das müßte hinkommen, wenn man die Richtung und das Tempo, mit dem wir uns fortbewegt haben, bei der Schätzung berücksichtigt.«

»Ich muß es aber genau wissen«, sagte Indy. »Ich weiß, daß wir in einem Radius von ungefähr fünfzehn Meilen vom Standort des Grabs des Hermes sein müßten – der laut Überlieferung in der Nähe einer Oase liegt –, aber das heißt leider, daß wir – wenn es hart auf hart kommt – mehr als zweihundert Quadratmeilen Wüste durchzukämmen haben.«

»Du machst dir immer das Leben schwer, Indy«, fand Sallah. »Warum hast du das nicht gleich gesagt? Bevor ich Kairo verlassen habe, habe ich ein paar Sachen eingepackt, von denen ich meinte, daß wir sie vielleicht gebrauchen könnten: Karten, einen Kompaß, eine Flasche Brandy. Natürlich nur zum medizinischen Gebrauch.«

»Sallah, ich könnte dich vor Freude küssen.«

»Es wäre mir angenehmer, wenn du das unterläßt«, sagte Sallah mit todernster Miene. Er kramte den Kompaß und eine Rolle Karten aus seiner Satteltasche heraus.

Indy warf einen Blick auf die Karten, entschied sich für eine und breitete sie auf einem Steinquader aus. Auf die Ekken legte er kleinere Steine.

»Diese Karte ist nicht besonders genau, aber für unsere Zwecke reicht sie. Seht euch das einmal an. Das hier sind die zwei höchsten Gipfel. Und wie lauten der Längen- und Breitengrad?«

Alistair drehte sich, um sich besser zu orientieren, und zeigte dann nach Norden. »Dort liegt einer der Gipfel«, sagte er, ehe er nach Südwesten zeigte. »Und da der andere.«

»Gut«, sagte Indy. Er zog sein Feldnotizbuch aus dem Jakkenfutter und nahm einen Bleistift in die Hand. Dann öffnete er den Kompaß, richtete ihn aus und las die Richtung ab. Die Gradzahlen notierte er sich. So verfuhr er auch mit dem zweiten Gipfel. »Ich brauche den Winkelmesser und das Lineal.«

Sallah brachte ihm die geforderten Gegenstände.

Nachdem er die Abweichung vom geographischen Norden miteinbezogen hatte, errechnete Indy die Gradzahl mit dem Winkelmesser und zog mit dem Lineal eine Linie südlich vom ersten Berggipfel. Eine zweite Linie verlief nordöstlich vom zweiten Gipfel.

»Wir sind hier, wo die beiden Linien sich kreuzen«, verkündete er.

»So weit, so gut, Indy«, sagte Sallah. »Nun wissen wir mit Sicherheit, wo wir sind. Aber wie sollen wir das Grab finden, wo es doch nicht auf der Karte eingezeichnet ist? Wir müssen den exakten Standort beider Punkte kennen, bevor wir eine Wegstrecke ausarbeiten.«

Indy schaute zu Alecia hinüber.

»Wir müssen uns deinen Rücken ausborgen.«

Alecia griff nach hinten und zupfte den Knoten auf, der ihr Kleid zusammenhielt. Um sich nicht ganz zu entblößen, hielt sie den Stoff auf der Vorderseite krampfhaft fest.

»Alistair«, bat Indy. »Es wäre besser, wenn Sie mir nun behilflich wären. Ich kann die Messungen vornehmen, weiß aber nicht, was ich damit anfangen soll.«

»Es dürfte eine Zeitlang dauern«, meinte Alistair, »aber ja, ich denke, ich werde ein Ergebnis finden.«

Alecia machte einen Satz, als Indy ihr den Winkelmesser und das Lineal auf den Rücken legte.

»Tut mir leid.«

Indy kritzelte die benötigte Information in das Notizbuch und händigte es Alistair aus. Der nahm Indys Bleistift, setzte sich auf einen Stein und rubbelte mit dem Ende des Radiergummis durch seinen Bart.

»Wissen Sie eigentlich, wie lange ich auf diese Information gewartet habe?« fragte er beim Arbeiten. »Und nie habe ich sie erhalten. Ich nehme mal an, der beste Ort, etwas zu verstecken, ist dort, wo jeder es sehen kann.«

»Meinen Rücken«, beschwerte Alecia sich, »darf nicht jeder sehen.«

»Entschuldige«, sagte Alistair. »Aber bedenke doch, wir sind zusammen aufgewachsen. Ab und an habe ich deinen Rücken gesehen, wahrscheinlich sogar öfter als du, denn ich kann mich nicht entsinnen, daß du deinen Rücken oft im Spiegel untersucht hast.«

Auf dem ersten, dann auf dem zweiten Blatt notierte Alistair seine Berechnungen. Hin und wieder hielt er inne, schnitt eine Grimasse und radierte ein paar Zahlenreihen aus. In regelmäßigen Abschnitten spitzte er den Bleistift mit seinem Taschenmesser. Als er fertig war und Gradzahlen, Minuten und Sekunden auf der Karte eingetragen hatte, war von dem Bleistift nur noch ein Stummel übrig.

»Fertig«, rief Alistair.

Indy betrachtete die Koordinaten und markierte eine besonders zerklüftete Gegend mit einem Kreuz, das er dann durch eine Linie mit ihrem Standort verband, ehe er Winkel und Entfernung berechnete.

»Glauben Sie, daß Ihre Berechnungen stimmen?« fragte Indy nach.

»Dürften hinkommen«, meinte Alistair. »Wenn nicht, wäre uns der Standort des Grabes nicht in den Schoß gefallen.«

»Alecia«, fragte Indy, »ich möchte ja nicht unverschämt sein, aber hat Sarducci Fotos von deinem Rücken gemacht oder Skizzen erstellt?«

»Von meinem Rücken? Nein, bestimmt nicht.«

»Gut. Dann dürften wir auch nicht verfolgt werden, selbst wenn er den Sandsturm überlebt hat.«

»Halten Sie das denn für möglich?« fragte Alistair.

Indy blickte zu ihm hinüber.

»Ja, es sei denn, jemand serviert mir einen Glatzkopf auf einem silbernen Tablett. Doch bis dahin gehe ich davon aus, daß der Mann überlebt hat.«

»Das muß man wohl«, murmelte Alistair.

»Wir sind weniger als zwölf Kilometer weit weg«, erklärte Indy den anderen. »Sallah, ich möchte, daß du den Kompaß nimmst und uns auf dem Kurs von siebenundvierzig Grad hältst. Keine Abweichung! Das Ganze wird nicht so einfach werden, wie es sich jetzt anhört, weil das Grab in einem geschützten Tal liegt. Ist gut möglich, daß wir eine ganze Zeit lang suchen und klettern und Geröll wegschaufeln müssen. Prinz, erlauben Sie uns, Ihre Männer als Ausgraber anzuheuern?«

»Bringen Sie mich in eine Oase«, erwiderte Farqhuar vorsichtshalber auf englisch, »und dann können Sie sie zum Mittagessen grillen.«

Nach drei Stunden hatten die sieben Gefährten den Eingang zum Tal erreicht. Sie folgten einem schmalen Fußweg, der sich zwischen den Felsen durchschlängelte. Indy lief an der Spitze der Gruppe. Zu Fuß führte er das weiße Pferd in die Senke hinunter.

»Hier ist etwas«, verkündete er. »Dieser Pfad wurde von Arbeitern angelegt. Er gleicht dem im Tal der Könige. Und seht euch nur mal diese Geröllhalden an. Die sind nicht natürlich entstanden – das ist Abfall, Splitter von behauenen Steinen, die hier im Tal verstreut wurden, um von dem abzulenken, was hier vorgegangen ist.«

»Ich kann keinen Unterschied erkennen zwischen dem hier und allen anderen Gegenden, die wir durchquert haben, seit wir Libyen verlassen haben«, meinte Alecia. »Indy, du mußt gute Augen haben.«

»Meinen scharfen Blick habe ich Sallah zu verdanken«, verriet er. »Er hat mir beigebracht, die Zeichen zu deuten. So etwas erfährt man nicht aus den Büchern, mußt du wissen.«

Das weiße Pferd gebärdete sich auf einmal widerspenstig, scharrte im Erdreich und zerrte am Zaumzeug, das Indy hielt. Zur Beruhigung klopfte Indy der Stute auf den Hals, aber er rutschte vom Pfad, als das Pferd ihn weiterzog.

»Was hat sie denn?« erkundigte sich Alecia.

»Sie riecht Wasser«, sagte Sallah.

Indy ließ sich von dem Tier um die nächste Biegung führen, von wo aus man einen herrlichen Ausblick aufs Tal hatte. Dort unten lag tatsächlich eine Oase, ein funkelnder, von Palmen gesäumter Teich. Ein paar Krähen hockten krächzend auf dem Wipfel des höchsten Baumes.

»Wir haben es geschafft«, rief er.

Indy setzte sich unter eine schattenspendende Palme, lehnte sich an den rauhen Baumstamm und aß eine Dattel. Sallah, der neben ihm saß, verzehrte eine Feige.

»Das ist wirklich wie im Paradies«, sagte Sallah.

Indy murmelte seine Zustimmung. Er beobachtete Alecia, die sich am Ufer des Teiches hingekniet hatte und das Gesicht wusch.

»Könnte ein Bild aus der Bibel sein«, meinte Indy.

»Diese Engländerin? Bedeutet sie dir etwas?«

»Etwas«, antwortete Indy.

»Es tut mir leid, wenn ich mich dir aufdränge«, entschuldigte sich Sallah. »Du möchtest nicht darüber sprechen.«

»Du drängst dich mir nicht auf«, beruhigte Indy seinen Freund und legte ihm die Hand auf die Schulter. »Ich bin einfach nur nicht in der richtigen Stimmung. Aber da gibt es etwas, wozu ich gern deinen Rat hören würde, wenn wir sicher heimgekehrt sind. Möglicherweise muß ich dich sogar um deine Hilfe bitten.«

»Kein Problem. Du brauchst nur zu fragen.«

Alecia saß auf der obersten Stufe einer Art Treppe, die ins Wasser führte. Sie streckte ihre Beine ins kühle Naß und seufzte vor Erleichterung. Dann schaute sie sich um, zögerte einen Moment und glitt in den Teich. Als ihr das Wasser bis zu den Schultern reichte, zog sie ihr Kleid über den Kopf und warf es ans Ufer.

»Wie schätzt du diesen Ort hier ein?« fragte Indy. »Seit wir zu dieser Oase gelangt sind, mache ich mir Gedanken.«

»Sehr gut«, sagte Sallah und wählte eine Dattel aus dem Früchteberg neben ihm aus. »Hier wurde offensichtlich hart gearbeitet. Ich habe die Felswände studiert, habe aber keinen der üblichen Plätze entdeckt, wo man normalerweise ein Grab versteckt, wie zum Beispiel in einer Felsspalte.«

»Stimmt.«

»Was mir komisch vorkommt«, fuhr Sallah fort, »ist die Oase. Die stammt von Menschenhand, sie ist nicht natürlich entstanden, sondern künstlich angelegt. Hier dürfte es eigentlich keine Oase geben. Und das Wasser – es ist ungewöhnlich warm, als würde es unter der Erde in Kesseln erhitzt. Und da sind noch diese Steinstufen, die ins Nichts führen.«

»Vielleicht auch nicht«, gab Indy zu bedenken. »Die Indianer in Amerika glaubten, daß Wasserteiche als Übergänge zur spirituellen Welt dienen. Vielleicht führt diese Treppe ja zu so einem Übergang.«

»Interessant«, sagte Sallah. »Dann schlägst du also vor, nach unten zu tauchen, um diese Tür zu suchen?«

»Ja.«

Sallahs Miene verdüsterte sich.

»Nun«, gestand er, »ich kann nicht schwimmen. Ist mir nie in den Sinn gekommen, daß ich diese Fähigkeit eines Tages brauchen könnte. Ich fürchte, daß ich nicht in der Lage sein werde, dich zu begleiten, mein Freund.«

»Sallah«, sagte Indy, stand auf und klopfte seine Hose ab, »du wirst immer bei mir sein, egal, wohin ich gehe.« Dann zog er eine Decke aus Sallahs Satteltasche und trug sie zum Ufer des Teichs.

»Geht es dir gut?« fragte er Alecia.

»Ach, es ist wunderbar«, sagte sie und verschränkte die Arme vor der Brust. »Du solltest es auch probieren. Natürlich erst, wenn ich draußen bin.«

»Ich habe dir die Decke gebracht«, sagte er. »Ist zwar ein bißchen kratzig, aber ich dachte, du könntest dich in sie einwickeln, bis dein Kleid getrocknet ist. Bist du soweit?«

Indy nahm die Decke an den Ecken und hielt sie hoch. Höflich drehte er den Kopf weg, während Alecia graziös aus dem Wasser stieg und sich einwickelte. Die Enden verknotete sie über der Brust.

Indy schnürte seine Schuhe auf. Er stellte sie mitsamt den Socken auf der obersten Stufe ab, knöpfte sein Hemd auf und löste den Gürtel.

In Hosen spazierte er die Stufen hinab, bis ihm das Wasser bis zur Taille reichte. Er mußte eine Sekunde innehalten und tief durchatmen.

»Ich bin gleich wieder da«, sagte er, schöpfte Luft und hielt den Atem an.

»Was hast du vor? Wo willst du denn hin?« fragte sie ihn mit skeptischer Miene.

Indy tauchte unter.

Unter Wasser zog er sich an den Stufen in die Tiefe. Der Wasserdruck auf seinen Ohren nahm zu und verriet ihm, daß er zehn, zwölf Fuß tief getaucht war. Er bewegte den Unterkiefer hin und her, um den Druck in seinen Eustachischen Röhren zu mindern.

Das Wasser war klar. Die Strahlen der Nachmittagssonne ergossen sich über die Stufen. Seine Augen brannten nicht, wie das beim Tauchen im Meerwasser der Fall war, deswegen fiel es ihm leicht, der Treppe zu folgen. Der Teich war überraschenderweise sehr tief. Indy mußte noch mal kräftig schlucken, um die Ohren freizubekommen, ehe er zur Öffnung einer Unterwasserhöhle gelangte. Indy tauchte unter die Öffnung, fuhr tastend über den Stein und stieß sich mit den Füßen ab. Er ließ sich Zeit, verließ sich hier unten im Dunkeln allein auf seinen Tastsinn und paßte auf, daß er nicht gegen einen Felsvorsprung stieß.

Dann brach er durch die Wasseroberfläche.

Er schüttelte den Kopf, wischte sich das Wasser aus den Augen und schaute sich um. Im fahlen Licht, das aus der Tiefe des Teichs hochdrang, sah er, daß er sich in einer weitläufigen unterirdischen Kammer befand. Die Stufen führten aus dem Wasser hoch zu einem Torbogen aus behauenen Steinen. Unter dem Bogen lauerte eine Gestalt, eine Statue. Genau konnte er jetzt noch nicht erkennen, was es war.

Dahinter lag undurchdringliche Dunkelheit.

Ein paar Minuten lang ruhte Indy sich auf den Stufen aus, noch halb im Wasser sitzend. In der Höhle hallten die Tropfen wider, die von seinem Körper in den Teich fielen. Ihm war so, als fixierten die Augen der Steinstatue unter dem Bogen seinen Rücken. Als seine Atmung sich normalisiert hatte, ließ er sich wieder ins Wasser gleiten und kehrte zu seinen Gefährten zurück.

»Indy«, rief Alecia, »du hast mir einen Mordsschrecken eingejagt. Du warst so lange weg, daß ich schon fürchtete, du seist ertrunken.«

»Indy, was hast du gefunden?« fragte Sallah. Der Prinz war bei ihm und warf Indy einen erwartungsvollen Blick zu.

»Dort unten gibt es einen Eingang«, sagte er. »Die Höhle liegt am Boden des Teiches. Dort ist eine Treppe, die durch einen Steinbogen führt. Aber weil es so dunkel war, konnte ich nicht viel erkennen.«

»Du brauchst Fackeln«, meinte Sallah. »Wir können die Palmenrinden abzupfen und sie mit Stoffetzen zusammenbinden. Prinz, haben Ihre Männer Waffenöl dabei oder Pech, um die Wunden der Pferde zu behandeln?«

»Aber sicher«, antwortete Farqhuar.

»Damit können wir die Fackeln tränken«, schlug Sallah vor. »Werden nicht prima sein und auch ziemlich stark rauchen, aber das sollte genügen. Ich werde ein paar Streichholzköpfe in Wachs tunken, damit kannst du die Fackeln in der Höhle anzünden.«

Farqhuar sprach in Tarog zu seinen Nomaden und erteilte ihnen den Befehl, die notwendigen Materialien zusammenzutragen.

»Wo ist Alistair?« fragte Indy.

»Er studiert ein paar Vögel dort drüben in den Bäumen«, sagte Alecia.

»Vögel? Was für Vögel?« wollte Indy wissen. Er schien besorgt zu sein.

»Ich weiß nicht genau«, sagte Alecia.

»Kann er schwimmen?«

»Er schwimmt ziemlich gut.«

»Nun, dann brauche ich ihn. Ich brauche genug Fackeln für zwei Leute, Sallah. Beeil dich.«

»Wäre es nicht besser, wenn du bis morgen früh wartest?« fragte Sallah.

»Wo wir hingehen«, sagte Indy, »ist es egal, wo die Sonne steht.«

Mit an den Schnürsenkeln verknoteten und um den Hals geschlungenen Schuhen stieg Indy in die Höhle. Unter seinem Arm klemmten ein paar Fackeln. Kurz nach ihm tauchte Alistair auf, hustete und spuckte Wasser.

Indy riß eins von Sallahs präparierten Zündhölzern an und entzündete eine Fackel. Zischend und knisternd erstarb die Flamme. Beim dritten Versuch stellte sich der Erfolg ein. Mit seiner Fackel gab er Alistair Feuer.

Indy zog die Schuhe an, schnürte sie eilig zu und warf sein Hemd über. Zusammen mit seinem Notizbuch war es in ein Stück Wachstuch gewickelt gewesen, das glücklicherweise einer der Nomaden zufällig mitgenommen hatte.

Mit hocherhobenen Fackeln stiegen er und Alistair zum Steinbogen hoch. Im flackernden Lichtschein bekam man den Eindruck, als würde die Statue sich bewegen. Sie stellte einen normal großen Mann mit fließendem Bart dar. Auf seiner Robe prangten alchemistische Symbole: die Sonne und

Mond, Sterne und ein Merkur mit Schwingen. Die rechte Handfläche zeigte warnend nach vorn, während die linke zum Nähertreten einlud.

»Bemerkenswert«, raunte Alistair. »Der große Hermes.«

»Jagt mir einen kalten Schauer über den Rücken«, sagte Indy.

Er rezitierte die koptische Inschrift über dem Bogen: ›Erblicket die Schwelle. Der Ruf wird beantwortet. Die Reise beginnt mit Wissen und endet mit Glauben. V-I-T-R-I-O-L.‹ Er legte eine kurze Pause ein. »Sagen Ihnen die Buchstaben etwas?«

»*Visita Interiora Terrae, Rectificando, Inveniens Occultum, Lapidem*«, übersetzte Alistair. »Besuchet das Innere der Erde, und indem ihr Abhilfe schafft, werdet ihr den verborgenen Stein finden.«

Sie gingen unter dem Bogen hindurch, hinter dem eine zwölfeckige Halle lag. Ein Ausgang schien nicht zu existieren. In einem Alkoven in jeder der zwölf Seiten war ein Relief zu erkennen, das eine alchemistische Umwandlung darstellte. Auf den Reliefs waren Brennöfen und Destilliergeräte, Flaschen und Retorten dargestellt. Der Boden bestand aus einem Mosaik von sechzehneckigen Steinen. In jedem der Steine war eines der zwölf Tierkreiszeichen eingemeißelt.

Alistair machte einen Schritt nach vorn. Der Stein unter seinem Fuß sackte weg. Indy erwischte ihn am Kragen und riß ihn zurück. Dort, wo eben noch der Stein gelegen hatte, tat sich nun ein zwölf Fuß tiefer Schacht auf.

»Vorsichtig«, sagte er. »Geben Sie acht. Diese Tierkreiszeichen auf dem Boden, können die auch anders angeordnet werden als in der monatlichen Abfolge?«

»Aber ja doch«, sagte Alistair. »In der alchemistischen Folge. Jedes Symbol steht für ein Verfahren.«

»Dann halten wir uns an die Reihenfolge«, schlug Indy vor.

»Kalzinieren zuerst«, sagte Alistair. »Das ist der Widder.«

Zusammen stellten sie sich auf den Stein mit dem entsprechenden Symbol. Der ganze Boden senkte sich, nur der Stein, auf dem sie standen, ragte ungefähr einen Fuß heraus.

»Ist das nicht gefährlich?« fragte Alistair.

»Nun, wir sind immer noch da, nicht wahr? Und welchen nehmen wir nun?«

»Koagulieren. Stier.«

Sie traten auf den Bullen. Die Steine rumpelten, sanken einen Fuß tiefer. Der Widder bildete nun die mittlere Erhebung, während der Stier auf der Höhe der Türschwelle lag.

»Durch unser Vorgehen entsteht eine Treppe«, stellte Indy fest. »Fahren Sie fort.«

Als nächstes kam der Zwilling, der für Fixierung stand, gefolgt von Krebs für Zersetzung. Und dann Löwe, Jungfrau und Waage – Verarbeitung, Destillierung und Sublimation – und Skorpion für Trennen. Der Boden war nun um acht Fuß abgefallen, und darüber wurde der obere Teil einer Tür sichtbar.

Sie traten auf Schütze, Steinbock, Wassermann und Fisch – für Paraffinierung, Fermentierung, Vervielfachung und Schleudern. Nun war die Tür in voller Größe zu sehen. Die zwölf Steine, auf die sie getreten waren, verharrten jeweils auf einer bestimmten Höhe und bildeten eine Treppe zur Türschwelle unter dem Steinbogen.

»Hier ist es wie in der Tiefe einer Quelle«, fand Alistair.

»Aber Quellen haben keine Stufen«, erwiderte Indy. »So weit, so gut, aber jetzt dürfte es schwierig werden. Und außerdem gefällt mir die Inschrift über der Tür nicht: Der Pfad der Prüfungen.«

Sie wischten die Spinnweben aus dem Türbogen und begaben sich in einen langen, schmalen Durchgang. Nach zwanzig Metern gelangten sie zu einer Ecke. Dahinter fiel der Gang ab, bog erneut ab und führte sie weiter in die Tiefe.

»Erinnert mich an diese Tunnel, auf die man in Pyramiden trifft«, sagte Indy.

»Das hier *ist* eine Pyramide, nur daß sie umgekehrt funktioniert«, behauptete Alistair. »Wir müßten eigentlich in einer spitzwinkligen Kammer landen.«

»›Was oben ist, ist unten‹«, erinnerte Indy sich. »Diese Höhenanzeigen an den Wänden und auf dem Boden sind aber eigenartig.«

»Vielleicht die Markierungen der Steinmetze?« vermutete Alistair.

»Nein, die sind relativ neu. Höchstens ein paar hundert Jahre alt.« Indy dachte nach. »Ich weiß nicht, warum, aber die machen mich irgendwie nervös.«

Sie bogen um eine Ecke. Der Gang endete vor einer kahlen Wand. Indy gab Alistair seine Fackel, fuhr dann mit beiden Händen über den Stein und tastete nach einer Spalte. Nichts zu finden. Er klopfte an die Wand.

»Massiv«, sagte er.

»Woraus besteht dieses weiße Material, das an der Wand klebt?« fragte Alistair und hielt die Fackeln hoch. »Hat einen seltsamen grünen Schimmer. Und da ist auch ein Häufchen davon auf dem Boden.«

Indy inspizierte seine Finger und kostete dann von dem Staub, der sich beim Berühren der Wand auf seine Fingerspitzen gelegt hatte.

»Kalzium«, sagte er. »Phosphorhaltig. Oder einfach pulverisierte Knochen.« Mit dem Schuh stieß er gegen das Häufchen auf dem Boden. Dadurch wurde das Pulver verschoben und sank in sich zusammen. Durch ein Loch im Boden fiel es wie Sand in einem Stundenglas.

»Hören Sie«, sagte Indy.

Etwas rumpelte hinter ihnen. Der Boden begann zu zittern.

»Was immer hier vorgehen mag«, meinte Indy, »gut kann das nicht sein.«

Das Geräusch schwoll an. Etwas rutschte, begleitet von lautem Kratzen, den Gang hinunter. Stein mahlte auf Stein. Es kam bedrohlich näher. Den Blick auf die letzte Ecke gerichtet, um die sie gebogen waren, warteten sie.

»Wir müssen von hier verschwinden«, sagte Alistair. »Lassen Sie uns weglaufen.«

Indy hielt ihn zurück.

»Warten Sie«, sagte er.

Das Rumpeln war zu einem Donnern angeschwollen.

Indy trat an die Ecke und wagte einen Blick. Ein riesengroßer, sich nähernder Stein füllte den Gang aus.

»Okay«, sagte Indy und schritt mit erhobener Fackel die Wände ab. Er suchte etwas. Was, wußte er nicht zu sagen. »Wir sitzen in einem riesigen Mörser mit Stößel fest und werden jeden Moment zermahlen und verschwinden dann in diesem Loch im Boden. Nur Knochenstaub wird von uns übrigbleiben.«

»Das ist eine der Möglichkeiten, den menschlichen Körper in seine chemischen Bestandteile aufzulösen«, meinte Alistair. »Und was machen wir nun?«

»Nun, wir können auf keinen Fall vor dieser Wand stehen und darauf warten, daß uns unser Schicksal ereilt«, sagte

Indy. »Sonst enden wir so wie er. Oder sie. Wie auch immer. Lassen Sie uns diesem Ding *entgegengehen* und sehen, was passiert.«

»Darauf zugehen?«

»Was sollen wir denn sonst tun? Wer auch immer sich das hier ausgedacht hat, versucht, uns Todesangst einzuflößen, damit wir wie erstarrt an der Wand stehenbleiben und auf den nahenden Tod warten. Darum schlage ich vor, daß wir etwas Unerwartetes tun und den Tod mit offenen Armen empfangen.«

»Ja, selbstverständlich«, stimmte Alistair Indys Vorschlag zu. »Der weise Mann heißt den Tod willkommen, nur der Narr fürchtet ihn.«

Sie machten sich mit erhobenen Fackeln auf den Weg und bogen um die rechtwinklige Ecke. Bis zum Stößel waren es noch etwa drei Meter. Der Stein rumpelte in ihre Richtung. Indy inspizierte die Rückwand.

»Das ist die einzige Stelle in dem Gang, wo keine Rillen in den Stein gehauen wurden«, sagte er und hielt die Fackel nach unten, um den Boden zu untersuchen.

»Kein Knochenstaub. Hier werden wir stehenbleiben. Je näher das Ding kommt, desto größer wird unser Bedürfnis, zur Wand am Ende des Ganges zurückzulaufen, aber das werden wir unter gar keinen Umständen tun.«

Der Stein kam um die Ecke. Der Abstand zwischen ihnen und dem Stößel verringerte sich zusehends. Drei Fuß lagen zwischen ihnen und dem Tod. Sie warfen die Fackeln weg. Kurz darauf wurde Alistair ziemlich nervös, verlagerte hektisch das Gewicht von einem Fuß auf den anderen. Als der Stein nur noch dreißig Zentimeter entfernt war, machte er eine Bewegung, die Indy verriet, daß er fliehen wollte. Er hielt ihn am Arm fest.

Der Stein drückte gegen ihre Brustkörbe, zu Anfang ganz sachte, dann immer fester, bis es unerträglich wurde. Indy drehte das Gesicht weg. Die rauhe Oberfläche des Stößels schürfte über seine Wange. Ihm war so, als würde ihm alle Lebenskraft aus dem Körper gepreßt.

»Vielleicht habe ich mich geirrt«, rief Indy.

Und dann tat es plötzlich einen Schlag, und etwas hinter ihnen begann zurückzuweichen. Die Wand, an die sie gedrückt wurden, gab langsam nach. Der Druck auf ihre Brustkörbe wurde schwächer. Dunkelheit umgab sie, als der Stein das Fackelfeuer löschte. Auf einmal veränderte er seine Richtung. Anstatt weiter geradeaus zu rollen, driftete er nach links weg, auf die massive, schmucklose Wand zu.

Reglos im Dunkeln stehend, spürte Indy einen leisen Luftzug in seinem Nacken. Er zog eine neue Fackel aus dem Bündel, riß ein Streichholz an und hielt es darunter, bis die Fackel sich entzündet hatte.

Die Wand war verschwunden und hatte einen leicht abfallenden Tunnel freigegeben. Am Ende des Tunnels konnten sie das Rauschen von fließendem Wasser hören.

Sie gelangten in eine weitere Kammer, die einem griechischen Tempel, der hoch über einem Teich aufragte, glich. Das Wasser stieg in einer Ecke des Teiches auf und floß über eine Reihe Vorsprünge, um dann in der Erde zu versickern. In der Mitte des Teiches ruhte ein steinerner Löwe mit ungewöhnlich aufgeblähten Nasenlöchern auf einem Podest.

Indy tauchte die Hand ins Wasser.

»Es ist warm«, sagte er.

»Wozu sind Ihrer Meinung nach die Vorsprünge gut?« fragte Alistair ihn.

»Ich könnte mir denken, sie fungieren als eine Art Belüftung, um die Hitze zu reduzieren«, sagte Indy und spazierte um den Teich. »Anscheinend wird der Teich von einer unterirdischen heißen Quelle gespeist. Wir sind so tief unter der Erde, daß die Temperatur konstant bei neunzehn Grad liegen müßte, aber das ist nicht so. Hier drinnen ist es eindeutig wärmer.«

»Und am Grund des Teiches gibt es garantiert keine Öffnung, keinen Durchgang«, sagte Alistair. »Denn wenn es so wäre, dürfte der Wasserspiegel nicht über den Vorsprüngen liegen.«

»Schauen Sie sich um«, sagte Indy. »Es muß doch einen Weg geben, den wir einschlagen können. Ich spüre von irgendwoher einen Luftzug.«

Indy hielt die Fackel hoch. Die Flamme zitterte unruhig. Er begab sich auf die andere Seite des Teiches, trat hinter die dorischen Säulen und begutachtete die Wand. Die Fackelflamme loderte hellorange.

»Muß in dieser Wand sein«, murmelte er.

»Hallo«, sagte Alistair.

»Haben Sie was gefunden?«

»Einen Kameraden, der ebenfalls hier unten gelandet ist«, sagte Alistair und hielt die Fackel über ein an die Wand gelehntes Skelett. Der Unterkiefer war runtergefallen, wodurch der Eindruck eines hinterhältigen Lächelns entstand.

»Nach den Klamotten zu urteilen, muß er im 12. Jahrhundert gelebt haben.«

»Gibt es einen Hinweis, woran er gestorben ist?« wollte Indy wissen.

»Nein.« Alistair lüftete mit spitzen Fingern den mürben Stoff. »Sieht nicht so aus, als hätte ihm jemand den Kopf eingeschlagen. Wurde auch nicht mit Pfeil und Bogen getötet. Kein Anzeichen eines gewaltsamen Todes.«

»Das ist schlecht«, sagte Indy. »Kommen Sie mal her und sagen Sie mir, was Sie davon halten?«

Er stand vor einer Steinkugel, die aus der Wand ragte. Darin eingemeißelt war die Abkürzung VITRIOL.

»Sollen wir sie rausziehen oder reindrücken, oder was?« fragte Alistair und kraulte seinen Bart. »Und wenn wir weiter runter wollen, müssen wir sie dann runterdrücken?« Mit beiden Händen drückte er von oben auf die Kugel, die ein paar Zentimeter nach unten rutschte.

Hinter ihnen zischte es.

Gas strömte aus den Nasenlöchern des Löwen. In der Luft breitete sich der Geruch fauler Eier aus.

»Vitriol«, sagte Indy. »Sulfursäure. Halten Sie den Atem an. Löschen Sie die Fackel. Wir müssen sofort hier raus. Bevor wir vergiftet werden oder in die Luft fliegen.«

Alistair trat die Fackel mit dem Schuh aus. Indy folgte seinem Beispiel.

»Runter auf den Boden«, rief er.

Auf allen vieren kroch er an der Wand entlang. Plötzlich fing er einen Schwall frischer Luft auf. Er hielt inne, schnüffelte wie ein Bluthund und versuchte die Richtung zu bestimmen, aus der der Luftzug kam. Seine Hände fuhren über den unteren Teil der Wand, und als sie einen bestimmten Punkt berührten, schwenkte überraschenderweise ein Teil nach innen.

»Hier«, rief er in die Dunkelheit. »Ich habe es gefunden.«

Er krabbelte in einen Schacht. Alistair folgte ihm auf den Fersen und hielt sich währenddessen an einer von Indys Gürtelschlaufen fest.

»Muß eine Art Luftschacht sein«, sagte Indy.

Auf Händen und Knien krochen sie weiter. Nach ein paar Metern fiel der Schacht gefährlich steil ab.

»Muß irgendwie in Bewegung gesetzt werden«, meinte Indy. »Vielleicht durch unser Körpergewicht. Stemmen Sie sich mit Rücken und Beinen ab.«

Der Schacht drehte sich weiter, bis er sich in der Vertikalen anstatt in der Horizontalen befand. Indy war richtiggehend eingeklemmt, doch Alistair konnte sich an den glatten Wänden nicht mehr halten und rutschte langsam weg, an Indy vorbei.

»Krabbeln Sie wieder hoch«, wies Indy ihn an. »Ich kann uns nicht beide halten.«

»Das versuche ich ja, aber es geht einfach nicht. Ich bin kein Bergsteiger. Was sollen wir machen?«

»Das hier«, sagte Indy, als Alistairs Hintern auf seinen Kopf drückte und die Sohlen seiner Schuhe an der Wand hinabglitten, »ist der Teil, wo es um den Glauben geht, denke ich.« Er ließ los, fiel nach unten und sauste – gefolgt von Alistair – durch die Dunkelheit.

Der Schacht drehte sich in die eine, dann in die andere Richtung. Wie Murmeln rutschten sie in die Tiefe. Nach einer Weile neigte sich der Schacht sanft und kehrte in die Horizontale zurück. Doch bevor sie sich festhalten konnten, fielen sie durch einen warmen Wasserfall und landeten wieder in einer unterirdischen Kammer.

Von Schwindel geplagt, lag Indy auf dem Boden.

Alistair setzte sich auf und hielt den Kopf in den Händen.

»Indy«, sagte er.

»Was?« rief Indy unwirsch zurück. »Sie hätten mich beinahe totgetreten.«

»Wir sind da«, flüsterte Alistair.

Indy schaute auf. Die Kammer schwankte nicht mehr vor seinen Augen. Nun waren sie in dem spitzwinkligen Raum gelandet, in der Spitze der auf dem Kopf stehenden Pyramide, die zur Hälfte mit Wasser gefüllt war. Sie saßen in einem Durchgang zu einem vierundzwanzigeckigen Polyeder in der Mitte des Raumes. Darüber schien ein Glassarkophag in der Dunkelheit zu schweben.

»Das Grab des Hermes«, sagte Indy, stand auf und schritt vorsichtig durch den Durchgang.

Das Polyeder war allem Anschein nach aus Bleipaneelen gefertigt, und drei dieser Paneele verfügten über vertiefte Griffe in einem goldenen Kreis, die den oberen Teil von Röhren bildeten. Diese Röhren korrespondierten mit drei Bleizylindern in einem Regal auf dem Boden. Indy berührte das Polyeder. Eine leichte Vibration breitete sich von seiner Hand über den Arm zur Schulter hin aus.

»Fühlt sich an, als ob es lebendig wäre«, sagte er.

»Schlägt im Rhythmus des Universums«, meinte Alistair und legte beide Handflächen darauf. »Das einzig wahre Lied, die Kraft, die alles zusammenhält.«

»Die Fackeln«, sagte Indy. »Wir brauchen sie nicht mehr.«

Die Kammer wurde von einem nebelartigen roten Lichtschein ausgeleuchtet.

In dem über ihren Köpfen schwebenden Sarkophag konnten sie eine mumifizierte Gestalt erkennen, die auf einem Thron saß und in der Knochenhand eine Tafel hielt. Indy war nah genug, um erkennen zu können, daß der Sarkophag auf einem dünnen Sockel aus einem blaßblauen Material ruhte.

»Kobalt?« fragte Indy.

»Beryllium, denke ich«, entgegnete Alistair und hielt sich an einem der Griffe fest. »Offensichtlich muß man daran drehen.«

»Tun Sie das nicht. Was steht in der Tabula Smaragdina

über das Öffnen der Gruft? Daß man auf der Stelle tot umfällt? Werfen Sie mal einen Blick auf den Boden.«

Da waren Fußabdrücke zu sehen, einer auf jeder Seite neben den drei Paneelen mit den Handgriffen. Vor den Paneelen waren keine.

»Man soll sich also nicht direkt davorstellen«, sagte Indy.

Alistair nickte.

Sie bauten sich links und rechts von dem Paneel auf. Alistair streckte die Hand nach dem Griff aus.

»Meinen Sie wirklich, daß wir das Richtige tun?« fragte Indy ihn.

»Mein ganzes Leben lang habe ich auf diesen Augenblick gewartet«, gestand Alistair mit funkelnden Augen. »Wir werden den Stein der Weisen entdecken. Wissen Sie denn, welche Macht und welchen Reichtum er birgt? Sie können ja machen, was Sie wollen, Jones, aber ich werde jetzt nicht den Dummkopf spielen.«

Ein vertrautes Lachen ließ Indy das Blut in den Adern gefrieren.

Mit gezogener Pistole stand Leonardo Sarducci im Durchgang. Die Uniform hing ihm in Fetzen am Leib. Die Sohlen seiner Stiefel hatten sich gelöst. Hinter ihm wartete Luigi mit Farqhuars Thompson Maschinenpistole.

»Bitte, Dr. Jones«, forderte er ihn auf. »Spielen Sie den Dummkopf. Diese Rolle paßt so gut zu Ihnen.«

»Nicht schon wieder«, erwiderte Indy.

»Doch, schon wieder«, befahl Luigi, »und zwar zum letzten Mal. Ich werde Sie ganz langsam töten, Ihnen die Haut abziehen –«

»Später«, schnauzte Sarducci.

»Wo sind die anderen?« fragte Indy.

»Mona und die anderen haben wir in meinen Wagen gesperrt«, antwortete Sarducci. »Es tut mir leid, Ihnen sagen zu müssen, daß mir nach dem Sandsturm nur ein Panzerfahrzeug geblieben ist. Luigi und ich hatten das Glück, ein paar Meilen hinter der Kolonne zurückgefallen zu sein, als der Sturm über uns hinwegzog. Leider brauchten wir einen ganzen Tag, bis wir uns aus dem Sand herausgeschaufelt hatten.«

Sarducci kam – gefolgt von Luigi – näher und blieb direkt vor dem Griff stehen, den Alistair eigentlich umdrehen wollte.

»Nur zu, Alistair«, forderte Sarducci ihn auf. »Sie sollen die Ehre haben, als erster die Gruft zu öffnen. Schließlich sind Sie ja der Grund, warum wir alle uns hier versammelt haben, nicht wahr?«

»Die Vögel«, sagte Indy.

»Ja, die Vögel. Kuriertauben, die darauf trainiert sind, statt eines Ortes eine Person zu finden – in diesem Fall mich. Alistair hat sie in seiner Freizeit gezüchtet. Sehr einfallsreich, finden Sie nicht?«

»Dunstin«, knurrte Indy.

Alistair kratzte sich am Bart.

»Nun ja«, sagte er schließlich. »Die Faschisten werden siegen – in Libyen, in Äthiopien, überall. Und dann wird auf der Welt eine neue Ordnung regieren. Die Macht ist absolut, Dr. Jones. Darum halte ich es für besser, daß Alecia und ich auf der Gewinnerseite stehen.«

»Selbst wenn Sie ihr das Herz brechen, um das zu gewährleisten?« erwiderte Indy.

»Ich brauche sie«, gestand Alistair.

Er legte die Hand um den Griff und drehte ihn um neunzig Grad. Der Sarkophag schwebte herab, der Berylliumsokkel versank in dem vierundzwanzigeckigen Polyeder. Der rote Nebel verzog sich – und auf einmal erstarb alles. Der Wasserfall über dem Eingang zur Kammer schrumpfte zu einem Rinnsal zusammen, das schließlich ganz verebbte.

»Aufregend!« rief Sarducci. »Solche Macht, damit habe ich nicht gerechnet!«

»Sie wissen nicht, worauf Sie sich eingelassen haben«, warnte Indy.

»Genau das fasziniert mich ja so«, verriet Sarducci ihm.

Alistair versuchte, den Zylinder zu verrücken, aber er gab keinen Zentimeter nach. Er drehte und drehte weiter, um hundertachtzig Grad, bis er spürte, daß der Zylinder sich bewegte. Ganz langsam glitt er aus dem Polyeder. Dabei wurde das Summen leiser.

Indy betrachtete seine Füße. Seine Schuhe verdeckten die Abdrücke auf dem Boden. Er stand reglos wie ein Stein.

»Ist schwer«, sagte Alistair und tappte hin und her.

»Das muß auch so sein«, bemerkte Sarducci. »Falls ich mich nicht irre, ist er aus Gold gemacht. Luigi, hilf ihm.«

Luigi schulterte das Maschinengewehr, kam einen Schritt näher, legte Hand an den goldenen Zylinder und zog ihn an sich. Als das untere Ende rausrutschte, schoß ein purpurrotes Licht aus dem Loch im Polyeder, gerade so, als ob jemand eine Hochofentür aufgerissen hätte. Dann fiel etwas herunter und bedeckte das Loch.

Luigi legte Sarducci den goldenen Zylinder vor die Füße.

»Der Preis!« rief Sarducci. »Die goldene Schatulle! Tauschen Sie jetzt den Zylinder gegen einen aus dem Regal aus, falls es Ihnen nichts ausmacht. Wir dürfen nicht einfach so gehen.«

Alistair handelte gemäß Sarduccis Anweisung und trug einen Zylinder zum Polyeder hinüber, hielt aber kurz inne, um ein Ende abzuschrauben und hineinzugreifen. Er zog die Hand wieder heraus und ließ das Material durch die Finger gleiten. »Wie ich vermutet habe«, sagte er. »Stark uranhaltig.« Er schraubte den Deckel wieder auf und schob ihn mit Luigis Hilfe in den Polyeder, ehe er den Griff in die ursprüngliche Position brachte.

Der Sarkophag schwebte wieder nach oben, der Berylliumsockel kam zum Vorschein, und der Nebel driftete in die Kammer zurück. Das Plätschern des Wasserfalls hallte durch den Raum.

»Nun, warum begleiten Sie uns nicht nach oben?« bot Sarducci an. »Ich weiß, daß ich Sie eigentlich lieber hier unten töten sollte, aber ich kann den Gedanken nicht ertragen, daß Mona während Ihrer letzten Minuten nicht anwesend sein soll. Sie beide beschimpfen sich in solchen Situationen immer so köstlich.«

Die hintere Tür des Panzerwagens fiel auf. Wegen des intensiven Sonnenlichts mußte Alecia blinzeln. Mit gefesselten Händen wurde Indy in den Wagen geschoben und landete auf den Knien neben ihren Füßen.

»Bist du verletzt?« fragte Sallah besorgt.

»Ich werde es überleben«, sagte Indy.

»Ja, aber nicht lange«, höhnte Luigi und kroch hinter ihm in den Wagen. Die Thompson war entsichert. »Sobald der *maestro* sein Experiment beendet hat, gehören Sie mir. Und dann kann ich endlich meine Brüder rächen.«

»Na, das ist doch mal was, auf das man sich freuen kann«, entgegnete Indy.

»Die römischen Schweine haben meine Männer umgebracht«, beklagte sich Farqhuar und warf Luigi finstere Blicke zu. »Aber dafür werden sie teuer bezahlen. Mein Volk wird –«

Luigi verpaßte ihm mit dem Griff der Thompson einen Schlag. Der Prinz verstummte.

»Ihr Volk besteht aus vierzig abgerissenen Nomaden«, machte Luigi sich kichernd lustig. »Oh, tut mir leid. Jetzt sind es nur noch achtunddreißig. Oder siebenunddreißig?«

Luigi setzte sich ihnen gegenüber und trank Wasser aus einer Flasche. Er sah müde aus, sein Gesicht und seine Hände waren rot. Er hatte sich einen schlimmen Sonnenbrand zugezogen. Indy konnte sich nicht daran erinnern, daß die Hände und das Gesicht schon rot gewesen waren, als er mit Sarducci zu ihnen in die Kammer gestoßen war.

»Dieses Experiment?« fragte Alecia. »Umwandlung?«

»Ja«, antwortete Luigi langsam. »Der Chef wird so viel Gold haben, wie es ihm gefällt. Wir Faschisten, wissen Sie, haben glänzende Ambitionen, aber uns fehlt es an Geld.«

Er schien die für ihn so typische Großspurigkeit abzulegen. Einen Moment lang schloß er die Augen, als ob er zu erschöpft wäre, um weiterzureden.

»Bald«, sagte er mit schläfriger Stimme, »werden wir unaufhaltbar sein.«

»Sie sterben«, sagte Indy. »Sie sind sich dessen bewußt, nicht wahr? Sie standen direkt vor diesem grellen Licht, und das hätten Sie nicht tun dürfen.«

»Alles Lügen«, rief Luigi. Doch dann wurde er auf einmal ganz nachdenklich. »Ich werde den *maestro* fragen gehen.«

Ungelenk stieg er aus dem Panzerwagen. Nach einigem Zögern schnappte er sich eine Abschleppstange und zwängte sie unter den Türgriff, damit die anderen nicht zudrücken konnten.

Draußen vor dem Fahrzeug hatte Sarducci den goldenen Zylinder auf den Boden gestellt, sich davorgekniet und kämpfte mit dem Deckel. Das Aufschrauben stellte ihn vor Probleme. Offenbar hatte er keine Kraft mehr.

»Ich bin nicht sicher, ob das eine gute Idee ist«, gab Alistair zu bedenken und wischte sich mit dem Ärmel die Stirn ab. »Vielleicht sollten wir lieber warten, bis wir im Labor sind. Dort können wir die Sache besser kontrollieren –«

»Halten Sie die Klappe!« schnauzte Sarducci ihn an. »Ich muß es wissen und zwar jetzt. Helfen Sie mir.«

»Nein.« Besorgt setzte er sich ein paar Meter weiter in den Sand.

»Hilf mir«, raunzte Sarducci den näher tretenden Luigi an.

Der legte die Waffe weg, und zusammen machten sie sich am Zylinderdeckel zu schaffen. Zuerst langsam und dann ganz unvermittelt begann der Deckel sich zu drehen. Mit einem Mal rutschte der Deckel herunter und landete im Sand.

»Der Stein der Weisen«, verkündete Luigi andächtig und zog einen funkelnden, roten Stab heraus. Das Ding pulsierte, als Sarducci es an seinen Bauch drückte. Er spürte die Wärme, und als der Stein die Silberknöpfe seiner Jacke berührte, veränderten sie ihre Farbe und schimmerten golden. »Seht doch nur«, keuchte er atemlos.

Er reichte Luigi den Stein, entledigte sich seines rechten Handschuhs und suchte seine Uniform nach einem anderen Metall ab, um es zu testen. Schließlich fiel ihm die Pistole in seinem Holster ein, die er ganz vorsichtig an den Stein hielt. Eine goldene Welle lief über den blauen Stahl, von der Mündung bis zum Griff. Nur das Holz des Griffes veränderte seine Farbe nicht.

Sarducci lachte wie ein kleines Kind.

»*Maestro*«, fragte Luigi. »Was ist denn mit meinen Händen?«

Seine Finger begannen zu rauchen. Die Haut löste sich, Fleisch schmolz, bis die Knochen freilagen und der Stein aus Luigis nutzlosen Fingern glitt. Doch der Prozeß endete hier nicht. Seine Handflächen verwandelten sich in tropfendes Gelee. Der Verfall breitete sich über die Handgelenke aus.

Luigi schrie.

»Helfen Sie mir«, rief er entsetzt, als die Reste dessen, was eben noch seine Hände gewesen waren, abfielen. Unerträglich langsam schritt der Verfall fort, bis zu den Ellbogen, zu den Schultern hoch.

Sarducci preßte die goldene Mündung an Luigis Schläfe und drückte ab. Die goldene Kugel drang in sein Gehirn. Der Lauf der Waffe, der nun aus dem weichsten aller Metalle bestand, riß wie eine Bananenschale auf. Der armlose Körper stürzte in den Sand und verfiel weiter. Luigis Kleider gingen in Flammen auf. Sarducci warf die Waffe weg und inspizierte die Finger seiner rechten Hand. Auch sie begannen zu rauchen. Das Fleisch auf den Fingerkuppen war schon abgefallen, strahlendweiße Knochen kamen zum Vorschein.

Er stolperte zum Panzerwagen hinüber und riß mit der gesunden Hand eine seitlich am Wagen befestigte Axt herunter. Dann ließ er sich zu Boden fallen und hackte seinen Unterarm ab.

Alistair sprang auf und rannte zur Wagentür.

»Alecia«, rief er. »Ich werde für euch die Tür aufmachen. Aber du mußt mir versprechen, daß du fürs erste nicht rauskommst. Warte zuerst, bis wieder Ruhe eingekehrt ist.«

»Dunstin«, wollte Indy wissen. »Was tut sich da draußen?«

Alistair schluckte. Das Sprechen fiel ihm schwer.

»Ich möchte es Ihnen nicht erklären«, sagte er. »Und es ist besser, wenn Sie es nicht wissen. Versprechen Sie nur, daß Sie warten werden. Alecia, es tut mir leid. Ich hoffe inständig, daß du mir eines Tages verzeihen kannst.«

»Alistair«, rief sie. »Was hast du vor?«

»Eine letzte Umwandlung«, sagte er und rang sich ein Lächeln ab. »Richtigstellung.«

Er riß die Abschleppstange weg.

Dann zog er unter Schmerzen das Hemd aus und wickelte den Stoff um die rechte Hand, kniete sich hin, hob den Stein auf und legte ihn in den goldenen Zylinder zurück. Es schien Stunden zu dauern, bis er den Deckel aufgeschraubt hatte.

Nun hob er den Zylinder hoch, schleppte ihn zur Treppe, die in den Teich führte, seufzte und schaute sich um. Luigis Körper hatte sich aufgelöst, von Sarducci war nichts zu sehen. Ein paar Krähen saßen im Wipfel der höchsten Palme und schrien laut.

Alistair legte beide Hände auf den Zylinder und taumelte die Treppe hinunter ins Wasser.

Als sie die Nachmittagshitze im Fahrzeug nicht länger ertragen konnten, machte Indy die Tür auf und stieg aus dem Panzerwagen.

»Wo sind sie?« fragte Alecia besorgt.

Als Indys Blick auf die Spuren im Sand fiel, die zur Teichtreppe führten, kannte er plötzlich einen Teil der Antwort. Die goldenen Knöpfe und der Gürtel von Sarduccis Uniform glitzerten im Sand.

Sallah streckte die Hand nach dem Gürtel aus, aber Indy hielt ihn zurück.

»Das würde ich lieber nicht tun«, riet er seinem Freund.

»Das ist alles?« fragte Alecia. Tränen schossen aus ihren blauen Augen. »Sie sind einfach verschwunden? Nicht mal ein Leichnam bleibt zurück, den man begraben kann?«

Indy schloß sie in die Arme und drückte sie an sich. Sie weinte sich an seiner Schulter aus. Zum ersten Mal, seit er sie kannte, gestand sie es sich zu, die Beherrschung zu verlieren.

»Alistair hat etwas viel Wichtigeres zurückgelassen«, sagte er, ohne den Blick von den Sandspuren abzuwenden. »Er hat dafür gesorgt, daß wir ihn in guter Erinnerung behalten, indem er einmal das Richtige getan hat.«

»Allah wird zufrieden sein«, sagte der Prinz.

»Durchkämmt den Panzerwagen nach Sprengstoff«, sagte Indy. »So wie ich Sarducci kenne, glaube ich, daß er welchen mitgebracht hat. Laßt uns dieses Paradies ein für allemal schließen.«

Sallah nickte nachdenklich.

»Indy«, sagte er. »Hier haben sich viele Dinge ereignet, die ich nicht verstanden habe, aber die Frage, die mich am meisten beschäftigt, lautet: Was ist die erste Materie? Was war in dem Bleizylinder?«

Indy nahm eine Handvoll Sand und streute sie in den Wind.

»Sand«, sagte er.

EPILOG

»Und das willst du also dem FBI servieren?« fragte Marcus Brody, als er zusammen mit Indy durch die Flügeltür des Museums für Altertum schritt. »Nichts von alldem soll existieren? Das Grab des Hermes gibt es nicht, Voynich ist nur Geschwafel und der Stein der Weisen nicht mehr als ein Traum?«

»Ein schlechter Traum, Marcus.«

»Er ist fast vorbei«, beruhigte Brody ihn.

»Danke, daß du das Geld so schnell besorgt hast«, sagte Indy. »Du weißt gar nicht, was das für mich bedeutet. Alecia wartet in London auf mich.«

»Ist mir eine Freude, Indy. Der Schädel wird sich in der Ausstellung über Zentralamerika ganz hervorragend machen«, meinte Brody. »Um ehrlich zu sein, es überrascht mich nicht, daß Mussolini sich auf dieses Geschäft eingelassen hat. Jetzt, wo Sarducci tot ist, was hat er da noch zu gewinnen? Und wie heißt es so schön: Geld regiert die Welt. Im Vertrauen gesagt, der Duce erhält einen wesentlich größeren Batzen als das Museum.«

Brody hatte sich einen mit Lire vollgestopften Koffer unter den Arm geklemmt.

»Ach, ich vergaß, dir zu sagen«, fuhr Brody fort, »daß Stefansson mich gebeten hat, dich höflichst auf das kommende Treffen des Explorers' Clubs einzuladen. Aber ihm ist natürlich auch gar nichts anderes übriggeblieben, nachdem du das Manuskript wiederbeschafft und in Princeton wiedereingestellt wurdest.«

»Richte ihm aus«, sagte Indy, »daß ich keinen Wert darauf lege, einer Organisation anzugehören, die mich als Mitglied wirbt.«

Sie begaben sich direkt in die zweite Etage, wo sie in der Ausstellung den vorübergehenden Direktor des Museums treffen sollten. Laut Abmachung sollte dort auch die Übergabe vonstatten gehen.

»Ich kann es gar nicht erwarten, den Schädel zu sehen«, rief Brody hocherfreut, als sie sich dem Sockel mit der Glasvitrine näherten. »Ich habe selbstverständlich Fotos davon gesehen, aber nach deinen Beschreibungen werden sie dem Gegenstand nicht gerecht.«

»Mir macht der Schädel angst«, gestand Indy. »Ich denke nicht, daß ich in der nächsten Zeit die Ausstellung an –«

Er brach mitten im Satz ab. Mit den Händen in den Hosentaschen und offenem Mund stierte er in die Glasvitrine. Sie war leer – bis auf eine Karte mit einem einzigen Wort.

Ruba.

»Ich gehe mal davon aus, daß die Vitrine gerade geputzt wurde und dann neu bestückt werden soll«, raunte Brody hoffnungsvoll. »So wird es sein. Oder sie packen den Schädel ein, damit er auf dem Transport nicht beschädigt wird.«

Caramia, die Sekretärin des verstorbenen Sarducci, durchquerte den Raum. Ihre Absätze klapperten auf dem Marmorboden. Das dunkle Haar trug sie zu einem Knoten hochgesteckt, und auf dem Revers ihrer braunen Kostümjacke prangte eine Miniatur*fasces,* die der über der Flügeltür nachempfunden war.

»Meine Herren«, wandte sie sich an Indy und Brody. »Es tut mir schrecklich leid, daß ich Sie nicht mehr telefonisch erreichen konnte. Ich habe bei Rinaldi in Ihrem Hotel eine Nachricht für Sie hinterlassen, aber Sie haben offenbar noch nicht eingecheckt.«

»Könnten Sie mir bitte verraten, was dieses Wort bedeutet?« fragte Brody.

»Weißt du das nicht, Marcus?« fragte Indy, ehe er lächelnd für seinen Freund aus dem Italienischen übersetzte: *»Gestohlen.«*

NACHWORT

Obwohl *Indiana Jones und der Stein der Weisen* zweifellos fiktiv ist, basieren eine Menge Dinge, die Indy im Verlauf dieses Abenteuers erlebt und entdeckt, auf Tatsachen. Die Beschreibungen des Princeton-Campus und des American Museum of Natural History in den dreißiger Jahren beruhen beispielsweise auf zeitgenössischem Material, in diesem Fall den Führern, die von der Works Progress Administration veröffentlicht werden. Das Folgende ist für die Leser gedacht, die sich für die Themen und historischen Gestalten interessieren, mit denen Indy im Verlauf seiner Abenteuer zu tun hat.

ALCHEMIE

Alchemie, die alte Pseudowissenschaft, die die Grundlage der modernen Chemie darstellt, weist alle Elemente der klassischen Forschung auf: verborgenes Wissen, geheimnisvolle Rituale und die Aussicht auf unvorstellbare Macht und Reichtum. Sie setzt sich zu gleichen Teilen aus dem Materiellen (der Umwandlung eines herkömmlichen Metalls in Gold durch den sagenumwobenen Stein der Weisen) und dem Spirituellen (ein Pfad, der die Reinigung der Seelen der Kenner in Aussicht stellt) zusammen.

Alchemistische Erfolgsgeschichten sind unweigerlich in Zweifel zu ziehen – es sei nur an die Geschichte von Nicholas und Perenelle Flamel erinnert, die erfolgreich sind, weil sie ein reines Herz haben. Gutgemeinte Skepsis hat nichts daran geändert, daß Generationen von Menschen verlockt wurden, obskure Texte zu studieren und viele Stunden in übelriechenden Labors zuzubringen. Und obwohl die Alchemie dem modernen Geist wie eine Narretei erscheinen mag, wurde sie von einer großen Anzahl Gelehrter ernst genommen.

Gerade in diesem Jahrhundert ist das Interesse an der Alchemie erneut entfacht. Als es Lord Rutherford, dem allseits bekannten englischen Physiker, gelang, Nitrogen unter Zuhilfenahme von Radioaktivität in Oxygen zu verwandeln, wurde die bis dahin geltende wissenschaftliche Meinung, die besagte, daß Umwandlung unmöglich sei, revidiert.

Die Nazis und die italienischen Faschisten initiierten beide ernst zu nehmende Untersuchungen, die auf den Versuch abzielten, Blei oder ein anderes Material in Gold zu verwandeln, mit dem Ziel, auf diese Weise ihre Kriegsmaschinerie finanzieren zu können.

Erich von Ludendorff, ein Anhänger Hitlers während dessen Münchner Aufstiegs, organisierte das ›Unternehmen 164‹, mit dem die Bemühungen des deutschen Alchemisten Franz Tausand unterstützt wurden. Man hoffte damals, auf diese Weise die Finanzierung der Nazipartei gewährleisten zu können. Im Jahre 1929 wurde Tausand wegen Betrugs verhaftet. 1931, nach einem aufsehenerregenden Gerichtsverfahren, erhielt Tausand eine Haftstrafe von vier Jahren. Man sagt diesem Mann jedoch nach, daß es ihm gelungen sei, während er auf seinen Schuldspruch wartete, Gold zu machen und zwar unter Aufsicht in der Münchner Münzanstalt.

1936 befahl Mussolini faschistischen Wissenschaftlern, einer von dem polnischen Ingenieur Dunikovski durchgeführten Demonstration beizuwohnen. Dieser Mann behauptete, eine neue Art Strahlung – Z-Wellen – entdeckt zu haben, mit der man Sand in Gold verwandeln könne. Obwohl die Italiener sich weigerten, an Dunikovskis Unternehmen teilzuhaben, weil er 1931 aufgrund ähnlicher Behauptungen wegen Betrugs angeklagt wurde, gründete man ein englisch-französisches Syndikat, das Sand aus Afrika nach England verschiffte, wo er umgewandelt werden sollte. Dieses Unterfangen wurde durch den Zweiten Weltkrieg vereitelt, der Plan wurde niemals ausgeführt. Ende der dreißiger Jahre wurde einem Londoner Osteopath namens Archibald Cockren nachgesagt, Gold gemacht zu haben, unter der Verwendung der Zwölf Schlüssel des Basil Valentine, einem deutschen Mönch aus dem 15. Jahrhundert. Cockren starb jedoch während eines Luftangriffs und nahm sein Geheimnis mit ins Grab.

Auch wenn niemand genau bestimmen kann, wann die Alchemie ins Leben gerufen wurde, hat es den Anschein, daß sie zur gleichen Zeit – nämlich vor zweitausend Jahren – in Ägypten und China zum ersten Mal aufgetaucht ist. Die Theorie des Steins der Weisen stammt aus China, wo die Alchemie mit Taoismus in Verbindung gebracht wurde. Man hing dem Glauben an, daß Gold, vom Stein der Weisen produziert, die Macht hatte, Krankheiten zu heilen und das Leben zu verlängern. Diese Idee wurde später von den arabischen Alchemisten übernommen. Im Lauf der Zeit nahmen sich auch andere Philosophen dieser Theorie an, z. B. das Konzept der vier grundlegenden Elemente von Aristoteles (Luft, Wasser, Erde und Feuer). In Arabien bildete sich die Theorie heraus, daß sich alle Metalle aus einer bestimmten Mischung aus Sulfur und Quecksilber zusammensetzen. Ein großer Teil der spirituellen Seite der Alchemie stammte von den Gnostikern, die in den chemischen Prozessen, die sie beschrieben, einen Kampf auf Leben und Tod zwischen dem Guten und dem Bösen sahen.

Alchemie entwickelte sich zu einem eigenwilligen Konglomerat aus Religion, Wissenschaft und kulturellen Eigenheiten. Im 2. Jahrhundert war Alexandria das internationale Zentrum der Alchemie. Dort sollen die Geheimnisse der Metallumwandlung von den Tempelpriestern sorgfältig gehütet worden sein. Als im 4. Jahrhundert das institutionalisierte Studium der Alchemie durch die Zerstörung der Akademie und der großen Bibliothek in Alexandria abrupt beendet wurde, gingen die Alchemisten in den ›Untergrund‹. Alchemistische Schriften wurden absichtlich schwer verständlich – in Rätseln und Reimen – abgefaßt, damit nur noch der Eingeweihte darauf hoffen konnte, sie zu entziffern.

Während des Mittelalters und der Renaissance wurde die Erfindung der Alchemie Hermes Trismegistos zugeschrieben. Man ging davon aus, daß die 36 000 alchemistischen Texte, von denen der wichtigste auf der smaragdgrünen Tafel festgehalten ist, aus der ›Feder‹ des Hermes stammten. Hermes war eine geheimnisvolle Gestalt, die mit dem ägyptischen Gott Thoth in Verbindung gebracht wurde. Tatsache ist, daß Hermes in so vielen verschiedenen Gestalten auftaucht, daß es unmöglich ist, hier alle aufzulisten. Durch die Einbettung der Alchemie in diese altehrwürdige Tradition verlieh man ihr die dringend notwendige Glaubwürdigkeit, über die jede gute Geschichte einer großen Suche verfügen muß.

Obwohl der Fachmann der Alchemie viele der Geräte in modernen Laboratorien wiedererkennen würde – Reagenzgläser, Glasflaschen und Petrischalen wurden allesamt von Alchemisten entworfen – besteht durchaus die Möglichkeit, daß diese Anhänger einer anderen Epoche auch die Symbole ihrer Suche erkennen, die in die moderne Psychologie eingeflossen sind. C. G. Jung war beispielsweise vom Reichtum alchemistischer Symbole tief beeindruckt, von Schlangen, Drachen, Pelikanen, die sich die eigene Brust aufreißen, von der inzestuösen Geschwisterheirat. Vielleicht zeigt gerade diese Vielfalt an Mythen und Metaphern, daß die Alchemie bis heute ihren Beitrag zum menschlichen Erfahrungsschatz leistet.

DAS VOYNICH-MANUSKRIPT

Voynich ist möglicherweise das geheimnisvollste okkulte Manuskript, das seit Generationen von Schülern, Lehrenden und Wissenden erfolglos studiert wird. Dieses Manuskript hat das Interesse der National Security Agency, der geheimsten aller amerikanischen Nachrichtendienste, erregt. Seit 1968 wird das Manuskript im Beinecke Rare Book Room in Yale aufbewahrt. Sein Wert wird auf eine Summe zwischen einer viertel und einer halben Million Dollars geschätzt.

Die Geschichte des Voynich-Manuskripts entspricht der, die Indy vom Buchhändler und anderen zugetragen wird. Major John M. Manly, der in diesem Buch erwähnte Chaucer-Gelehrte und Angehörige des Militärischen Geheimdienstes, ist eine historische Gestalt, die viel dazu beigetragen hat, die pseudowissenschaftlichen Arbeiten, die in den zwanziger und dreißiger Jahren erschienen sind, zu entlarven. Im Jahr 1921 machte der Gelehrte William Newbold Schlagzeilen mit seiner Behauptung, daß das Manuskript die Arbeit Roger Bacons sei, und er datierte die Erfindung des Mikroskops und des Teleskops um viele Jahrhunderte zurück.

Den englischen Okkultisten John Dee und Edward Kelley, die mit Engeln Zwiesprache hielten, wurde nachgesagt, sie hätten das Manuskript irgendwann vor 1608 in Prag veräußert. Diese beiden Personen haben tatsächlich existiert und werden des öfteren in okkulten Geschichten namentlich erwähnt. Der Vorhersagestein ist ebenfalls keine Erfindung, sondern kann im British Museum zusammen mit einer kleinen Menge Gold bewundert werden, die – so heißt es in Erzählungen – von englischen Alchemisten hergestellt wurde.

Wenn man recherchiert, freut es einen ganz besonders, auf neue oder unerwartete Informationen zu stoßen. Diese Freude wurde mir zuteil, als ich anfing, für *Indiana Jones und der Stein der Weisen* Material zu sammeln. Nachdem ich Terrence McKennas amüsante Schilderung von Voynich in *The Archaic Revival* gelesen hatte, füllte ich einen ganz normalen Ausleihschein der Bibliothek aus, basierend auf einer bibliographischen Karteikarte, auf der eine Voynich-Publikation des Department of Commerce verzeichnet war. Nach ausgiebiger Suche wurde mir die gewünschte Publikation schließlich von meiner örtlichen Universitätsbibliothek zur Verfügung gestellt: *The Voynich Manuscript: An Elegant Enigma* von Mary D'Empirio ist ein Bericht aus dem Jahre 1978, der von der National Security Agency in Auftrag gegeben worden war. D'Empirios Arbeit ist vielleicht die beste, die es über Voynich gibt. Sie kommt allerdings zu dem Schluß, daß das Manuskript noch längst nicht ausreichend untersucht wurde.

Viele Personen haben im Lauf der Jahre behauptet, das Manuskript entziffert zu haben – und in letzter Zeit hat man den Versuch unternommen, mit Computerprogrammen den Inhalt zu entschlüsseln. All das ändert nichts an dem Umstand, daß das Manuskript unlesbar ist. Voynich ist entweder ein elaborater historischer Witz, der nichts weiter als Geschwafel enthält, oder ein wirkliches Mysterium, welches das wohlgehütete Geheimnis einer vergangenen Zeit birgt.

DIE U.S.S. MACON

Die dreißiger Jahre waren die Ära der Luftschiffe, und die *Macon* der U.S. Navy repräsentierte den Zenit dieser technischen Entwicklung. Sie war das größte Luftschiff, das jemals gebaut wurde – sie wog fast eine viertel Million Pfund – und war mit ihrer Länge von 240 Metern dreimal so lang wie eine Boeing 747.

Ihr Aluminiumrahmen war mit Helium gefüllt, einem Stoff, der wesentlich sicherer war als das explosive Hydrogen, das die Deutsche Zeppelin Gesellschaft verwenden mußte, weil die Vereinigten Staaten den Weltvorrat an Helium kontrollierten. Im Bauch der *Macon* konnten fünf kleine Kampfflugzeuge untergebracht werden. Der Jungfernflug fand 1933 statt, nur drei Wochen, nachdem ihr Schwesterschiff, die U.S.S. *Akron,* während eines Gewittersturms über dem Nordatlantik abstürzte. Nur drei der sechsundsiebzig Besatzungsmitglieder haben damals überlebt. Den Unfall schob man einem großen Luftloch und einem funktionsuntüchtigen Höhenmesser zu, der eine Flughöhe von mehreren hundert Fuß anzeigte, als die *Akron* auf dem Wasser aufschlug.

Sowohl die *Akron* als auch die *Macon* waren von einem

Team deutscher Ingenieure dergestalt entworfen und von der Goodyear-Zeppelin Corporation gebaut worden, daß sie quasi als Luftplattform für Aufklärungsflugzeuge fungieren konnten. Die kleinen Sparrowhawk-Kampfflieger flogen mit fünfundsiebzig Meilen pro Stunde und konnten einen Radius von hundert Meilen abdecken.

Die *Macon* wies gegenüber ihrer Schwester im Design mehrere Vorteile auf: höhere Geschwindigkeit, leicht verbesserte Aufstiegskraft und die Verwendung eines neuen Gelatine-Latex-Stoffes, aus dem die zwölf Gaszellen hergestellt waren.

Obwohl die *Macon* nie im Krieg eingesetzt wurde, stellte sie ihre Aufklärungsfähigkeit unter Beweis, als ihr Kommandant Herbert V. Wiley die unautorisierte Mission unternahm, Präsident Franklin Roosevelt im Pazifischen Ozean aufzuspüren, wo er sich gerade auf dem Weg nach Hawaii befand. Sie entdeckten FDR auf einem Kreuzer namens *Houston,* fünfzehnhundert Meilen draußen auf dem Meer. Die Sparrowhawk-Piloten, die wußten, daß der Präsident es liebte, regelmäßig eine Tageszeitung zu lesen, warfen die letzten Ausgaben einer Zeitung aus San Francisco über dem Kreuzer ab. Roosevelt war tief beeindruckt, doch die Navy freute sich gar nicht über den Vorfall. Es heißt, daß allein die Einmischung des Präsidenten verhinderte, daß Wiley nicht vor Gericht gestellt wurde.

Am 12. Februar 1935 war die *Macon* gerade im Begriff, auf das Moffet Field in der Nähe von San Francisco zurückzukehren, als während eines bösartigen Sturms ihre obere Heckflosse abgerissen wurde und drei Heliumzellen durchbohrte. Fünf Meilen vor Point Sur landete sie auf dem Pazifik. Ein Funker und ein Messesteward starben im Verlauf, doch die anderen achtunddreißig Mitglieder an Bord wurden von Schiffen aufgenommen, die gerade in der Nähe auf einem Übungsmanöver waren.

Mehr als ein halbes Jahrhundert blieb das Unterwassergrab der *Macon*, dem einstigen Stolz der U.S. Navy, unangetastet.

1980 zog ein kommerzieller Fischer ein zwei Fuß großes, gelbes Aluminiumträgerstück vor Point Sur aus dem Wasser. Der Träger verzierte dann die Wand eines Restaurants in der Nähe von Monterey, wo Marie Wiley Ross – die Tochter des *Macon*-Kommandanten – es schließlich entdeckte und als das erkannte, was es war. Dies führte zu einer Reihe von Ereignissen, deren Höhepunkt der 24. Juni 1990 darstellt, als die Navy ihr Tauchboot *Sea Cliff* an die Stelle schickte, wo die *Macon* untergegangen war. Innerhalb von fünfzehn Minuten wurden die Überreste des Luftschiffs und die skelettartigen Teile von drei Sparrowhawk-Kampffliegern in einer Tiefe von 1450 Fuß geortet.

ITALO BALBO

Italo Balbo, der Pilot und einer der Führer der italienischen Faschisten, wurde am 6. Juni 1896 geboren. Berühmt wurde er nicht so sehr für die von ihm organisierten Flugstaffelüberquerungen des Atlantischen Ozeans nach Brasilien und in die Vereinigten Staaten, sondern für die Zuneigung, die ihm noch heute viele Amerikaner entgegenbringen.

Obwohl Balbos Armada während ihres zweiten transatlantischen Fluges fast zwei Wochen brauchte, um von Italien nach Chicago zu gelangen, was dem schwierigen Wetter und anderen Unwägbarkeiten zuzuschreiben war, betrug die reine Flugzeit nur atemberaubende achtundvierzig Stunden. Balbo wurde als Held gefeiert, und man verglich ihn eher mit Columbus als mit Mussolini. In Chicago tragen eine große Durchgangsstraße und ein Monument noch heute seinen Namen. 1935 wurde er mit dem Distinguished Flying Cross ausgezeichnet, eine ganz besondere Ehre für jemanden, der nicht amerikanischer Staatsbürger ist. Zu seinen Bewunderern gehörte auch Dwight Eisenhower, damals ein junger Militäroffizier, der 1933 mit der Aufgabe betraut wurde, sich um Balbos Armada zu kümmern.

Die S.M.55 Flugboote, mit denen Balbos Geschwader bestückt war, stellten eine ganze Reihe von Rekorden auf, was die Flugdauer und Entfernung anbelangte. Die in den zwanziger und dreißiger Jahren von Savoia-Marchetti hergestellten Flugboote erwiesen sich als so zuverlässig, daß sie von den ersten kommerziellen Fluggesellschaften eingesetzt wurden. Ein paar militärische Modelle kamen auch während des Zweiten Weltkrieges zum Einsatz.

1933 ernannte Mussolini – wahrscheinlich in einem Anfall von Eifersucht über die Popularität seines Hauptmanns in Italien und Amerika – Balbo zum Gouverneur von Libyen. Diese Ernennung war für Balbo niederschmetternd, weil er der festen Überzeugung anhing, daß er Flugpionier war und die Rolle des Verwalters einer italienischen Kolonie nicht zu ihm paßte. Balbo starb am 28. Juni 1940 in Libyen, als sein Flugzeug fälschlicherweise von seinen eigenen Leuten abgeschossen wurde.

Mussolini starb fünf Jahre später, während der letzten Monate des Zweiten Weltkrieges. Nach seinen militärischen Niederlagen in Griechenland und Nordafrika ließ ihn der faschistische Großrat 1943 verhaften, doch die Deutschen befreiten ihn und setzten ihn als Führer einer Marionettenregierung in Norditalien ein. Am 28. April 1945 wurden Mussolini und seine Geliebte Clara Petacci von einem Exekutionskommando erschossen, nachdem sie von italienischen Partisanen gefangengenommen wurden, als sie vor den Alliierten flüchteten. Ihre Leichname wurden in Mailand öffentlich zur Schau gestellt.

Am Columbus Day 1973, dem vierzigsten Jahrestag von Balbos Atlantiküberquerung, begleiteten fünfundachtzig Mitglieder der *atlantici* Bürgermeister Richard Daley auf einer Parade durch die Straßen Chicagos.